图书在版编目（CIP）数据

铜雀春深 / 赵玫著. -- 天津：百花文艺出版社，2015.10
（五叶丛书）
ISBN 978-7-5306-6740-8

Ⅰ. ①铜… Ⅱ. ①赵… Ⅲ. ①长篇小说-中国-当代 Ⅳ. ①I247.5

中国版本图书馆 CIP 数据核字(2015)第 227232 号

选题策划：李勃洋　　**整体设计**：郭亚红
责任编辑：高　为　　**责任校对**：陈　凯

出版人：李勃洋
出版发行：百花文艺出版社
地址：天津市和平区西康路 35 号　　**邮编**：300051
电话传真：+86-22-23332651（发行部）
+86-22-23332656（总编室）
+86-22-23332478（邮购部）
主页：http://www.baihuawenyi.com
印刷：天津金彩美术印刷有限公司
开本：880×1230 毫米　1/32
字数：203 千字
印张：10.625
版次：2015 年10 月第1 版
印次：2015 年10 月第1 次印刷
定价：39.00 元

在爱和欲的迂回中（代序）

赵玫

小说所以定名为《铜雀春深》，是因为“铜雀”和“春深”刚好体现了女性在男权社会中对权利的索求。“铜雀”在某种意义上是帝王的象征，而帝王自然也就意味了政治。“春深”则大多和女人相关，委婉而暧昧地意指了男欢女爱。于是“铜雀春深”在某种意义上，或者就代表了那些为生存而竞相争宠的女人们。

最早的铜雀台建于“建安十五年，冬，作铜爵（雀）台”。“爵”和“雀”在古代或许是通假字。但“铜爵台”似乎更为精准，因古人就是以“爵”这种饮酒器皿的样子来修建祭台的，以象征逝者冥府依旧有酒。但我更喜欢“铜雀台”。单单一个“雀”字，就如精灵般委婉了起来，在云锦般的羽毛中倾尽女性的柔软。

建安十五年的铜雀台，在今天河北临漳西南古邺城的西北隅。与金虎、水井二台合称“三台”，只是台基大部已被漳水冲毁。

史书中说，曹操遗命葬己于邺之西岗。死后妾伎（伎，古代以歌舞为业的女子）在铜雀台早晚供食，每月初一、十五奏乐歌唱，于歌声中瞻望曹操陵墓。“后人悲其意而为之咏也。”总之，曹操死后，后宫们齐聚铜雀台，歌之舞之，以寄托她们对先王真假难辨的思念。

所以小说被称为《铜雀春深》，在某种意义上暗合了这一词组的原始意象。女人们在爱和欲的迂回中，将她们的身体和权力纠结了起来。事实上，当今女性无论对情色的付出，还是对权力的热衷，都和古代妾伎没什么两样。而性，也自然而然地在其中起到至关重要的作用，仿佛阶梯或桥梁。而很多女人，在某种意义上，就是由此而抵达利益高峰的。

小说中这些当代妾伎出自不同家庭，背负各异身世。她们中既有阳春白雪、曲高和寡者，亦有下里巴人、俗不可耐者。不同的生存阅历导致了她们不同的行为方式。但有一点是相同的，那就是她们都不约而同地对升迁有极大的欲望。

于是在通往权力的道路上，她们将巴结男性上司的“事业”做得响遏行云。对主子，她们当然要做出真心崇拜抑或由衷热爱的样子，目的，仅只是为了能进入对方的视野。她们和权势男人的关系一如嫔妃与帝王。

在女人们趋之若鹜的臣服中，对权力的崇拜几乎成为某种责任。她们竞相攀龙附凤，机关算尽，极尽争宠之能事。随之环境变得令人窒息，为着“雀台”，女人们被挤压在一条狭窄的道路上。她们艰辛地跋涉其中，以至于不惜以色相出卖灵魂。而身体对她们来说已非禁忌，像商品一样，无非交易。

这种看似争奇斗艳的景观，事实上已经超越了邀宠的原始状态。女人们不再单纯地需要男人的宠幸，更希望男人能对她们委以重任。于是无论花瓶般妖娆的年轻女孩，还是风韵不再的中年女性，都甘愿在男上司的摆布下实现她们人生的价值。于是她们慢慢了悟，她们所长袖善舞的，绝然不是爱情中的争风吃醋，而是权力漩涡中的生死拼杀。

总之，这些觉醒的女人，已不是将人生目标锁定在爱或婚姻上的庸常之辈。她们要在这个男人的世道中，将男人玩弄于股掌之中，进而不着痕迹地改变自己的人生。

在如此斑斓的角逐中，女人们竞相将武则天当作效仿的楷模，进而对唐朝女性参政的昌明景象心向往之。于是小说营造出某种与盛唐后宫的历史对位。不经意间，你便会在不同的女性身上，看到长孙皇后、武则天、上官婉儿乃至高阳公主的影子，看到古往今来虽花样翻新但本质未变的前世今生。尝试着在当代生活中营造出一种历史的格局，这或许只是某种虚妄的探求。

男上司是小说中唯一的主角。因所有人的所有行为都因他而起。他总是在红尘环绕中举棋不定，又总是在风花雪月中难抵诱惑。他从来都是旧爱不去，就有了新欢。并且永远是有了新欢，才了断旧爱。慢慢地他将这一单新旧情感的生意做得天衣无缝。谁都不知道他怎样摆平了那些被遗弃的女人，又怎样了结了此前的恩恩怨怨。他的困惑来自他总是不能正确选择自己的红颜知己，于是总是悔之晚矣，以至于不断成为女人的人质。对他来说，有的女人就像捆绑在他身上的炸弹,随时随地都可能将他送进地狱。

最终的好离好散,并不是因为女人通情达理,而是他决意以死亡为代价,彻底结束这风花雪月的博弈。不过令他九泉之下欣慰的是，他曾经的女人竟如古代妾伎般聚在一起,早晚供食,奏乐唱歌,遥望想象中的斯人之墓……

但没过几天,她们便又振作起来,因为,新上司走马上任了。

目录

1　那一刻她仿佛在云端

7　他厌倦了偏远小镇的生活

18　没有窗的房间

29　他怀着卑微的心理跟在女人身后

38　就像是一部血腥的影片

49　她走进社长办公室时犹如惊鸿一瞥

61　我单知道,我家阿毛……

71　让更多人感受到她是他的情人

86　每一个黄昏都意味着无法挽回的人生

93　那一刻他们都紧张起来

106　他说他要兴利除弊

115　他就像对待男人一样对待她

121　我只要其中的一个,随便谁

134 看她在画框中慢慢凋零
146 然后就有了那个深切的拥抱
158 在优雅的咖啡桌前,她们剑拔弩张
171 耶和华是我的牧者
181 但是她已经箭在弦上
195 信中的每一个字都让他难逃其咎
205 有时候做爱之于他们就像犯罪
219 那一刻他们都想俘获对方
233 你认为简·爱就不配得到爱
241 改革的目的当然就是革除异己
257 几天来右眼一直在跳
270 他一度成为她们的人质
279 小爱神射出的箭让真相大白
293 未央小心翼翼地叩响了廖也夫的门
300 直到他突然收到婚礼请柬
313 她们都坚信自己是爱他的
325 收束了美丽的羽毛
332 尾 声

那一刻她仿佛在云端

被午夜的电话惊醒。那一刻她以为在云端。黑暗中她听不到电话的铃声,也听不到窗外掠过的呼啸的风。但她还是本能地从床上跳起来。跳进一片黑暗的迷茫中。她用了很长时间才让自己从睡梦中醒来,当然,她立刻就忘记了刚刚还在的那个梦中故事。

当她终于扭亮台灯,那催促的铃声却戛然而止。她想那或许是一个打错的电话。她望着被灯光照射的那部电话,在死寂的气息中荒芜着她的思绪。

不知道什么人非要在这种时候打电话,当然,她曾经历过很多这样的骚扰。沉睡中被惊醒的感觉令她惊惧,仿佛心要从喉咙里跳出来。然后是电话那端的喋喋不休,常常是愤怒伴随着哭泣,女人的歇斯底里。这样的电话通常是打给她丈夫的。但她对此已习以为常。

她丈夫抓起电话后会立刻离开他们的床。但她已经被电话中女人的咆哮吵醒了。后来他们更换了床边的有绳电话,美其名曰不干扰对方的睡眠。男人拿起无绳电话后立刻离开房间，前往离卧室最远的书房并关上门。然后她就什么也听不到了，更不必费心揣摩他将怎样平息这午夜的纠缠。

是的，一个打错的电话，她无须在意。或者，她丈夫的员工们并不知此刻他正出差在外。他身为一社之长自然会有无数公干。她想这时候他一定已经到了他要去的那个城市。

她这样想着躺回温暖的床上。很舒展地放平身体，不再想刚刚的那个电话。她只是同情那些一定要在午夜拨响电话的人，无论他们到底是为了什么。

于是睡意慢慢袭来，周遭变得蒙眬。她觉得能睡在午夜是人生最完美的境界之一。不管白天醒来将遭遇怎样的困厄，但只要想到夜晚能平静地躺在床上，便有一种安稳的感觉。

寂静中，她终于听到了窗外的风。那是种她非常熟悉并喜欢的声音。哪怕狂风大作，地动山摇，只要能置身于家的安宁中。同样地，她也喜欢在倾盆大雨中蜷缩于自己的床榻，听窗外雷声雨声不停的敲击。她想到夜空中星月的冷，而她却不能把她的温暖给予它们。在如此悲天悯人中她再次从容入梦，如果不是重新响起那锲而不舍的电话铃声。

这一次她游刃有余地拿起电话。但即或将电话贴在耳边，铃声依旧响个不停。听筒里没有任何声音。这一次她真的不知道那人为什么要打这午夜的电话了。她想，也许是他，但立刻否定了，因为，他从来不在深夜打电话，无论遇到什么。

于是她确定这是个打错的电话，但铃声为什么不肯停下来？那铃声锲而不舍地仿佛要告诉她什么。她于是从床上爬起来，循着那声音向前走。直到走进门厅才恍然意识到，刚才响的并不是电话而是门铃声。于是蓦地紧张起来，毕竟家里只有她一个人。她开始心里发慌，不敢回应门外的敲击声。站在漆黑的门廊下，甚至不敢呼吸。她在黑暗中等待着。就在她几近绝望的那一刻，门外终于传来了，她熟悉的声音。

是我，康铮。那声音说。

康铮？

房间里传出一道道打开门锁的声音。但却，突然地，又停了下来。

女人说，不，你还是走吧。

别这样。开门。

深更半夜，我怎么可能让你进来？

求你了，请打开门。外面的人几乎在哀求。

不不，我不能！

你听我说……

你明明知道，他不在家。

像一团风，夹带着，漫天飞雪。在风雪中，她不得不依偎在康铮的臂弯中。她知道从此那纷纷攘攘的烦恼就没有了。没有了寂静与落寞。就是说，她再也不会被午夜的电话吵醒了。她于是彻底解脱了。或者她坚信她爱这个男人，但有人会相信她的表白吗？甚至她自己。

不知道这场纷纷扬扬的大雪是什么时候开始的。但总之他被从汽车里拽出来的时候,夜空晴朗澄澈。所以他的死应该和天气没有关系。因此她不想怨天尤人。

没有人知道汽车是怎么翻到沟里的。只是一个偶然的过客,在高速公路上偶然发现了那辆跌落在路边草丛中的汽车,于是他满怀同情地打了电话。公路警察说,死者被救出来时已周身冰凉,没了气息。总之,该做的都做了,他们已仁至义尽。奇怪的是,在这场翻车事故中,死者身上竟没有一处伤痕;更加蹊跷的是,那辆车就像是有人故意停在沟里的,没有任何被撞击的痕迹。后来那辆车被拖上公路,竟能立刻在高速公路上飞速行驶。

远远地,她就看到了那个出事的地点。在手电筒交织的光束间,是再度飞舞的漫天雪花。那雪花精灵般洋洋洒洒,毫无顾忌,仿佛天空是舞台,黑夜是背景,而它们是,恣意妄为的舞的精灵。

而她,蓦地昏倒在康铮的臂弯中。毕竟这是她从不曾经历的亲人的死亡。她甚至也不曾经历过昏厥,不曾体验过这种丢失了意识的感觉。但她就是静止在了康铮的怀抱中。那一刻在她的生命中只剩下了气息。但是她觉得她还是听到了什么。那曲终人散的悠悠回声。

她知道她只是呈现出昏倒的姿势。其实她的心里一直很明白。是的,她立刻就猜到了,为什么午夜的铃声响个不停。当她在飘飘落雪中感觉到眼泪慢慢流下来,便意味着,她已经接受了这个既定的残酷现实。即是说,她知道从此她的丈夫没有了。

她突然记起她曾诅咒过他的死。就那样和他的情妇一道死在高速公路上。但她并不是真的要他死,她只是烦透了那些不断打来的讨爱的电话。她怎么会真的要他死呢?她知道无论怎样花街柳巷,他们的感情都是割不断的。他们深深地爱着对方,也曾誓言不离不弃。唯独这一次,他真心求死,一定是他对他的人生已不抱希望。

她不记得自己怎样走进了暴风雪,亦不知她怎么能承受如此凛冽的寒风。她只是依偎在康铮身上艰难前行。是她提出不去殡仪馆的,她只想在他出事的地方看到他。

事实上事发地点离城市并不远。她不知他为何要星夜返回。说好了他要去另一座城市出差,或者他根本就没有离开过?

他骗她?但是他干吗要骗她呢?

她对他的风流艳遇从来不闻不问。她的原则是只要他能把她放在心上。她不闻不问是因为她信任他。她相信他只是风流,而不曾背叛。她一直觉得男人和别的女人做爱并不是背叛。背叛是观念上的,而艳遇,有时候只是逢场作戏。她甚至喜欢她的男人能被她以外的女人喜欢,如此才能证明他真正的魅力。

她终于看到了躺在雪地里那个僵硬的人。他的身上落满雪花,几乎被大雪掩埋。她本来一直渴望这场雪,对冬雪她始终怀有某种近乎疯狂的迷恋。为此她已经等待了很久。当她终于迎来了这场雪,想不到,同时迎来的,还有灾难。

当她贴近他的脸,她便不再流泪。她觉得那一定是他的愿望,所以他是幸福的。是他自己选择了这个飞雪中的定数,也是他主动交付了他自己。她觉得他躺在雪中的样子很安详,紧闭的双眼,仿佛在梦中。她便也跟着他的心愿而心满意足,因为他终于解脱了,那是他的福分。她便是以这种心态面对亲人死亡的。然后她任由那些陌生人处置他的尸体。她知道从这一刻起,他就不再是她的人了。

她站起来,离开那个死去的男人,不再回头。她独自在大雪中走了很久。然后告知出版社的人,她不去参加他的追悼会了。她不管别人怎么说,她坚信自己是爱他的。

他厌倦了偏远小镇的生活

他第一次见到她是在历史系资料室。那时候他刚刚投身于历史系教授沈依然的门下。那之前他厌倦了偏远小镇的生活,厌倦了中学历史课教师的工作。尽管他已经读了大学,却并没有因此而改变自己的人生。什么知识改变命运,全都是无稽之谈,他的命运改变了吗?无非和穷酸的父亲一样,继续着乡村知识分子的默默无闻。他是个对知识满怀了真诚和敬意的年轻人,父辈的生活当然不是他想要的,读破万卷书难道就是为了这可怜的生存?

于是他决意有病乱投医。尽管不知未来是什么,但还是义无反顾地辞去了教师职位,在简陋的房舍中开始了跳过硕士、直接报考博士生的宏图伟业。那一段苦读的日子至今难忘,所余不多的积蓄仅够他维持最起码的生活水平。他如此头悬梁、锥刺股地日夜苦读,却并没有得到立竿见影的结果。一开始他报考的都是国内一流大学,于是他的妄自尊大报应了他。一连三年的名落孙山,狠狠教训了他,以至于他不得不放下身段。之前他曾被讥讽为“书蠹”,而他苦读的方式,其实更像是一个顽强的乞讨者。

在第四年的报考中他终于看到了希望,这时候他关于中国古代历史的知识已近炉火纯青。他极有建树地写出了好几篇关于盛唐时期的学术论文,涉及了那个时代的宗教、哲学、建筑、诗歌,乃至于女性政治等一系列领域。事实上他的学术水平,已经不逊于那些浪得虚名的大学教授。

结果破天荒地,有好几所名牌大学录取了他。在如此可以挑肥拣瘦的状况下,他还是毫不犹豫地选择了沈依然。尽管临江大学的所在地并不是他梦寐以求的大城市,但临江大学的历史系却因为沈依然而排名高校榜首。加之他几乎读遍了沈先生关于唐朝历史的所有著作,深谙沈先生潜心学问的为人之道。就单单是为了沈先生大学问家的纵横捭阖,汪洋恣肆,他也要成为沈依然的弟子。在心里,他其实一直是将沈先生引为同道的,尽管他尚不具备高攀的资格。

三年的博士生活无疑彻底改变了他。这在他自己都不曾预期。而所有支撑他最终完成梦想的,在某种意义上,不是他自己的奋斗,亦不是恩师的教诲,而是,他在历史系资料室偶然看到的那位让他从此魂牵梦绕的女性。

不知道为什么从第一眼,他就认定了这是他的女人。当时他已经在恩师的举荐下,开始了在四季出版社古籍编辑室的实习。

那时候他依旧孑然一身。一门心思地做学问让他暂时忽略了情感问题。不过对自己的未来他还是有所预期,哪怕仅仅是为了不再回到那荒芜的小镇。所以他决心找一个城里的女孩，哪怕她没有高学历甚至不曾两情相悦。身边的女同窗大都踮着脚尖瞧向海外，对他来说，出版社的女编辑就成了他得以觊觎的对象。

然而在如此文化的狩猎场他还是一无所获。出版社的女编辑们不是自以为是，就是刁钻古怪，周身洋溢着糜烂的小市民气息。她们对他这种来自偏远乡村的博士生根本没兴趣，甚而嗤之以鼻。她们想要的只是上流社会的富足与奢华，全然不在乎一个男人的学问几何。所以，他索性也就不在意她们了。

他除了乡下人的背景，长相也很一般，除非能欣赏他才华的人才会接近他。他当然不是那种绵软而滋润的奶油小生，他有点儿黑，有点儿干巴巴的，脸上的线条简明而硬朗，硬硬的板寸，没有表情。如果他那时候就懂得穿上高仓健那样的黑色立领风衣，或许就能俘获一两个对他垂青的女性了，只是他那时连高仓健是谁都不知道。

总之，当他觉得留在城市的梦想就要破灭时，就仿佛天上掉下个林妹妹，让他眼前一亮，满目生辉。这至少证明了上帝还是眷顾他的。那个他看到后就再也离不开的女人，在那一刻，刚好被映照在午后的斜阳中。他不记得她穿着什么，甚至不记得她的长相，但她脸上近乎于圣母的光辉，却是他永远都忘不掉的。然而，当他还沉浸在这种神圣的感觉中，那女人，却已悄无声息地从他眼前消失了，就像一场梦。

于是他蓦地想起戴望舒的《雨巷》，那首熟悉到可以倒背如流的诗。在悠长而寂寞的雨巷，她飘过，像梦一般地，像梦一般地凄婉迷茫……

从此他开始无尽无休地检讨自己，为什么不能在关键的时刻抓住自己的命运。那以后他几乎每天坐守在资料室冰冷的木椅上，期待奇迹的出现，却再没有看到过这个女人的身影。于是他越发地迷恋戴望舒，甚至觉得自己就是戴望舒，只是事发的地点不在雨巷罢了。但他却和戴望舒一样任凭那丁香一般的女人，举着油伞，从身边擦肩而去，走向雨巷的尽头。他这才真正意识到，人世间有些东西，的确就是可遇不可求。他可以筚路蓝缕，三年苦读，赢得他想要的博士头衔；但那如梦的女人，就不是单单凭靠他的思念就能获得的了。于是那瞬间的错过就铸成了他长久的悔和长久的痛。从此，他只能去做那《雨巷》的残梦了。

他感谢恩师将他介绍到四季出版社。而社长也因为他是沈依然的弟子而格外器重。实习期间，他牢记先生叮嘱，尽力做到卑微谦和。沈依然从不讳言他是他最得意的学生，但对他咄咄逼人、锋芒毕露的习性也颇有微词。沈依然深谙他复杂的性格，认为他最有文人气息，最恣意妄为，但为了某种目的，却又往往无所不用其极。所以在教书育人上，沈依然曾多次检讨自己，说他只知教书，不曾育人，那是因为他已老朽，赶不上这个日新月异的时代了。

当然，有很好的学问并不意味着有很好的品格。有时候，一个人的学识和他的修养往往风马牛不相及。所以，沈依然既喜欢听他这位高徒纵论历史，又难以理解，在对盛唐历史的研究中，他这位弟子为什么不去领略那个时代文人雅士的激扬文采，而只是对宫廷内部尔虞我诈乃至相互残杀情有独钟。为人处事中，沈依然对这位来自乡村的学生也不敢苟同，甚至背地里对他有诸多非议。他知道这个年轻人在他面前尽管谨小慎微，唯唯诺诺，然而一旦羽毛丰满，定会呈现出另一幅面孔。所以沈依然宁肯将自己的得意门生推荐给出版社，也不愿将他留在自己身边。他相信这个年轻人不会辱没他的名声，但接下来能否留在出版社就只能靠他自己了。

尽管沈依然为弟子铺好了路，但实习的最后阶段，他却突然变得意志消沉，甚而流露出想要回归故里的意愿。于是在出版社三天打鱼、两天晒网，弄得老社长在此人去留的问题上十分为难。

沈依然不知其中原委，听到老社长的抱怨自然极为不满。尽管他对弟子的人品并不欣赏，但毕竟自己学生的未来太过晦暗，作为导师也脸上无光。于是沈依然动了恻隐之心，亲自出面宴请社长，恳请他留下这个学生。凭借沈依然在学界的威望，老社长也只得顺水推舟，玉成此事。况且这个年轻人确实学历很高，偌大"四季"到目前为止，还没有一个正儿八经的博士生。于是没有几天，他就成了四季出版社的正式职工，并进入了由老社长亲自掌管的总编室。

从此他成了这个城市里的人，并名正言顺地拥有了曾经梦寐以求的城市户口。沈依然本以为这样一来他就如愿以偿了，想不到他的情绪愈加日复一日地低沉下去。

这苦楚自然是不能为他人道的。他只能在夜深时分啃咬自己滴血的心。他还从来没有过因为和一个女人失之交臂而如此痛断肝肠。这一回真的是痛到了身体中,疼到了灵魂里。他觉得他的一生都就此完结了。他不相信他的生命中还会有别的选择。他发誓如若找不到那个让他梦寐以求的女人,他将此生此世不再结婚。

或者就因为他的执着,那一天的那一刻,夕阳西下的湖畔,他竟然再度看到了那个让他魂牵梦绕的女人。他简直不敢相信自己的眼睛,觉得她此时此刻就是为他而来的。她就那样在湖岸从容不迫地走着,朝着他的方向。于是他不得不在心底庆幸,庆幸他比戴望舒幸运,庆幸那女人终于没有消失在雨巷的尽头。

这一次他不再迟疑,勇敢地迎上去。站在她面前,挡住她的路。然后说,我不想再失去你了,又说,从第一眼看到,我就知道了你是我的女人。

女人懵懂地看着对面的男人。她没有躲闪,更不曾择路而逃。

他诚惶诚恐,但意志是坚定的。他决心将他多少天来的困扰全都告诉她,无论她愿不愿接受他。他说我一直在找你。我怕我永远都找不到你了……不不,我不是那个意思,我只是想认识你。那天在历史系的资料室,第一次,看到你。那一刻夕阳就悬在你身后的窗外。那么温暖而辉煌的,衬托着你的美。那景象就仿佛是上天的恩赐,然后就无法忘怀了。

女人静静地,听他说。那一刻从湖面反射上来的金色余晖,正柔和地照在女人美丽的脸庞上。他觉得她是带着某种宽容在面对他。是的,她没有表现出厌烦,她在容忍他。于是他鼓足勇气大声说,我叫林铁军。对,我叫林铁军。

是的,林铁军,我听到了。女人低沉而委婉的声音。

我是这所大学历史系的研究生。我已经通过了博士论文。我先生为我推荐了工作单位,并且已被正式录用。从此我就属于这个城市了。我来自非常偏远荒凉并且落后的山乡。我没有别的意思,只是觉得第一眼看到你时,你在夕阳下那么美。然后我就忘不掉了,那景象,就像一场梦。我不敢相信,在失去了你那么久后,还能找到你。

当林铁军觉察到女人的不耐烦,他下意识地让出了身边的路。他说我知道你是耐着性子在听我说话,你原本可以不听的。所以你是宽容的,有同情心的,有教养……

然后他看到女人微微一笑,紧接着与他擦肩而过。看着她走向远方的夕阳,那一刻他不禁满心惆怅。但他还是坚定不移地追了过去,在她的背后说,如果,如果你能够在明天的这个时刻再度出现……

女人没有再回头,径自离去。

林铁军在她身后大声喊道,我会,我会每一天都在这里等你。

此后他果然每个黄昏都等在湖畔,却再也没有等到过那个夕阳下的女人。他知道她不会再来了,甚至不知道她的名字,但这并不意味着就不再等她了。他将永远在黄昏的这一刻坚守在湖岸。后来,他干脆将每日来此等候当作某种生存的仪式,就像那些宗教信徒每日的祈祷。

慢慢地，他不再相信奇迹的出现，只是将此视为每天的功课。他知道，爱，有时候就是得不到回应的。他宁可把这当作一种让自己的生活变得充实的感受。

不知道多少个这样的黄昏过后，那女人竟再度出现在他的面前。那时候人们已经在深秋中感受到了季节的萧索，那无边落木萧萧下的悲凉已悄然袭来。

女人没有说她怎样地被感动，但却一直跟随他在湖岸徜徉。那晚，他和女人坐在咖啡馆里。在简洁的对话中，他知道她在国外任教，这一年，来到临江大学做访问学者。女人说，她很可能不想再去国外了。她说她厌倦了，她想留下来。

他们还来不及相互了解，咖啡馆就打烊了。他们便只能被赶到大街上。路灯下，他们前前后后的影子。他说他想和她在一起，但他的宿舍是与人合住的。于是又说，等我工作了，等我，有了自己的房子……

但显然女人对此并不介意，她说，她就是喜欢在这样的午夜，有个男人陪她漫无目的地在大街上走。

男人立刻信誓旦旦，无论你想走到哪儿，我都会陪你。

女人突然停住脚步，转身问，想喝酒吗？

可是，我们已无处可去。

我知道一家不关门的，如果你愿意……

我，当然愿意。男人显然受宠若惊。

然后他们走进一栋住宅。走出电梯。女人掏出钥匙，打开房门。然后将男人让进来。说这里有上好的威士忌。

站在开放式的房子中央，男人突然说，秋收的时候，场上，都没有你的这间客厅大。

我租的。女人说，就一年。一年的家。如果你喜欢，也可以住进来。当然要付租金。我们可以共用客厅、厨房和洗手间，而主卧里有我自己的卫生间。

没有诱惑，却已心惊肉跳。男人小心翼翼地问，你不是在开玩笑吧？

我像开玩笑的人吗？

男人突然抱住女人。没有反抗。男人更紧地抱住女人，说整整五年我没碰过任何女人。

那么，五年前呢？女人呼吸中温暖的气息。

我曾经有过女朋友，只是，她不愿相信我会有今天。

就离开了你？可惜。

不可惜。否则，怎么会有这一刻。

女人顺从在男人的臂弯中。

男人问，你为什么要引狼入室？

因为城市里已听不到野狼的嗥叫了。

男人又问，为什么不挣扎？

女人说，这明明是我想要的。

接下来便传出野狼的低吼。在幽暗的灯光下仿佛置身荒野。男人近乎歇斯底里地揉搓女人。试图将他五年来的欲望全都发泄在她身上。他亲吻她，他说，他想要。女人却突然推开男人，冷冷地说，我们是来喝酒的。然后她转身退出激情。男人仿佛被阉割了。

然后，所有的欲望，像决堤一般，突然之间无影无踪。还剩下了什么?他想要的,那消逝的激情?他沮丧极了,沮丧到,苦不堪言。那一刻,他真的恨透了这个诱惑他又让他无所发泄的女人。

便以这样的方式,结束了,他们之间的,第一次亲昵。他当晚回到自己的宿舍,因咖啡而彻夜不眠。不好的开头,必定预示着,不好的未来,这是星象大师们共同的结论。信还是不信?

尽管不曾云雨,幸好女人租房的允诺没有失效。甚至第二天清晨她就打来电话,说他如若还想租房的话,随时可以入住。于是男人又被弄得乱了方寸,不知道女人到底是什么意思。

紧接着男人搬了进去,从此和女人同在一个屋檐下。却好长一段时间一直彼此生分, 当然更不曾重提曾经的欲念。男人每天在出版社上班下班,女人则终日在家研究写作。他们来来去去,打头碰脸,却仿佛陌生人,看起来更像是那种没有什么交流的室友。

无论女人研究的是什么, 显然她对自己的课题很痴迷。她一天到晚坐在电脑前,不停地思考并敲击着。有时候一整天不刷牙不洗脸,只穿着睡衣在房子里走来走去。于是彻底破碎了男人对女人曾怀有的圣母形象。直到某一天晚上,女人叫了披萨,点燃蜡烛,打开红酒,邀请男人和她共进晚餐。

烛光摇曳中,女人举杯,说,今天是我的生日,我已经三十八岁了,时间过得真快。

男人举起酒杯,却一时不知该说些什么。

觉得我太老了，是吧？

不不，怎么会呢？

就是说，我十岁时，你才出生。

我一直觉得我们差不多大。

别自欺欺人了，我们都不是孩子了。

你依然那么漂亮，那么……

算了吧，女人说，我只想让你看到真正的我，不要被假象所迷惑。

不不，你就是我当初看到的那个优雅的女人，祝你生日快乐，男人一饮而尽。

然后他们在杯盘狼藉中开始行动。

自从他们成功做爱，自然也就不再分房。从此每日欲壑激荡，直到女人彻底放弃了国外大学的职位，成为临江大学外国语学院的教授。尽管女人的选择破灭了男人的出国梦，但到底还是实现了他最初的梦想，就是在这座城市有了一个自己的家。

不久后，他们顺理成章地进入了婚姻程序。只要两相情愿，登记结婚是再简单不过的事情了。男人一方自然毫无障碍，他乡村的父母当然支持儿子迎娶城市的新娘，只是对未来儿媳的年龄不那么中意。不过乡村小女婿的婚姻比比皆是，且小女婿总是能得到更多呵护。只要大城市的女人能够接受他们的儿子就千恩万谢了。直到谈婚论嫁，林铁军才第一次知道，女人在这个城市里原来是有家的。

没有窗的房间

那还是老社长在位的年代。廖也夫沮丧地坐在未央的办公室。这是老廖特意为未央争取到的一个小房子。这个没有窗的房间虽小,却给了未央一个自由独立的空间,甚至某种安全感。未央调来出版社没有别的索求,只希望能有一个潜心编书的环境。

未央所以能调进来,是因为此前她已经帮老廖策划过很多经典而畅销的书。其中有诗歌、小说、散文及翻译作品。她在文学界有不错的人脉,很多作家都是她的朋友,所以她才能把他们的书拿到"四季"出版。未央之前,社里几乎没有这样的人才,鉴于此,老廖才会力荐未央,并敦促老社长一定不能错失良机。

未央的办公室虽小,却蕴含无穷动力。经她出版的书籍,曾一度撑持了"四季"半壁江山,让社里其他编辑室不得不向隅而泣。短短半年,这个瘦弱女孩所表现出来的能力和魄力就令人刮目相看,不敢小觑。那所向披靡的气势仿佛要将整个“四季”吞没，而“未央”两字在某种意义上，也象征般地预示了这个工作室未来的辉煌。

未央的到来不仅让“四季”看到了曙光，也弄得编辑们个个自危。有未央的标杆悬于高处，他们就再不能每日喝茶读报，优哉游哉地敷衍着工作了。进而总觉得身后被什么驱使着，仿佛被鞭打。于是他们本能地对这个横空出世的女孩心生恨意，却又只能像被绑架了一般开始拉犁耕地。这种逐渐兴起的相互竞争自然让老社长非常受用，结果当年“四季”的码洋就翻了一番。

从此未央的地位稳定下来，从当初的横遭“白眼”变成了人们追捧的对象。毕竟大家都知道她是老廖的人，又被老社长格外青睐，于是就再不敢对这个咄咄逼人的小女子说三道四了。

有了未央的赫赫战绩，老廖也跟着扬眉吐气。虽然他已是“四季”名副其实的副总编，但未央的加分让他更加拥有了接班人的气象。尽管老廖已年逾五十，但丰富的出版经验以及名牌大学的出身，还是让社里几乎所有人都看好他。他进而费尽心机地按照未来社长的姿态打造自己，以至于老社长还不曾退休，人们就开始纷纷臣服于老廖麾下了。

然而让老廖猝不及防的是，在没有任何先兆，甚至班子都不曾讨论过的情况下，老社长突然当众宣布，将总编室一位名不见经传，甚至多数人都不怎么熟悉的年轻人提拔为副社长，顿时引来出版社一片哗然。这对于老廖来说不啻为当头一棒，而老社长的理由却非常简单，发展需要年轻人。为此老社长特意召开全社大会,面对出版社的未来慷慨激昂。他再度重申社里需要年轻人,而我们委以重任的这位,不仅是临江大学的博士生,并且发表过很多很有水平的学术论文。所以"四季"要想后继有人,就必须大胆使用青年才俊。是的,年轻人才是"四季"的未来和希望,而我们,包括老廖,我们的责任,在某种意义上,就是为这些年轻人保驾护航。相信大家都看到了,我们若没有未央这样肯干会干的年轻编辑,会有眼下这欣欣向荣的繁荣景象吗?

面对突然之间的人事变动,廖也夫自然心灰意冷。他以为只要放平心态,就能让自己慢慢超脱。但却一连几夜睡不着觉,就是睡着了也会突然惊醒,周身大汗。他想不到自己竟会那么在乎一个年轻人的升迁,而且并不是被提拔为社长或总编辑。或者是因为老廖曾志在必得的姿态?或者这年轻人确有背景?带着诸多疑问,老廖约见了总编室的万末,他想知道这颗冉冉升起的新星,到底何许人也。

那时候万末已开始不舒服。但憔悴的病态却依旧掩盖不住她曾经的美貌。他们坐在熟悉的餐馆里。很多年来,他们一直在这里互诉衷肠。尽管如今年华老去,激情不再,但他们依旧是最知心的朋友。如果说,在他们中间,还残存着某种剪不断理还乱的旧日情怀,但那也是有心无力的苟延残喘了。他们相互守望着走过了人生许多共同的时刻,从大学同窗,到分配在同一家出版社,一晃就是几十年。虽然他们曾有过短暂的相恋,却最终阴差阳错地没能走到一起。他们一直延续的那种暧昧关系,直到廖也夫三十岁那年迎娶了他的新娘。

接下来，他们就只能以挚友或生死之交的方式来维持相互的友谊了。有时候，他们会觉得他们之间的关系就像兄妹，于是在后来的日子里，他们就坚守了这种情同手足的友情。于是哪怕很长时间不曾交往，但在各自心中，那种亲人一般的感觉是永远不会改变的。当然，伴随着廖也夫的不断升迁，他就更像是一把撑开的伞，笼罩着万末。即或万末有她独立的人格，自主的姿态，但有了老廖的庇护，她还是觉得心里很踏实。

老廖对万末的日渐消瘦确实很在意。他已经不止一次叮嘱她一定要去看医生。他劝万末不要讳疾忌医，但万末对此从来不屑一顾，甚至不愿触及这个话题。她认为生命自有自身的状态，她将任凭自然的趋势，哪怕，哪一天她会被带走。

然后他们开始讨论林铁军。那时候林铁军到出版社刚刚一年有余。万末说，显然这是个上进青年，尽管一直以来沉默寡言，但还是能看出他的抱负。当然他也是有城府的，这是他来自荒远乡村所致。所以万末觉得这个年轻人很像当年的廖也夫，典型的拉斯蒂涅式的人物，来自外省，潇洒英俊……

你觉得林铁军英俊？老廖质疑地看着万末。

不英俊吗，至少他不是那种让人腻烦的奶油小生。他有硬汉的棱角，独立的主张，不出尔反尔，一种冷隽的魅力。所以他尽管言语不多，行为简洁，却还是能给人留下某种深沉并且有力量的印象。

就是说，你欣赏他？

至少我不讨厌他。

这又能说明什么?

有时候他还很体贴,懂得怎样关心别人,以至于你会不经意间就把他当作朋友,以至……

以至什么? 不,这明明是掠夺。

掠夺?你这个人想到哪儿去了?万末不解地看着老廖,反正我觉得他可以信赖。

好了好了,我不管你怎么看他,那些对我毫无意义。我只想知道他来出版社,到底想要得到什么?

他想要什么?万末惊诧的表情,他这人没有功利之心,至少我目前没有觉出来。

但他还是成了副社长,究竟是怎么弄到手的? 他的野心到底有多大? 哦,老廖突然放下酒杯,就是说,你也被他"体贴"了?

我一个老太婆? 万末自嘲。

你哪怕变成木乃伊,哪怕被风化了也是最美的,不记得我说过这话了?

谁记得你那些无聊的比喻? 我已经被沙漠埋到嗓子眼儿了。我也想知道,你为什么要请我吃饭,那个林铁军到底怎么危害你啦?

这是显而易见的。老廖说,你怎么就没有警惕呢?他进社一年就拿到了副社长,你不觉得他的前途不可限量吗,而我却是生死未卜。

其实你根本不必这么敏感,他不过是排在你们所有领导之后的一个副社长而已。看看你们这些社长副社长总编副总编甚至编委吧，哪个不是七老八十的，还有什么动力可言，不过混吃等死而已。所以我觉得老社长的策略是正确的，就应该培养年轻人，譬如未央……

所以，是我给出版社注入了新鲜血液，也是我，带来了出版社的今天。

不是你，是未央。万末揶揄廖也夫。

不错，是未央，但如果没有伯乐呢？她不是还在自己孤芳自赏的那个小圈子里误打误撞？好了，不说她，就说你那个林铁军吧。他一定有什么让人不能小觑的，以至于老社长都难以左右的背景。

大家都知道，林铁军是继未央之后，老社长再度引进的人才。不管他学问深浅，但确乎是临江大学的博士生，并且是沈依然的博士生。于是沈老不遗余力，这还不算背景吗？尽管不久后沈老就和他决裂了，但那时他已经被正式调进出版社。总不能再把他弄走吧？

决裂？我怎么不知道这些纠葛？廖也夫不禁眼前一亮。到底是怎么回事，你快说说。

其实也没有什么大不了的，无非是，没有征得沈老的同意，他就和沈老的女儿同居，并且很快就结婚了，这让沈老夫妇痛不欲生……

这就是道德问题了。

没那么严重吧。

和沈老的女儿结婚，当然是为了抬高自己的身价，进而改变小人物的命运。这个年轻人不简单哪，可见他每一步都是精心设计的。

不过和沈老女儿恋爱前,他就已经调进来了。

更加证明他是有预谋的。难道老社长不知其中恩怨?

我觉得社长是知道的,只是生米已做成熟饭。不过林铁军确实有才华,我读过他的博士论文,很有见地。

学问能代表一个人的品性吗?

你干吗要那么讨厌年轻人?

不是所有年轻人都像他那样,未央就没有他那么急功近利。

那是因为未央没被提升，否则你也会指责她忘恩负义。得了吧,老廖,我们还能干几年,你不是一直都想安静下来写书吗?

是的,当然……

只是不久后万末就香消玉殒,魂归离恨,让廖也夫很长一段时间一直以为万末在出差。而此刻他沮丧地坐在未央的办公室,想着万末,始终难以接受斯人永逝的残酷现实。

接下来局面转变得很快,快得出乎所有人预料。被万末百般推崇的林铁军扶摇直上,不仅拿下社长大位,还直接兼任了总编辑。如此结局,对廖也夫来说,不啻为此生最大的耻辱。

从此老廖只能倚重未央。她是廖阵营中所余不多的党羽之一。无论出版社怎样风云变幻,未央都不曾背叛老廖。不是说这个女人怎样坚贞不渝,而是她知道自己必守的原则。在做人方面,她从不逾越底线;在做事方面,就更是坚守平凡的本分。除了编书,她几乎就没有别的兴趣,所以她一直说自己是一个寡淡的人。她独自住在租来的小房子里。一年中很少回乡下的家。廖也夫对她有知遇之恩。她懂得滴水之恩当涌泉相报的道理。

老廖还记得第一次见到未央。在贫瘠而辽阔的土地上,她就像绽放在荒野的一朵奇葩。老廖受到极大震撼,觉得未央仿佛是天堂的孩子。她几乎没受过什么正规教育,却写出了一首首天籁一般的田园诗。老廖寻着诗找到了这个乡下女孩,那时候他就是想为这个女孩子出一本诗集。不久后女孩考上不收费的师范学校,毕业后回到郊区的图书馆。

尽管有了工作,未央却并不满足,很快就辞掉工作,开始四海云游。她知道凡天下感人的诗歌,无论荷马的诗还是边塞的歌吟,都和游历有不解的关系。她希望自己也能成为天地之间的游吟者。

只是游吟的生活并没有带给未央感天动地的诗篇,却让一个她曾经无比崇拜的诗人走进了她的生活。他们两心相悦,爱得死去活来,却不曾顾及到诗人与诗人之间是不能缱绻柔情的。西尔维亚和桂冠诗人休斯的婚姻就是范本。爱情,只能以西尔维亚的自杀为代价,来证明诗人婚姻的不幸。

就在她和她的诗人决心终生相守,进而谈婚论嫁的时候,却突然地,一个不知从什么地方冒出来的年轻人,愣头愣脑地来到了未央的家乡。他说他就是喜欢未央的诗,没有别的企图,但未央原本的平和与宁静还是被打乱了。

这个陌生的年轻人好像并不了解未央,但却能行云流水般背诵未央的每一行诗句，让她不能不感动。她于是慢慢喜欢上了这个崇拜者，而此前，她一直是崇拜别人的。

当未央第一次见到这个慕名者，觉得他还是个未成年的孩子。那男孩就那样执着地站在池塘边，未央的对面。良久，才说，和我想象中的一样。

他说他就是想看到未央出生的地方，想找到诗中的麦田和池塘。他为此在未央的父母家住了很久，他不管未央是否回来，只要能亲近这田园诗一般的未央的世界。

几乎在男孩表白的同一时刻，未央将他紧紧抱在胸前。她没有吻他，只是在他的脸颊上感受着。她知道这冲动来自于她不曾经历的某种迷恋。她或者不该鼓励男孩的痴迷，于是她放开他，说，她只想感谢他对她诗歌的喜爱。

但男孩还是被怂恿了，反身将未央抱在怀中。他开始毫无顾忌地亲吻她，并生硬地在她的身体上肆意摸索。那一刻，她头脑中掠过的唯一念头是，自己或许不会再嫁给那个曾经崇拜过的诗人了。

她几乎在第一时刻就把自己给了那个年轻人。让他在她的身体上默诵她的诗。那诗行像音乐一般响彻麦田，那是她写给凡高的金色诗篇。就这样，死在麦芒上就等于是，死在彩云间。她甚至来不及向父母辞行就离开了家。男孩骑着她的自行车，她坐在男孩身后，抱着他的腰。待黄昏垂落，他又让她坐在车梁上，用胸膛里疯狂的心跳诱惑着她。他们飞快地行进在乡间土路上，他在她身后不停地亲吻她的头发和脖颈。

然后他们住进图书馆后面她的宿舍。她连续请了三天事假。当他们走出小屋时已形销骨立。

这些故事,未央不知对老廖讲过多少遍,不久后她就被调进了出版社。那男孩常常默不作声地坐在未央的办公室,一坐就是一整天。然而不知道什么时候,男孩又会突然之间不辞而别,害得未央魂不守舍。他们聚少离多,好不容易见面又总是相互指责。

老廖眼看着未央被折腾得心力交瘁,于是建议她和那个男孩断绝。他认为他们这种流浪式的关系很难维持。当未央终于下决心结束这段痛苦的关系时,突然传来男孩身亡的消息。未央曾以为这只是传言,直到她看到了男孩枯槁的身体。朋友说男孩后来拒绝进食,他说他能拥有的只有她的诗了。未央知道,男孩是为爱而死。但是,倘若她没有做出那个放弃的决定,男孩还会死吗?

那以后未央就再没有开心过,也没有交往过任何男朋友。她觉得是她导致了男孩的死亡,所以她一直不能原谅自己。从此背负着永远都不能释然的罪恶感,时时刻刻匍匐在耶稣基督的脚下……

老廖气急败坏地推门进来,在未央很小的房间里来回踱步。他说他怎么想也想不到,林铁军竟然取缔了总编室,把我这个为出版社当牛做马几十年的副总编下放到辞书编辑室。这个浑蛋,他到底想要干什么?斩尽杀绝吗?

未央没有跟老廖一道哭天抢地。这是她一向秉持的中庸风格。她能够一言不发地听任老廖咆哮谩骂,就已经是一种包容了。她尽管不会煽风点火，却总是能正确地理解他。她知道老廖的愤愤不平不敢和家人说。他不想让老婆孩子跟着他一道徒添烦恼。

在老廖滔滔不绝的抱怨中，未央突然抬起头，您不觉得这一系列的人事变动，都是老社长的布局吗？

老社长？他早就是一具僵尸了。他没有那个姓林的坏。不是林铁军四处活动，上下折腾，老社长会犯这种低级错误吗？

这愈加说明林铁军不能小觑。

你是说，我没有能力和他较量？

否则他怎么能撼动上级机构，让他们都觉得出版社的老总非他莫属。而您，一介书生，两袖清风，有什么不好？

我只是咽不下这口气。毕竟在“四季”工作了几十年。几十年风风雨雨，没功劳也有苦劳，就一笔勾销了？而现在……连万末都没有了。老廖不禁悲从中来。

您学养深厚，内心博大，怎么就看不透那些身外之物呢？现在有时间了，正好做学问，您不是说一直想撰写一部《新文化运动史》吗？让我做责编吧。

未央突然不再说了。她的房间里已没有了老廖。

他怀着卑微的心理跟在女人身后

他怀着卑微的心理跟在女人身后，他觉得这是此生最为重要的时刻。他为此几乎等待了整整一生。多少年含辛茹苦，日夜苦读，好像就为了能和身边的这个女人相遇。

他知道他们之间的这种关系是可遇不可求的，但上天就是给了他这个千载难逢的机会。他爱这个女人，进而爱她的年龄，以至于不假思索，就接受了她比他大十岁的现实。总之他已如愿以偿。而此刻他们要做的，就是在结婚登记前拜望女人的父母。

林铁军怀着忐忑不安的心。哪怕他已经拥有了博士头衔和出版社的工作。但他就是心慌意乱，紧张的感觉甚至比博士论文答辩还令他难以招架。他无法预测未来的岳父岳母会怎样看待他，却知道这个城市通常对小地方来的人不屑一顾。

此前他也曾小心翼翼地问过女人，她的父母是怎样的人。女人却总是含糊其词，因为她一向觉得父母和他们的爱情没关系。但他最终探得女人的父母皆为知识分子,如此让林铁军长长地出了一口气。知识分子,就不会像小市民那般嫌贫爱富,至少能有知书达理的修养。事实上他并不在乎那些小市民家庭,他觉得自己的学历和工作,已足以打败那些庸俗和轻蔑。

当然也会有另一种可能,譬如以知识对抗知识并非不是战争。所谓的知识学养有时候会让那些酸臭文人更加吹毛求疵。在大学里,他不是没见过这种人,世俗的程度一点也不亚于那些小市民,甚至更卑鄙,更狡猾,更虚伪,也更难以相处。

于是这成了林铁军郁郁寡欢的心结。自从女人提出见她的父母,他便开始魔怔般不停地讲述乡村生活。讲乡下是怎样天人合一,田野是怎样牧童短笛。他说唯有乡村生活才堪称诗篇, 因为这个古老国度的历史就是一部农业文明的史诗。所以他要对她说这些,不过是为了安慰他诚惶诚恐的卑微的心。

他小心翼翼地跟在女人身后,觉得走在这样的路上很凄惶,觉得,此时此刻他所经历的不啻于一种苦难。甚至觉得走在这样的路上,就如同耶稣基督背负着十字架走向赴死的骷髅山。他这样想着便手脚冰凉,满心忧伤。就因为他来自外省,出身乡下,就要经历如此残酷的人生折磨?

总之他和女友走在回家的路上。直到穿越湖岸,他才蓦地觉出已经走在了临江大学的校园中。于是他更加迷惑惶恐,那些小市民教授的虚伪嘴脸仿佛就在眼前。接下来他们穿行在一幢幢教授楼中,他才恍然醒悟,原来岳父岳母是这样的知识分子。于是他想知道他们是哪个系的，什么专业。却最终他什么也没有问，只一味地跟在女人身后。

直到终于来到一幢有些荒芜的院落前，女人转身，对他说，你不用紧张。这不过是一个程序，和爱情无关，也和我们的婚姻无关。

然后他们踏上台阶。他记得那一刻他有意识地挺直了腰板。迟早，是的，迟早丑媳妇总要见公婆。踏上台阶时，他觉得他的内心是饱满而强大的。他知道一旦踏上台阶，就等于是开启了他们或美满，或不幸的未来。于是他抱定了堵枪眼或炸炮楼般的坚定信念，牺牲，是的，哪怕牺牲，他也决不会放弃身边的这个女人。

门铃还不曾响起，门就被打开了。

那一刻。

那一刻门里门外的人全都惊呆了。

首先，林铁军几乎不敢相信自己的眼睛，站在门里的那个人竟是自己的导师沈依然。恍惚间，他仿佛身在云中。三年里，他一直追随沈依然苦修唐史，却从未走进过导师家门。事实上学校里很多研究生都是导师家的常客，有的干脆在导师家中上课。进而成为导师家须臾不可离开的助手兼“保姆”。也就是说，除了帮助导师整理资料，还要担负起导师家日常的家庭琐事。却唯独沈依然鹤立鸡群，始终坚持在教研室为他的学生授课。他从不邀请任何学生到家里来，更不会允许他们进入他的家庭生活。在他的观念中，家就是家，教研室就是教研室，仅此而已。哪怕他非常欣赏他们，也绝不会让他们染指他的私人领域。

在见到沈依然的那一刻，林铁军仿佛犯了错般满脸通红。他甚至不敢抬起头，甚至自惭形秽地低着头站在门外。事实上，他那时还心存一丝侥幸，希望导师和女友没有任何关系。他宁可将这次邂逅当作导师刚好也是这家的客人，但女友“爸爸妈妈”的称呼，则将他彻底置于尴尬之中。

站在门口的沈依然同样猝不及防。他先是愣怔地站在那里，紧接着便了然了事情的真相。很明显他的目光是不悦的，甚而恼怒。然而却什么也没说，甚至不曾和自己的弟子打招呼，就转身回到了他的书房。

到底是怎么回事？沈先生怎么可能是你父亲？

这就是我家，有什么好质疑的？

事先为什么不告诉我？为什么他偏偏是你父亲？

他就是我父亲，怎么啦？是他让我把你带回家的。

不不，不会那么阴差阳错的，我不喜欢这样的结局。

有什么不同吗？

你说有什么不同？林铁军高声喊叫起来。你明明知道我是他学生，却不告诉我？你到底想要隐瞒什么？是你陷我于不义之地，从此你父亲会怎么看我？

你用不着这么大喊大叫。我怎么知道你是他学生？女人委屈地看着林铁军，没告诉你是因为他和我们没关系。

但你也不该把我和你父亲都蒙在鼓里。就算你出国多年，不在乎父母对你婚姻的态度。但你也该为我想想，到底我是他的学生……我不想沈先生误会我，我今后该怎么面对他？

如果不愿意，我们可以不面对……

沈远，沈依然，我怎么就没想到呢？林铁军在石阶上来来回回，直到那个白发苍苍的妇人将他带进客厅。

尽管沈远的母亲很和善，但林铁军的到来还是让她心存疑虑。按理说，如林铁军般功成名就的才子，成为文人家庭的乘龙快婿绰绰有余。但唯独沈依然格外挑剔，尤其对这位高徒始终心怀芥蒂。尽管这芥蒂从不曾表露，但双方都有隐隐的感觉。尽管如此，沈依然还是为林铁军安排了工作，但为什么，林铁军竟然连他的女儿都不肯放过？

沈远被父母叫进书房。林铁军被孤零零地丢在空旷的客厅。在这里他听不到书房的声音，但知道沈依然显然对他们的关系十分不满。否则导师脸上不会是这种表情，更不会把他晾在一边，连起码的礼仪都不顾及。

他到底什么地方得罪了导师？三年里他一直潜心学问，连沈依然本人都不止一次地夸奖他，说他在所有学生中最有前途，并最终将他送进了出版社。既然导师如此器重他，为什么看到他和沈远在一起时又会那么愤怒呢？他究竟是不满意自己的学生，还是不满意自己的女儿呢？或者，这些虚伪的老学究从来就不是什么真正的儒雅之士，和那些被他们鄙夷的小市民有什么两样？

林铁军觉得受到了莫大的侮辱和伤害。何以导师对他百般推崇，尽人皆知，但一遇到女儿的婚事便原形毕露？进而林铁军推导出真正的结论，事实上沈依然一直瞧不起他，甚而鄙视他，像所有虚伪的知识分子一样道貌岸然。

林铁军这样想着不禁满心悲怆。教授的阳奉阴违就像骗子一样刺穿了他的灵魂。他伤心，委屈，义愤填膺，但脑海中依次闪过的依旧是许多从小地方走出来的那些名人。来自偏远山乡有什么不好？世世代代生活在都市就一定高贵吗？灯红酒绿能替代大自然壮丽旖旎的风光吗？而一个穷人，就不能通过自己的努力成为被人尊重的人吗？

这样想着，林铁军便不再患得患失，甚至开始检索沈远的诸多不尽如人意。诸如她的我行我素，自以为是；诸如她并不漂亮，加之他们之间十岁的年龄差。这些全都能成为他们分手的原因，是的，没有什么好留恋的，拿得起放得下才是真正的大丈夫。

他这样想着便开始释然。抬起头看窗外的天空也豁然开朗。但还是不知不觉流下眼泪，觉得自己或许不该留在这个虚妄的城市中。他对他们的婚姻观百思不得其解，为什么所谓高级知识分子的家庭中，会有如此蒙昧世俗的观念。他于是情不自禁地悲悯自己，悲悯沈远，甚至悲悯沈依然。他不知在遭遇如此情感困厄的时刻，是不是该放弃。

沈远淡定自若地面对父母。平静而自信地阐述她和林铁军之间的关系。她说她其实知道他是父亲的学生，她也曾耳闻父亲对他的推崇。她以为那是父亲的肺腑之言，她确实没有听到过父亲诟病林铁军。或者父亲不想让别人知道他的得意门生是有瑕疵的，所以他才对自己的女儿也讳莫如深。于是沈远被误导了。而她最初和林铁军接触时，就是把他当作父亲最钟爱的学生去亲近的。

或者就因为父亲的虚荣,沈远才决定去湖岸见那个林铁军。既然是父亲看中的人,她还有什么可犹豫的。但是,您为什么不说出对这个人的真实看法呢?您为什么在夸奖他的时候不告诉我,他是一个急功近利的小人呢?

从此我坠入您所谓的危险关系中。是的,如果真如您说的“子系中山狼”,那我就真的是引狼入室了。但是在和他的交往中,我并没有产生过您那样的疑虑。当然您可以说我是被盲目的爱情蒙住了双眼,但我们确实相处得很好,在没有任何利害关系的前提下,我们彼此真心相爱。是的,我们相遇时他已功成名就,他总是在说对他的恩师将没齿不忘。当然您可以认为那不是他的肺腑之言,但他并不知道我是您的女儿,始终不知道,直到,您打开了门。您没有发现他看到您时尴尬的样子吗?那是装不出来的。总之他不是冲着我们家来的,他只是爱我这个人。他说第一眼看到我时,就知道我是他的女人。他确实不知道我是您的女儿,或者,如果一开始他就知道我是谁,也许就会绝尘而去。

是的,我们很可能不会白头偕老。这个年代,又有多少婚姻能像您和妈妈那样执子之手,从一而终呢。所以我并不期望有谁能和我走过一生。对我来说,只要曾经拥有,就不枉人生。只是,为什么您可以推崇他的治学勤恳,却不允许您的女儿嫁给他呢?

我知道你们觉得他可以不顾年龄差距地和我在一起,一定是贪图什么。但是什么呢?我,又有什么呢?我有的,他也已经在您的帮助下都有了。或许,如你们所言,有一天,当我年华老去,他会去猎取新的红颜知己。那又怎样呢?我没有什么可怜的,我有自己的人生,就足够了。任何人,包括我,甚至包括您,爸爸,您难道就没有对别的女人、您的女学生动过心吗?

不不,这些话都是您逼我说出来的,我本不该这样说。我们的爱情,从本质上说,和你们又有什么关系?我们的相爱危害到你们了吗?爱上某个男人难道不是我的自由吗?

我决定留下来,当然不是为了他。事实上,很多年来,我一直在考虑我的未来。在外国任教就一定高贵吗?仅仅是为了对得起你们为我付的学费,为了撑一个美国名牌大学教授的面子,不不,太累了,也太虚伪了,我为什么要折磨自己?我过够了那种孤独迷茫、总是找不到自己的生活,有时候,我甚至不知道自己是谁,在做什么。在那种环境里,我将永远是“别人”。有时候独自在家,我甚至想过自杀。所谓的面子,其实并不是属于我的,而是你们的。

而此刻,为什么,你们还要干扰我的生活。我爱他,他也爱我,就足够了,干吗要怕别人的议论。你们的女儿嫁了一个小女婿,抑或,您在利用您的学生,解决女儿的婚姻问题,诸如此类。为什么要对别人的看法那么在意?那么,你们的生活还是生活吗?

您说什么?断绝关系?爸爸,不,我们是亲人……

那么,好吧,就按您说的。无论你们怎么想,我都会和他结婚。这没有什么了不起,你们早就让我绝望了。我曾经破罐破摔，不在乎什么处女的贞操。在美国，我甚至把一个地铁中偶然遇到的黑人带回家。我没有被蒙骗，只是想伤害自己。是因为我想回家，而你们，却在电话中警告我，说你们如何如何为我付出了那么多……

那么多，是的，梁启超也曾把他的孩子们送去美国读书，他也为此而付出了那么多。思念，不停的信件，当然还有昂贵的学费。但是，他从来没有给他的孩子们任何压力，只是要他们学成归来，报效祖国。而你们，却只想着用我名牌大学教授的头衔到处炫耀……

就像是一部血腥的影片

其实没有人真正知道万末曾经历过怎样的苦难，但人们还是喜欢捕风捉影。无论一个人身上有无斑点，都会被某些人不着边际地无穷放大。于是她就像古代被刺黥的罪人，永远背负着那个丑陋的印记，无论走到哪里都在劫难逃。

或许这并不是别人的错，而是万末自己几十年来锲而不舍的追寻。她逢人便说一定要找到自己的孩子，这是她此生唯一的愿望。她这样说的时候让人不能不联想到祥林嫂。“我单知道”，那已经成为鲁迅小说中最经典的独白。谁也不明白万末为什么要以这样的方式张扬自己的过去，而这种张扬对万末来说显然是负面的，因为大家都知道万末从来没结过婚。

这或许就是万末为什么不结婚的原因。出版社很多人都是这么揣度的。大家都知道在万末心里，始终纠结着两个永恒的情结，一个是她的孩子。另一个是孩子的父亲。

是的，她生下过那个孩子。她强调这不是假的，更不是幻觉。她确实经历了临产时的疼痛，也确实听到了那个孩子的哭声。她至今仍能感觉到婴孩从身体中剥离时的解脱感。而这种解脱感，日后竟成了她始终不能原谅自己的罪恶。

是的，她生下了那个孩子，但很快又被她丢弃了。那是她母亲为她做出的决定，那时候她没有发言权。后来她知道那是那个时代不得不做出的选择。也是唯一正确的选择。那一刻，躺在产床上的她只有十六岁。十六岁她就经历了分娩的苦痛，而伴随着婴儿呱呱坠地的那一刻，也就注定了，她毕生的苦难。

尽管决定是母亲做出的，但她对此毫无异议。她知道决不能拥有这个魔鬼一般的孩子，她甚至仇恨这个罪恶的生命。于是当助产士抱着这个大声哭叫的婴儿从她身边走过时，她竟然倔强地转过头，不去看他。她觉得这个婴儿就像一种邪恶的负担，将给她带来无尽苦难。她所以在疼痛中坚忍地生下他，其实就为了能尽快甩掉他。她甚至不想知道是男孩还是女孩。很多年后才从母亲口中得知，那是个健康并且漂亮的男孩。

在所有关于这个男孩的记忆中，她只记得他出生后那嘹亮的哭声。那哭声永不停息，令她厌恶至极，于是更加痛苦羞愧，觉得是他在向世人昭示她的罪恶。

从此她再也忘不掉男孩的哭声。很长一段时间，那哭声就像梦魇一般环绕在耳畔，提示她曾经的那段难以启齿的耻辱。这是那孩子留给她的唯一记忆。后来她才慢慢知道，男婴生下来时竟足足八斤，而母亲却是一个瘦弱的小女孩。

伴随着岁月的星移斗转,她开始越来越难以克制地想念儿子。尤其当她了断了世上所有风尘,孤身一人,在漫漫寂寥中,就更是想念她的孩子。是的,她明明有过自己的孩子,她明明在十月怀胎中孕育过他。为什么出生伊始他就必须离开?为什么他不能拥有自己的母亲?

然后她开始日复一日地自我折磨,以至于觉得自己就是魔鬼的化身。在所有罪恶中,她最最不能宽恕自己的是,作为一个母亲,她竟然从不曾看到过自己的孩子,哪怕一眼。她坚信那时候只要看过他一眼,日后就一定能够认出他。无论时光过去多久,也无论岁月怎样四季更迭。就像她至今记得他的哭声,永生永世都不会忘怀。

但是就因为那一刻她在产床上调转了头,她就永远地失去了找回儿子的可能性。于是她为此肝肠寸断,亦被经久不息的罪恶感所困扰。只是现在的感受和当时的已全然不同。那时候,她因为羞辱而自责;而此刻,却因为作为母亲的残忍而痛心疾首。尽管此一时,彼一时,但唯独她要永远生活在罪恶中。也许这就是报应?

伴随着罪恶感的日久弥新,万末干脆将自己当作罪孽深重的囚徒。有哪个母亲像她那样对自己的孩子不闻不问,冷酷无情?又有哪个母亲如她般对孩子的生死未来置若罔闻?她竟然在她的孩子离她而去的整整二十年后才重新想起他,而这时她自己的母亲也已经行将就木。

就在她萌生了想要找回孩子的时刻,母亲却突然罹患帕金森氏症。萎缩的大脑让母亲什么都记不起来了,那以往的一切，甚至自己的女儿。而万末能得到的关于孩子的信息，除了他是个男孩，就什么都不知道了。而当年的那座产院，又早已在世事沧桑中不知了去向。于是她四顾茫茫，唯有绝望，觉得这是上天对她最沉重的惩罚。

从母亲过世的那一年起，万末便开始了寻找儿子的艰辛旅程。她四处奔走，多方寻访，不放过扑朔迷离中，哪怕一丝一毫的线索，以至于，她竟然找到了那个当年强奸她的人。

那个人。

那个人是那场轮奸中她唯一认识的。她甚至对这个住在小街对面的男孩有着某种青涩的好感。她不知那是种羡慕，还是，朦胧的爱。总之，她喜欢看到他，尽管她和他在那个年代属于完全不同的阶级阵营。但伴随着乾坤扭转，世事更迭，几乎转瞬之间，他们就各自完成了角色的转换。

几天前，十六岁的万末还骄矜傲慢，曾经的红色资本家背景让她生活在富裕而优越的环境中。不仅祖父曾为临江市的新政权立下汗马之功，父亲也在年轻时就秘密加入了共产党。新中国成立后父亲成为临江大学的第一任校长，让万末尽享校长时代几乎所有的好处。而常年寄住在生活条件无比优裕的祖父母家，就更是让万末养成了颐指气使的坏脾气。她总是像白天鹅一样，骄傲地仰着头，那种，凛然不可侵犯的，目空一切。

万末家西式洋房的背后，是一排低矮而简陋的用人住房。原本万末家从正门出入时，是看不到那些用人住房的。但重新规划的城市格局，刚好在万末家的正前方开出了一条新路。这条路不仅占去了万家的庭院，还堵上了他们的大门。于是从此只能出入用人进出的后门。

尽管祖父母对此心怀不满，却也无可奈何，甚而做出举双手赞成的姿态，就像打你左脸，再送上去右脸。唯独万末对此毫不介意，她对一出后门就能看到那些过去看不到的男孩感到格外新奇，于是很快融入了孩子们快乐的世界，哪怕骨子里依旧格格不入。于是她的行踪让祖父母格外担心，不想看到那些下人的孩子污染他们高贵的孙女。

伴随着万末就读于老贵族以及新权贵子弟的实验小学，她便开始远离那些儿时的玩伴。特殊的环境让她慢慢疏远他们，看不起他们，甚而不再和他们交往。哪怕迎头碰上，她也会高高地昂着头，仿佛路人一般扬长而去。

那时候当然不可能知道她的无礼，已经在那些所谓下人孩子的心中结下了怨恨。那是慢慢凝结的某种怒火，只是这怒火一直被压抑着。就像灼热的火山熔岩暗暗涌动，就等着喷发的那一刻。而这一刻竟然在万末刚刚进入十六岁时不期而至。那是谁都不可能想到的，更是谁都不能阻挡的。

被仇恨的火焰首先吞没的并不是万末，而是她已经风烛残年的祖父母。万末亲眼目睹了祖父母被拉到街上“游斗”的场面，也看到了他们怎样痛苦地踽踽前行。为新政权建立的赫赫功勋被轻而易举地一笔勾销。而此时“走资本主义道路当权派”的父亲又被关进“牛棚”，救不了他年迈的父母。

这突如其来的变化让万末难以面对。她只要走出后门，就会被扔石头，泼墨水，进而拳打脚踢。她何尝不愿像那些下人的孩子般成为英姿飒爽的红卫兵小将，甚至乞求她曾经喜欢过的那个男孩能接受她。

但当所有的梦想最终化为泡影，她便不再对这个世界抱任何希望。她只是在“复课闹革命”后回到学校，那时候只想待在学校里。至少在这个所谓的贵族学校里都是和她同命运的孩子。于是他们惺惺相惜，彼此安慰，在被抛弃中，悲凉地唱着他们不幸的青春。

就这样，万末日复一日地逗留在学校，害怕回到那个四面楚歌的祖父母家。她觉得从小长大的家不再有任何安全感，而留给她的全都是充满了恐怖的噩梦。她不想听窗外传来的口号声，她惧怕砖头击中玻璃的碎裂声，更害怕不知什么时候就会有人突然冲进来抄家，用皮带抽打年迈的祖父母。

她怕极了家里发生的这一切。她不能理解这个世界为什么会如此天翻地覆。她便只能早出晚归，就像是日出而作日落而归的农夫。她以为只有这样才是安全的，哪怕，每晚回来的时候，还是能在离家不远的电线杆下，看到那些二流子一般抽烟的男孩。她当然知道他们是谁，住在哪里，她只是已经多年不和他们交往了。她也知道他们终于扬眉吐气，“造反有理”的社会变革终于让这些孩子今非昔比。

她于是只能默默绕过他们。每每绕过这个乌烟瘴气的危险地段时，她都会屏住呼吸，加快脚步。但还是能听到身后“狗崽子”之类的辱骂，甚而弹向她身上的那些燃烧的烟蒂。

她当然知道他们对她怀了怎样的愤恨，但庆幸他们并没有对她发起实际的攻击。她猜想一定是其中那个对她友善的男孩在保护她，尽管他也是路灯下的一员。于是以为有了这个男孩她就安全了，不用再害怕他们对她无礼的羞辱。她庆幸自己没有遭遇过祖父母及父母被殴打的可怕经历。她觉得暴风骤雨的阶段已经过去，况且，祖父母和父母们已经低下了他们高贵的头。

于是她觉得可以安心走在从学校回家的路上了。依旧早出晚归，依旧地，每晚绕过路灯下的那些坏小子们。她总是能看到她认识的那个男孩。不经意间，有一天，她突然发现他长高了，并且变得英俊了。只是，她想不出该以怎样的方式去接近他，有时她甚至想去触碰他消瘦的脸颊。

然后就到了这个命定的夜晚。就如同后宫的姬妾，要在命定的这一刻，踏进君王的甘露殿。唯一的一次，在路灯下，她没有看到那些抽烟的男孩。于是她停下来。看电线杆上那盏灰暗的路灯，看灯影下撒满一地的香烟头。

她当然不可能知道这是骗局。她只是站在路灯下心生凄惶，觉得站在这里仿佛是在等待着什么。她甚至捡起一只仍在燃烧的烟头，放在嘴边，立刻被一种古怪的恶臭呛得咳嗽起来。

她在这无人的路灯下站了好久。迷惘中觉出了某种孤独和寂寞。她自然也想到了那个变得英俊的男孩，不知道他们从什么时候起开始改邪归正了。他们就不再聚集在昏暗的路灯下了？那么他们又会成为怎样的人呢？

在冷的寒夜，她却感受不到冷。一连串的喷嚏才让她觉出有风在呼啸。于是裹紧棉衣往家跑。

她像每天一样用钥匙开门。她知道这时候祖父母已经睡觉。想不到门是开着的,她以为是他们忘记了锁上门。她记得之前也曾有过这样的疏忽。她知道那是因为他们老了。她这样想着,反身锁上门。房子里静寂无声,一片黑暗。她想要打开过厅的顶灯,却突然被身后的什么人抱住。她想喊叫,还没出声,就被狠狠地捂住了嘴。喉咙也仿佛被掐住一般,让她几乎窒息。她挣扎,撕打,想要挣脱袭击者的魔掌。但无论怎样都无法挣脱,她觉得绑缚她的绝不是一个人。

她知道她正被生拉硬拽地拖进地下室。这是她的家,她熟悉房间里的每一个角落。但黑暗中她无论怎样挣扎,都不能挣脱那凶狠的束缚。

她知道已经来到了地下室。但却什么也看不到。唯一的那扇临街的窗也被遮住了,因为祖母不想让外面窥测到这座房子里的任何动静。她就那样被那些人野蛮地推来搡去。这些绑架者显然有备而来,他们策划这场阴谋已经很久了。她根本无从辨别他们是谁,也始终听不到他们的声音。他们对她所做的一切都是无声的。但很快,她就从这些人身上浓烈的烟味中猜到了他们是谁。

但是她不能喊叫,嘴里被塞上恶臭的烂布。眼睛也被紧紧缠住,火辣辣地疼。她什么也看不到,喊不出,只是拼命地挣扎。却突然被几只手臂抬起,悬在半空,又狠狠摔到桌子上。是的,她知道地下室的所有布局,也知道祖父为了躲避袭击,特意将书桌搬到了地下室。她不知为什么会落到祖父的桌子上，紧接着，似乎有很多双手将她拼命扭动的身体紧紧按住。

是的，她动转不得，不能喊叫，也不再挣扎。无声无息中，她唯一知道的，是她还活着。然后就听到了越来越快的喘息声，甚至心的跳荡。她知道那不是她的心在跳，她的心此刻早已凝固了。

至此，她依旧不知道即将发生的会是什么。这些人为什么要把她带到这里，又为什么把她固定在桌子上。在她的揣度中，似乎只有政治的原因，于是她开始回忆自己到底说过什么话，是反党的还是反人民的，抑或，她对祖父母和父亲总是恨不起来……

寂静中，那越来越急促的喘息声，那难耐的等待。她觉得按住她身体的那些手开始有所松动。于是她以为要被松绑，或接受审判。在无声无息中，突然间，她觉出有人在拼命靠近她。那气息，热乎乎的，满嘴的烟臭。还有，身体的灼热，以及，那不顾一切的喘息声。紧接着，无数只手开始在她的身上到处摸索，裤子也被狠狠扒掉。

或许她知道自己要遭遇什么了。于是她开始拼命挣扎，紧紧绷住自己的身体。然而，无论她怎样保卫自己，都无济于事，结果只能是悲哀与绝望。然后是被撕成碎片的短裤。撕扯中勒破的肌肤。她在没有能力的挣扎中欲哭无声。但泪水还是顺着她的脸颊流了下来。

在黑暗中，直到，觉出了，刺骨的冷。她才意识到，周身已经被剥得一丝不挂了。

然后，她被强暴。在青春的兽性中。

她的身体，就像是，正在被野兽蚕食的猎物。她被无数个疯狂的灵魂撕扯，任那些肮脏的手在她洁净的肌肤上肆无忌惮。而那一刻她所能做的，就是紧紧夹住自己的双腿。那是种动物般的本能反应。那时候，她并不知被夹住的地方将通向一个怎样的所在。但无论怎样竭尽全力，她的双腿还是被疯狂的力量掰开了。

是的，她的腿还从来没有摆出过这样的姿势，所以她疼。然而这样的疼，却还不足以让青春的欲望获得满足。然后便开始有人进入她，撞击她。那已经不是疼痛所能形容的了。那一刻，她被撕破着，穿透着，如万箭钻心。那疼痛的感觉一直延伸到冰冷的脚尖，她几至昏厥。那是她从未经历过的，痛不欲生。而她，却只能横陈于祭坛上，任人宰割。

她不知是什么东西在猛烈撞击她，亦不知这样的撞击持续了多久。她不知第一个侵害她的是什么人，亦不知究竟有多少人在黑暗中进入了她。一次又一次，断断续续，似乎已听不到那抑制不住的喊叫声……

当那些禽兽终于离开，她已周身是血，遍体鳞伤。她不知在地下室冰冷的桌子上躺了多久，才能慢慢地挪动自己。待她终于爬到楼上，才发现祖父和祖母都被绑在了床架上。

他们在血泪中抱在一起，失声痛哭。

什么世道啊！祖父长啸一声，垂首逝去。

一天后，祖母吞食大量安眠药追随祖父而去。不久，父亲也在“牛棚”悬梁自尽。

剩下母亲和万末相依为命。母亲眼睁睁地看着女儿的肚子一天天鼓起来。她试图控告，万末甚至指认了路灯下那些邪恶的男孩，却最终因无法判定谁是元凶而不了了之。

后来，男孩中一人的父亲成为临江市革命委员会的副主任，这桩轮奸少女的案件就再不被提起了。

她走进社长办公室时犹如惊鸿一瞥

郁霏霏推开社长办公室的门。林铁军此前确实注意过这个女孩。她漂亮,却没有万末的优雅。有些俗艳的那种,但也让人过目不忘。

后来,林铁军才得知霏霏毕业于音乐学院,但她的专业并不是音乐,而是学院附设的舞蹈专业。即使大学毕业,郁霏霏这种专业也很难找到工作, 不知道是哪位领导的安排,她才学非所用地来到四季出版社。

一开始,霏霏被安排在辞书编辑室做编务。由此这个编辑室成为社里最荒诞的组合。谁都知道,社里编辑辞书的都是些几近古董的老学究,他们个个一身学养,满腹经纶,却木讷呆板,疏于交往,以至于霏霏第一次走进编辑室时,老先生们一个个瞠目结舌,以为乱点鸳鸯谱,也不至于如此荒唐。

霏霏在这个岗位上一待就是两年。没有人以为她会做得这么久。大家都觉得这个漂亮女孩,一定会很快找个大款什么的嫁掉。但她非但没有踏着一般美女的足迹,反而将她在辞书编辑室的工作做得风生水起。

霏霏所以深受老先生们的钟爱,除了人皆爱美的天性使然,还跟她任劳任怨、勤勤恳恳的工作态度相关。每天上班后,她除了将辞书编辑室打扫得窗明几净,还不厌其烦地为那些老先生沏茶倒水。她觉得自己能为他们做的唯有这些了,却不知她所从事的是一项重大的抢救工程,因为她正在日复一日地让那些垂垂老矣的专家们返老还童。

总之,一向沉闷的辞书编辑室因霏霏的到来而前所未有地活跃起来。原由之一,就是她从不把这个沉闷的地方视作地狱,而是成就她尊老爱幼这项事业的天堂。霏霏的姿态无疑极大地调动了那些老人所余不多的“力比多”,让他们在枯燥乏味的工作中享受到人间美好。

按说这些老专家早就曾经沧海,但他们的心有时候就像二八少年,总能在灵魂深处搅起一池春水。随之而来的便是他们之间的暗自较劲,在死水微澜中,展开一场激烈的断杀。

这断杀不单单表现在他们对霏霏的关爱上,还体现在他们各自的学养和工作能力上。在一个几乎毫无辞书专业知识可言的女孩子面前, 他们不遗余力地竞相炫耀自己的学问。编辑中无论选择文献、确定词条、解析古今含义等等,都要别出心裁,一争高下,以显示别人无法企及的睿智。

总之,他们为了讨好霏霏,可谓用尽浑身解数。好处是,这个原本一潭死水的部门骤然变得异常活跃。尽管其间不乏争风吃醋,却也都是善意的自我表现。更有令人难以置信的新气象是,这些老先生竟不约而同地西服革履起来,仿佛孔雀开屏般炫耀着自己的活力。

如此悄然的变化或许不为外人所知,但主管辞书编辑室的廖也夫却心知肚明。他于是越发觉出男女搭配、老少相宜的好处,在某种意义上,这就是效率,这就是生产力,甚至远远超越了性别本身的意义。是霏霏将这里工作的质量提高到了一个前所未有的高度。

霏霏的存在,不仅调动了那些老专家的进取心,还让这些老朽不知不觉地健康起来。两年来,老廖对辞书编辑室的工作越来越充满信心,想不到的是,单单凭借这几位行将就木的长者,竟然就能为出版社挣下半壁江山的码洋。进而他们编辑的辞书连连获奖,直至拿到最顶级的“国家图书奖”。这中间霏霏当然功不可没,尽管她根本就读不懂那些深奥的学问。

鉴于霏霏在辞书编辑室发生的效力, 廖也夫竟突发奇想,决定让霏霏承担更重要的使命。这时的他已经对自己的未来不抱希望,并接受了副总编辑这一现实。既然他不再能扭转乾坤,何不乖乖就范,对林铁军俯首称臣呢?于是他展开了关于霏霏的畅想。

既然郁霏霏能让辞书编辑室老树绽新花,何不让她为整个出版社做更大的贡献?或者说得更明白一点,就是为什么不能让她直接为林铁军效力呢?

廖也夫所以萌生此念,当然知道这是奴才心理。既然寄人篱下,自应主动示好,而郁霏霏就是他讨好主子的最好礼物。他这样做绝不是一时兴起,乱点鸳鸯谱,而是经过长时间的琢磨得出的结论。他总不能把刺头的未央或一根筋的刘和平献给林铁军吧。他对不同女人的功用自有选择。霏霏当然是俗艳的那种，但无论怎么俗，她到底也是音乐学院的毕业生。她已经创造性地做到了将那些老弱病残紧紧团结在她身边，让一个原本死气沉沉的部门在她的感召下焕发出激情。

老廖所以对霏霏了如指掌，因为他曾经带着这个女孩出席过几次社里的新书发布会。在酒会上，他发现霏霏不仅左右逢源，还能在关键时刻挺身而出，帮老廖抵挡那些难缠的敬酒者。这说明郁霏霏不仅漂亮，还有某种英雄豪杰般的义气。她懂得该怎样为领导分忧解难，并将这种勾当做到天衣无缝。当下如霏霏般怀有使命感和责任心的女孩已经不多了，尤其在出版社这种文人扎堆、普遍自我的地方。

一旦将这所有的一切想清楚，老廖立刻踏实下来。他不想让林铁军觉得他推荐霏霏，是为了迎合男性的某种嗜好。更不想送上一员干将，却被林铁军当作糖衣炮弹，炸了老廖自己。

不出所料的是，老廖刚刚对林铁军说起辞书编辑室，也刚刚不露痕迹地提到郁霏霏，对方的眼神就立刻警觉起来，似乎洞察了老廖的来意。但又好像不知霏霏何许人也，或者故意做出一脸茫然的样子。不过唯独这一次，林铁军表现出难得的耐性，没有打断老廖对郁霏霏事无巨细的介绍。

老廖在整个推销过程中，唯恐言语间有什么闪失。尽管他始终惴惴不安，但最终还是说完了所有想要说的话。其间他数次强调没有别的意思，只是觉得应该有个得力助手来打理社长的诸多事务，而郁霏霏就是最佳人选。

唯一的一次，林铁军没觉得老廖在耍他。他其实知道那个女孩到底是谁。他怎么可能不知道呢，第一次在电梯里见到她，他就对这个将头发高高束在脑后的漂亮女孩过目不忘了。只是当时正忙于权力之争，根本顾不上什么郁霏霏。但他却始终记得她那天穿的那件淡蓝色的低领衫，当然也不会忘记在她的低领中看到的深深乳沟。他并且记得在看到她的那一刻，他心动了。他不知这个舞蹈演员一般的女孩，怎么会跑到出版大楼里。他当然不能贸然搭讪，更不能一直盯着她看。当她从六楼的电梯走了出去，一种从未有过的怅然若失，让他一整天都在某种消沉中。

那一刻他确实想追出去。以为失之交臂毕竟遗憾。当电梯的门在他眼前徐徐关上，那种怅然若失的感觉让他几乎难以抑制。那时候他确实不知道她是自己的部下。直到几个月后再度遇见她，他已经坐上了社长兼总编的宝座。于是他不再纠缠于那曾经的失落，既然他已将整个"四季"收入囊中，那么，任何的小桥流水花前月下都可来日方长。

从此再见到霏霏时，他会冷冷地点头，却从不搭讪。他硬汉一般地冷漠，哪怕，心里就像滚烫的油锅。他可以表面上疏远她，心里却觊觎她。他坚信总有一天，她会是他的，于是从容淡定，心如止水。

唯一的一次，他没有打断老廖没完没了的车轱辘话。他真的烦透了这个既无趣又平庸的小人。他记得老廖说出的一些关键词，几乎每一个都要重复三四遍。为此林铁军曾不止一次在班子会上三令五申说话要简明扼要，老廖却从来意识不到这一点。待实在忍无可忍，林铁军只好强行截止他。但让人难以理喻的是，老廖不仅不接受教训，反而在下一次发言中愈加又臭又长，好像故意跟他作对。

林铁军耐着性子听完老廖的介绍，对老廖推荐霏霏的回答是，我们必须尊重本人的意见。这话让老廖大感意外，以往议论到人员调动时，林铁军从来说一不二。他想让谁去哪儿就必须去哪儿，根本就不曾和“本人”商量。

于是老廖一时语塞，他怎么知道郁霏霏想不想来林铁军的办公室呢。在老廖的印象中，林铁军从来没有尊重过别人的意愿。慢慢地老廖才终于缓过神来，当然，社长您觉得怎么好就怎么好。老廖这样说着，突然站起来，满头是汗，就算我没说，就算……

林铁军破天荒地将老廖按回到沙发上，紧接着为他沏了一杯很浓的茶。林铁军说，我没有说不让她来，社里确实需要这种攻关人才。当今社会，不喝酒就几乎意味着谈不成生意，而我们这里，又都是大学里培养出来的文弱书生。金钱的社会，或者说交易的社会，百无一用的，就是我们这些文人了。我们尽管有才华，有智慧，却终究不谙当下的游戏规则……

这是林铁军和廖也夫少有的推心置腹。而这次谈心的成果是，林铁军终于如愿以偿地得到了郁霏霏。

在社长办公室门前闪过的那惊鸿一瞥之前，老廖和郁霏霏进行了一次非常深入的谈话。尽管深入，却也言简意赅，不像老廖的风格。只是霏霏一听到要调动工作就立刻眼泪汪汪,她问,是不是廖总编不想要我了?

老廖立刻严辞纠正,不知道和你说过多少遍了,要称廖副总编,而不是廖总编,否则不知会惹来什么麻烦。你来社里都两年了,怎么连起码的规矩都不懂?

就因为我总是说错话,您才把我赶走的吧?

无论如何,老廖说,这次调动肯定是为你好。

有什么好的,谁都知道社里的水深不可测,一般人根本无从招架。不,我不去,我不想离开辞书编辑室。

但社长办公室是更大的舞台,可以让你尽情施展才华。

我有什么才华?无非花瓶而已。跟这些老爷子混两年了,我不还是从前的我?

如果这是社长的决定呢?

社长的决定又怎么样,还不是您廖总编说了算。

廖副总编。老廖再度强调。如果你到上边还这么不严谨,迟早会有苦果子吃。

一想到林社长那副冷冰冰的样子,就心往下沉。您行行好吧,真的就没有商量啦?

没有。是的,社里已经做出决定。

是您想把我赶走吧?

我怎么会舍得让你走, 我未来的辞书编辑室又该怎么办?你走后,我真的很难保证那些老爷子,能不能平稳渡过这一关。

那就留下我呗,霏霏恳求。

不过,老廖下意识地放低嗓音,既然不是外人,咱们就打开天窗说亮话……

没等老廖说完，郁霏霏就眼前一亮。她说，哦，是您想派我打进内部吧？那我就责无旁贷了，只要廖总编一声令下……

老廖一声喝令，你这孩子想哪儿去了？不过是一次普通的调动，根本就没有那么复杂！

就是有那么复杂嘛，社里的人都知道。

你觉得我已垂垂老矣，雄风不再了吧？

开玩笑吧？您千万别把自己说得那么惨。

总之，我没有什么别的意思。推荐你去社里确实是为你好。当然这也是林社长的意思，不过要记住，老廖的声音低沉下来，这对你我的未来都至关重要。

霏霏频频点头，我懂您的意思了，保证不会让您失望。

然后就有了林铁军眼前的惊鸿一瞥。像一道彩虹从此装点在林铁军的工作中。而郁霏霏也确乎不辱使命，立刻将两年来用在老爷子们身上的那番招数，转身用在了林铁军身上。

尽管郁霏霏对文字毫无感觉，却不妨碍她是个聪明有悟性的人。她过人的智慧和操作的能力显然来自基因，于是她哪怕是文盲，也是绝顶聪明的。

郁霏霏以柔软的身段，很快进入了林铁军的状态。她不曾和社长办公室的任何工作人员商量，就径自安排了林铁军近日所有活动的日程表，以极为高调的姿态，显示出她与众不同的素养。她利用林铁军在外开会的空档，将他的办公室重新布局,每个角落都被她整理得井井有条,遍布温馨。她还精心布置了社长接待室,让原先冷冰冰的感觉变得和缓而清新。她将那些长期弃之不用的咖啡设施及茶具重新启用,让所有人走进来都有一种优雅而明朗的感觉。

总之,在郁霏霏的努力下,林铁军所置身的一切都被彻底改变了。某种天翻地覆的感觉,甚至某种陌生感。一开始林铁军并不能接受霏霏的大张旗鼓,认为她是在挟持他的工作和生活。作为一个独立的男人,他不喜欢被别人左右。但久而久之,竟也慢慢接受了霏霏的那些改变,觉得能生活在一个舒适的环境里有什么不好?

于是当某个明媚的周末他坐在家中客厅, 目光所及,竟到处是散乱的书籍,纷繁的纸张,落满灰尘的桌椅,甚至水池中堆积的餐具,整套房子就像是一个垃圾箱。于是他自然而然地联想到他澄澈而充满温暖的办公室,而这一切都是郁霏霏带来的。

后来林铁军才知道, 这用去了霏霏很多的夜晚和假日。她做着这些的时候毫无怨言。因为她觉得这是自己的责任,所以从不懈怠,更不会因此而患得患失。

林铁军不知不觉地坠入了霏霏的陷阱,如果这是陷阱的话。这是他此生从未感受过的某种温暖。慢慢地,这种温暖的感觉在林铁军的工作中变得无所不在,像绕梁三日而不去的音乐般循环不已地环绕着。多年来他已经习惯了那种到处是书籍是杂志是稿样是信笺的环境,哪怕杂乱无章。他只要泡一壶清茶或冲一杯速溶咖啡就足够了。要什么茶具,要什么咖啡机,他要的只是这个岗位上的权力和效率。

是的,林铁军早已适应了这种纷繁而杂乱的氛围。甚至在家中也不曾享受过如此温文尔雅的感觉。尽管沈远作为大学教授可以常常待在家中,却忙得根本就顾不上整理房间,甚至顾不上整理她自己。有时候,直到睡觉前她才意识到早晨没洗脸,有时候离开家时才发现,自己还穿着睡衣。总之,他们的日子总是匆匆忙忙,大而化之,以至于林铁军面对他新的办公室时,反而无所适从了。

他想泡茶,却不见了暖壶。未及发作,霏霏就已将沏好的茶杯放在桌边。而咖啡的制作就更是提高了一个等级,郁霏霏不仅买来上好的咖啡豆亲手磨制,还在林铁军的接待室里添置了进口的高档咖啡机。于是他的办公室开始飘散出浓浓的咖啡的香,那种感觉就仿佛是坐在优雅的星巴克,这是速溶咖啡根本就不能企及的品位。总之,这种被霏霏营造出来的感觉和味道,很快就成了林铁军须臾不可离开的工作环境。

尽管林铁军接受了郁霏霏强加给他的这种所谓高尚的环境,但并不等于他就接受了郁霏霏这个人。他对这个舞蹈演员出身的女孩几乎毫无了解,所以对她的接受也经过了一个缓慢而审慎的过程。郁霏霏严谨的工作态度首先打动了他。她不仅改善了工作环境,还将他每天的日程安排得严丝合缝。诸如这一天他开什么会,见什么人,陪谁吃饭,中午还是晚上,解决什么问题,达到什么目的,等等,都条理清晰,细心周到。为此,她每个清晨都会将一天的活动表打印出来,放在林社长桌上，其时间精确到分分秒秒，让他一目了然。一旦林社长外出开会，她还会把当日社里的工作明细发送到他的手机上，进而极大地提高了林社长全盘掌控的工作效率。

值此，林铁军开始润物细无声地被郁霏霏俘虏，只不过他是清醒着被俘虏的。在清醒的被俘虏的过程中，林铁军甚至有种骄傲。因为对他来说，这是前所未有的。他情愿坠入这谜一样温柔的罗网，哪怕是廖也夫一手策划的。为此他甚至做出对老廖友好的样子，尽管骨子里依旧充满了对这个势利小人的厌恶和鄙夷。

总之，林铁军舒舒服服地束手就擒，并很快将霏霏视为得力助手。他任凭霏霏将他的诸多工作事务安排得缜密妥帖，甚至任凭她将他的私人活动也处理得滴水不漏。诸如他和老家父母的定期通话，诸如他和大学同窗的聚会晚餐，以至岳父岳母的生日蛋糕，等等等等，不一而足。甚至，沈远要找到自己的丈夫，都要通过郁霏霏的那条电话线。

慢慢地，霏霏成了最需要了解林铁军的那个人。她不仅要熟悉他的工作规律，还要对他的家庭以及人际关系了如指掌。如此，她才能及时并温馨地提醒他该做什么，为什么要做，怎样去做。她并且还能在林铁军的授意下，代他去完成那些他顾不上的应酬。总之，自从有了霏霏，林铁军就无形中变成了一个十分周到的人。当然这并不是他的本意，而是郁霏霏赋予他的新性格。这是他自己都难以置信的，他怎么会变成了这样的人？

于是郁霏霏成了林铁军最离不开的人，也是和林铁军待在一起时间最多的人。他的几乎每一件事情都要在霏霏的配合下去做，无论公事还是私事，包括他带着她一道吃饭、喝酒、谈业务。一开始林铁军并不想把霏霏卷进来，只需她订好饭店和菜单就可以了。他觉得自己应该有一个独立的空间，尤其霏霏是社里公认的美女，他不想卷进红颜祸水，遭人诟病。

如此他一直坚持了好几个月，直到社里新版的《大辞海》竞争“国家图书奖”。仅仅是因为霏霏对申报的书目非常熟悉，林铁军才决定带上老廖和霏霏一道宴请评委。

然而仅只一次，林铁军又发现了霏霏的另一种品质，进而再度改变对她的印象。酒宴中，林铁军尽管领教过霏霏作为工作人员的敬业和责任心，却从不曾看到，这个女侠式的美女在觥筹交错中，那冲锋陷阵的气概。每每评委向林铁军敬酒，她都会责无旁贷地赶过来，抢过社长的酒杯一饮而尽，然后自罚数杯给客人面子。她当然不想让自己一醉方休，但保护主子的意识让她充满使命感。所以她才能千杯万盏，从不推辞，直到曲终人散，微笑着送走领导和宾客，她才踉踉跄跄地跑到卫生间独自呕吐。

总之，郁霏霏很快就成了林铁军名副其实的心腹和知己，伴随着时光推移，在他们中间，也就慢慢滋生了某种亦公亦私的情感。

我单知道，我家阿毛……

想不到万末竟成了祥林嫂那样的人。足见鲁迅小说的力量。或者万末此前并不想成为这样的女人，但读过《祝福》，似乎就不能不朝着这个方向努力了。那时候万末已近不惑之年，却因为某种原因一直没能结婚。生命中那段屈辱的往事仿佛如影随形，从而造就了原本不应该属于她的坏名声。而将这段早已尘封的历史重新折腾出来的始作俑者，其实就是万末本人。

事实上所有的这一切，都源自万末寻找儿子的急切。哪怕根本就没有见过那个从她的子宫里剥离出来的生命。自从母亲将记忆中所有往事遗失，她便蓦地萌生出一种紧迫感。从此所有的一切都变得匆忙起来，而在所有的匆忙中，最急如星火的就是找到她儿子。

在母亲最后的岁月中，万末将她送进最好的脑系科病房。她希望有什么特效药能唤醒母亲的记忆，在母亲所余不多的生命中出现奇迹。她想知道当年她的孩子到底送给了谁,是去了孤儿院还是被某个有名有姓的家庭收养?是谁签署的那份赠予的文件,又是什么人将他从婴儿室抱走?而这一切她全都不知道,当然那时候她也不想知道。她只觉得这是她人生最羞辱的时刻,她不愿意看到那个罪孽一般的生命。

但后来她就不那么想了。她孤身一人只想找到这个丢失的亲人。而这些唯有母亲还记得。她曾经很多次悔恨地提起过,说她亲自参与了那天早晨发生的那一切。母亲说是她将男孩亲手交给对方的。说她交出男孩的那一刻就已经后悔了。后来这悔恨始终伴随她,成为她生命中永远的痛。尽管那男孩没留下任何影像,母亲却总是在描述他可爱的样子。

后来无论万末怎样启发母亲的记忆,她都只是一味地摇头。有时候被逼急了会流出眼泪,意思是她确实什么都记不起来了。她总是做出很歉疚的表情,整个生命都变得虚空。不久后母亲灰飞烟灭,带走了关于男孩的所有线索。

万末为此追悔莫及。她记得母亲曾很多次想要说起往事。但碍于万末对此异常反感,母亲便只能欲言又止。

有时候万末觉得这所有的一切,其实都是母亲故意忘记的。因为她一直不愿正视女儿被轮奸的事实,更不想这桩丑闻令家族蒙羞。她觉得当初女儿若不是住在祖父母家,也许就不会发生这样的悲剧,她进而不肯原谅那对无辜的老人。她指责女儿太不检点,否则怎么会被小流氓盯上。所以她对女儿的不幸,总是以近乎冷漠的姿态来对待。所谓鲁迅的“哀其不幸,怒其不争”,但鲁迅这八个字针对的并不是他的亲人，而是那些愚昧的大众。

于是当家中只剩下了她们母女，母亲就愈加像外人一样对待自己的女儿。她稍有动作，就会立刻招致母亲的辱骂，其中不乏风骚、下流一类的字眼。以至于母女之间的关系越来越紧张，后来干脆路人般互不来往。

万末寻找儿子的征程，是从母亲去世后开始的。没有了母亲的顾忌，她也就更不在乎别人怎么看她了。而第一个想要找到的人，就是她曾经喜欢过的那个矮房里的男孩。她还依稀记得他变得英俊的样子，只是后来搬回母亲家，就再也没有见过他了。万末所以要找到他，在某种意义上已经不是为儿子。她只想弄清楚那个晚上，他们为什么要伤害她？

她通过派出所寻找原先住在这里的人。要弄到那个男孩搬迁后的地址，她唯有反复讲述那段不堪的往事。伤心处不禁泪流满面，才最终博得了片警的同情。于是她终于找到了那个昔日男孩。可惜见到他时，已看不到哪怕一丝从前的影子了。只是当她说起轮奸的那个夜晚，才从他的惊恐中找到曾经熟悉的目光。但很快他的目光就黯淡下来，或者是因为他从来就没有忘记过。于是他满心恐惧，周身凄惶。他说他已经下岗，开出租车为生。他又说他有妻子女儿，不想回忆往事。然后他就什么也不说了，只低着他的头，手指间夹着一支没吸完的烟。

你真的不认识我了？

出租车司机躲闪的目光。

你已经忘记我了吧？

怎么会呢？这是他唯一肯定的语气。

我只是想告诉你，那天晚上，我以为你会救我……

男人羞惭地看着脚下。我们那时候……他断断续续地说。他显然什么都不曾忘记。那样的时刻是不会忘的。我们那时，男人仍低着头，或者就因为，当时，真的，我们，所有的男孩都喜欢你……

以这样的方式？

后来，万末说，我生下一个男孩，你听说了吧。能告诉我那孩子的父亲是谁吗？不不，当然不能，我知道。在这里，我没有怪罪你的意思。那时候我们还那么小。而我，找到你，并不是想要报复你，我只想找回我的儿子，你觉得我的要求过分吗？

不不，男人摇头。脚下满是被踩灭的烟蒂。那一刻万末仿佛又回到了那个残酷的夜晚，看到了路灯下环绕着那些男孩的烟雾。

就是说，你真的不知道？

出租车司机不再回答。他或许因不能帮助万末而感到愧疚。但是当万末转身离开的时候，他还是站了起来。但他不敢面对万末的目光，他只是低着头说了一声对不起。

此后这男人就没了音信。后来万末才辗转得知，不久后那人因一场车祸罹难。万末对此并不难过，她觉得这或者就是上天的某种报应。而她在那一刻就像走出了牢笼，她觉得她已经像基督山伯爵那样复仇了。

之后，她先后走访了档案局、卫生局以及民政局属下的孤儿院，总之，能找到儿子的任何机构。为此她请了一年的长假，且从不讳言她曾经拥有过一个被轮奸后生下的自己的儿子。无论这儿子是谁的罪孽，他都是万末身体中最美丽的部分。她萌生此愿已经很久，她希望社里能理解她，并给她时间。

从此她开始了寻子的漫漫长路。每到一处，为了说明自己的来意，她都会不厌其烦地将她十六岁时被轮奸的遭遇从头到尾讲述一遍，包括强暴中那些她不曾忘记的细节。是的，她怎样从路灯下走过，又怎样被那些男孩觊觎；她怎样被挟持到地下室，又怎样被捆绑在桌子上；她怎样被蒙住眼睛，又怎样被堵住嘴。接下来的过程更加惨不忍睹，她不仅被强奸，并且被轮奸。直到她周身是血、到处是伤，奄奄一息的时候才被丢弃。而祖父母和父亲又怎样因不堪其辱相继死去，母亲又怎样自作自受地以她为耻。然后她就怀上了那个男孩，在产院沸沸扬扬的议论声中生下了他。她抛弃他是因为，她当时也认为他是罪恶的。所以她看都没看他一眼，就任凭别人抱走了他。那一刻她甚至觉得，送走他就等于是送走了罪恶。直到后来她才意识到，她是多么爱他，多么想念他，她甚至坚信她的爱，始终在伴随着他的成长。

就这样，她说，我想找回我的儿子，我需要他。不，他不是罪恶，而是这世间最美好的馈赠。是的，我不曾结婚，没有亲人，所以才会如此急切地想要找到他。我明明有过儿子，怀过他，又生下他，却为什么不能拥有他？你们要帮我，万末声泪俱下，几乎是在恳求了。

她一路苦苦寻找着，一路向天下传扬自己并不光彩的过去。所到之处，她曾被轮奸的历史尽人皆知。慢慢地，人们不仅不再同情她，反而将她视为道德败坏的人了。于是在人们眼中她不再无辜，一些人甚至得出万末母亲一般的结论，倘若当年她不那么风骚，那些胡臭般的处男们想得起要强奸她吗？苍蝇不叮无缝的蛋，人们就是这样认定的。如此不到一年的时间，万末就成功地将自己变成了一个人们心目中的坏女人。也就是在这一年，她近乎疯狂地走火入魔，又让她失去了一次重要的人生转折。

那时候社里人都知道，同一年被同时分配到出版社的廖也夫和万末就像金童玉女，深得老社长的重用和赏识。而他们你来我往慢慢滋生的感情，也让同事们觉得不久后他们就会喜结连理。

其实万末和廖也夫在大学时代，只是一般的同学关系。他们是进入出版社后才慢慢热络起来的。老廖家在很远的乡下，万末也不愿住在家中，于是这对青涩男女，先后搬进了出版社的单身宿舍。在青灯下他们谈古论今，进而彼此间惺惺相惜。一向缺乏安全感的万末，自然把老廖当作了知己，尽管他并不是她心目中的那种白马王子。

于是万末将那段不堪回首的往事说了出来。这是她第一次有勇气面对那段可怕的经历。她说她始终不愿提及生命中这段惨痛的悲剧，但黑暗中被强暴的景象却像噩梦一般永远挥之不去。倾听万末的伤痛，廖也夫恍若万箭穿心。无形中，他成了见证万末痛苦过去的第一个人。

那些日子里，老廖只要一想到那个漂亮的女孩被人折磨，就不禁义愤填膺，恨不能亲手杀了那些魔鬼般的孩子。于是老廖对这个不幸的女同窗愈加怜惜，进而萌生爱意。他的爱意简单而朴实，就是想让万末从此远离噩梦。他没有因万末的屈辱而轻看她，反而更加坚定了要娶她为妻的意志。那时的廖也夫真的是同仇敌忾，以万末的耻为耻，以万末的痛为痛。他发誓，哪怕万末要他去杀人，他也会心甘情愿，绝不犹豫。

然而，就在他们开始筹备婚礼的当口，万末的母亲突然离世。更不曾想到母亲的死，竟煽动起万末疯狂的寻子激情。于是她不顾一切地请了长假，那时候只有老廖谙知其中原委。他觉得能帮助万末找回梦想，是他作为恋人义不容辞的责任。

想不到万末踏上的竟是一条不归路。没有人能预料找到失散多年的儿子有多艰难。而万末要实现这个梦想，还要不停地撕破伤口，给他人看，甚至那些不相干的人，那些不怀好意的人。总之，万末唯有带着亵渎自己的悲剧的力量，才能换来一些好心人的同情与帮助。然而她并不知当她撕开伤口时，就已经又一次被人凌辱了。

廖也夫从未停止过对万末的支持，直到，有一天，办公室原本谈笑风生，但老廖一进来，人们就立刻缄口了。老廖猜想这一定跟他和万末相关，无非是万末未婚先孕一类，对此他根本无从理会。直到不久后他被老社长传唤，才知道万末被轮奸的那段历史，已尽人皆知，并有公安部门前来取证。老社长希望廖也夫转告万末，即或她有千般委屈，也不要再这样败坏自己了。这不仅关乎你们的关系，也牵连到出版社的形象，老社长可谓语重心长。

听到这些，廖也夫如五雷轰顶，加之他原本就不是那种性格坚强的人。他不知万末为什么要这样一而再、再而三地将自己妖魔化。就算是祥林嫂魔怔般终日说着被野狼叼走的阿毛，你万末作为一个知识女性，也不该将被轮奸的耻辱终日挂在嘴边啊。

那晚，廖也夫即刻赶往万末家，向她发难。他说此生还从不曾有过如此愤怒的时刻。是的，我可以接受你被强奸的历史，并决意娶你，但一旦所有人都知道了你的丑闻，你的隐私，你敞开的大腿，你满身的精液，你绝望的哀鸣……你以为我还能若无其事地忽略掉你尽人皆知的那些不幸吗？

万末冷冷地看着廖也夫。说，我只想找回我的儿子。

找你的儿子好了，可干吗要到处炫耀你阴道的伤疤？

万末狠狠地给了廖也夫一个耳光。

老廖抓住万末的肩膀拼命摇晃，你就那么想把你的隐私抖落出来吗？

我以为，万末奋力挣脱了老廖，我以为你不会像我母亲那样以我为耻……

你要我怎么以你为荣？哪个男人不想他的老婆是处女？

你当然和所有的男人一样只想要处女，你和他们一样俗不可耐，甚至更虚伪。现在，你可以离开了。我只想找到我儿子，此生别无他求。除此之外，对我来说什么都无所谓了。听明白了吗？立刻给我滚出去。

那晚老廖果然走了。走了后就再没有回来。

廖也夫陷在了深深的痛苦中。他甚至觉得社里人在鄙夷万末的同时，也在邪恶地羞辱他。一度他不知该怎样挣脱万末制造的这个可怕的怪圈。他曾经那么深爱这个不幸的女人，竟让他成了可以随意被人中伤取笑的话柄。他也许对万末依旧情丝未断，但却再也不想生活在这个女人强加给他的屈辱中了。

仿佛天赐良机，廖也夫乡下的父亲生病，被他接来大城市就医。在病房里，无意间结识了一位面容姣好、和蔼可亲的女护士。他所以喜欢上这个女人，就因为她对父亲的悉心照料，呵护备至。他于是对她生出了某种感激，进而敬慕。伴随着病房里的一来二去，他们开始频繁交往。尽管还不能抹去万末的影子，尽管，一想到那个痛苦的女人就满心纠结，但他，最终还是舍弃了万末。他觉得自己已承担不起那么沉重而怪异的爱情了。

他和女护士的感情发展得飞快，几乎每天见面，并开始尝试婚前的肌肤之亲。那时候婚前性行为已极为普遍，而让廖也夫无比兴奋的是，这个护校毕业的女生确乎是处女。

于是他们立刻确立了关系，并迫不及待登记结婚，搬到一起，看起来就像未婚先孕，奉子成婚。这段婚姻最令老廖骄傲的，就是他的妻子是处女。而老廖所以如此在乎女人是否处女，在某种意义上，应该也和万末所赋予他的那些阴影相关。可惜没有多久老廖就后悔了。因他的妻子除了是处女外，就再没有什么可以令他玩味的了。然而事已至此,老廖也只能听之任之。毕竟,这完全是他自己的选择,他唯有忍受。

待万末铩羽而归,回到社里,方知老廖已有家室。尽管她并不曾将自己的人生寄托于他,但还是对老廖不告诉她就断然结婚而感到无比愤怒。当老廖鼓起勇气前来谢罪,万末已变得栖栖惶惶,孤苦伶仃。在这座他曾经熟悉的房子里,老廖不由得悔不当初。但万末没有给他感伤的机会,就毫不犹豫地将他赶出了大门。

老廖的没有担当让万末从此瞧不起他。在经历了寻子失败和老廖的背叛后,回到社里的万末像换了血般,变成了另一个人。原本性格开朗的女人,变得寡言少语,进而沉寂。没能找到儿子,梦想落空,是万末颓丧的原因之一。而老廖的"闪婚",无疑也深深地刺痛了万末。于是很长一段时间,万末不能原谅老廖,甚至好多年他们几乎不说话。

伴随着老廖升任副总编辑,万末也被调到了总编室。因为要共同工作,他们便不再相互冷落,毕竟往事已经如烟。于是他们恢复了旧有关系,不再纠缠于过去的恩怨。到底他们曾相互了解,彼此信任,甚而亲人一般,何不将这难得的友爱维持下去。不久后,在老廖的力荐下,万末升为总编室主任,薪水也随之有所提高。这或许才是老廖最最想做的,让孤身一人的万末老有所依。

让更多人感受到她是他的情人

林铁军以为郁霏霏的胃就像一块铁板。起码他看起来是这样的。有些女人天生就有饮酒的才华,无论怎样狂轰滥炸都喝不倒她。在餐桌前,他越来越欣赏霏霏举重若轻的非凡气度,无论怎样八方围剿,她都能兵来将挡,水来土掩,不温不火,面带微笑。

这或者就是林铁军所以喜欢霏霏的理由，她尽管漂亮，却从不拿漂亮当筹码。她风情万种,又没有大小姐嗲声嗲气的坏毛病。在酒席上,她不仅令人赏心悦目,心驰神往,还是林铁军最忠诚的卫士。不仅对客户主动出击,还要在林铁军“遭袭”的时刻挺身而出,就像是一个训练有素又令人惊艳的女保镖。

于是林铁军觉得霏霏就像一坛上好的佳酿,其浓郁醇香是一丝一缕慢慢散发出来的。或者亦如顶级红酒般前前后后诸般味道,直至尾子上回环出橡木的芳香。

总之霏霏复合的才能,让林铁军越来越离不开她。一开始他还不断提醒自己，绝不能对这个女人产生依赖感。他知道这对于一个男性领导者来说，无疑是大忌。但久而久之，他却不知不觉地丧失了警惕，让无微不至的照料成为某种依赖，并血液般流淌进他的身体和灵魂。诸如大小会议，送往迎来，甚至上班和下班，都被郁霏霏计算机般准确无误地记录在脑海中。她并且能够奇迹般地做到，在社长需要的时候准时出现，在社长不需要的时候如影随形。这是种怎样高妙的把握，即是说，她已将自己全方位的能力，完全彻底地融化进了林铁军的生存中。总之，她就是能将自己的存在与否拿捏到一种很得体的状态，以至于在林铁军看来，有时候，她就像一个隐身人，一个，他看不到但能感觉到的某种灵魂的化身。

曾几何时，林铁军还对那些不得不出席的应酬充满抵触，以为这是人生中最苦不堪言的重负。于是能推就推，能躲就躲，以至影响了出版社的对外联络。但自从霏霏到来就不一样了，他不再厌恶那些无休无止的觥筹交错。他甚至渴望出席这样的饭局，因为只有在这种众人瞩目的场合上，他才能感受到霏霏的体贴入微，进而欣赏这个女孩的绝顶聪明。

当然不是什么人都能做到这些的，包括总编室的万末，小资情调的未央，甚至他当教授的老婆沈远。她们哪个愿意像霏霏那样任劳任怨地为林铁军做这些？又哪个不是骄矜傲慢，自命清高，甚至从骨子里看不起林铁军这个乡下人。她们进而看不起霏霏这种为林铁军卖命的人，但这个运转中的社会少得了霏霏这种润滑剂吗？所以他林铁军当然不能拒绝她。

自从有了霏霏的盾牌,林铁军再也不惧怕喝酒了。无论酒席宴上怎样翻江倒海,他都能应付得洒脱自如。慢慢地,他开始热衷于这种酒肉交欢,觉出其中有无限乐趣。他记得上任伊始他曾规定,社里的应酬,一定要有两个以上的社领导参加。但不知什么时候,这规矩淡出了林铁军亲自制定的章程,而社里的大多数宴请,也就只剩下林社长以及负责结账的郁霏霏了。

对林铁军的变化最为敏感的是妻子沈远。她说她最最不能忍受的是,她打给丈夫的电话竟要首先通过郁霏霏。她并不是对霏霏有什么偏见，而是官僚的这一套让她觉得很可笑。随之而来的则是频繁的酒宴,她记得林铁军一向不屑于这些应酬。但曾几何时,他改变了原先的几乎所有信念,美其名曰这是一个领导者不得不敷衍的礼尚往来。于是他回家吃饭的几率越来越少,以至于无,还要每晚带回来醉醺醺的酒气。幸好一向寡淡的沈远对此并不在意,在美国时她就过惯了这种独立并自由的生活。当然,她也知道这种社长兼总编辑的权位会给林铁军带来什么,她只是希望他不要太自以为是,以为自己真的能在这弱肉强食的社会中翻云覆雨。

酒酣耳热中,林社长当然不能总是让霏霏冲锋陷阵。他明明也是条顶天立地的汉子,怎能袖手旁观。于是他偶尔也会做出激昂慷慨、性情中人的样子,抢过霏霏的酒杯,但霏霏怎么能让社长身先士卒呢?于是再度抢过酒杯,二话不说,一饮而尽,立刻赢得一片叫好声。

当酒过三巡,醉眼迷离,酒徒们进入忘我之境。于是各种胡言乱语，百感交集。尤其对霏霏的评价皆为溢美之词，进而对她的至今未婚，颇感惋惜。于是敦促林老板一定要将霏霏尽快嫁入殷实人家。更有好事者站出来为社长申辩，霏霏这般才貌双全的女人嫁不嫁人有那么重要吗？重要的是，霏霏能享有这种为知己者死、为悦己者容的境界，一生足矣。而林社长得此红颜知己，也就不枉此生了。

于是郁霏霏频频点头，并艳若桃花般斜倚在林铁军身上。她深谙这是此类场合所必需的逢场作戏，所以她只能配合那些酒徒，举杯盟誓，林社长的事业就是我的生命。我郁霏霏虽为女流之辈，却三生有幸，遇到于我有知遇之恩的林社长，霏霏愿意在此连干三杯，以谢社长和大家的抬爱。

如此一来二去，霏霏就真的成了林铁军酒席宴中最铁杆的挚友。无论什么样的场合，他们都能相互配合得仿佛一个人。林铁军一举手、一投足，哪怕眼睛里射出的一道光，霏霏都知道此刻他脑子里在转悠些什么。她就像林铁军脑子里的脑子，身体中的身体，影子下的影子。

慢慢地，林铁军和霏霏就像是重叠起来的一个人。她对他脾气秉性熟悉的程度，显然已远远超过了沈远。作为妻子，沈远当然无须时时刻刻关注丈夫的一举一动，但霏霏却要分分秒秒地揣度林铁军身上的每一个细节。无论他做人的风格，工作的态度，生气的方式，行事的线条，以至于倾心的书籍，喜欢的音乐，饮水的温度，甚至那些连林铁军自己都不曾意识到的细微之处，霏霏都不会放过。因为这就是她的工作，当然不能有哪怕一丝一毫的差池。

就这样,霏霏不露痕迹地渗入了林铁军的生活。他当然知道,事实上自己已经喜欢上了这个既温柔体贴又聪明绝顶的女孩子,所以他才可能越来越频繁地出席晚上的宴会。以至于哪怕当晚本无应酬,他也会莫名其妙地约来一些莫名其妙的食客,并冀望这种声色犬马的宴会永不落幕。

晚宴后,林铁军通常会用他的汽车把霏霏送回家,毕竟喝到醉眼迷离的霏霏全都是为了他。于是他便熟悉了这片楼宇间霏霏的家,但却从未登堂入室,尽管他知道霏霏是一人住在这套租来的房子中。起初他只是礼节性地打开车门,让霏霏下车。后来,他就开始凝视霏霏下车后的背影了。再后来,他要看着霏霏走进楼门才会离开。再再后来,他就要一直等到霏霏房间里亮起灯,林社长才会安心离开。而这一切就像程序,被记忆在了司机的脑海中。

每一次霏霏跟林社长的汽车回家,她都会本分地坐在副驾驶的位子上。在汽车里,她从未有过哪怕一丝一毫的轻浮与逾矩,也不说任何不得体的话。尽管她知道林社长希望她和他一道坐在后排, 但她却始终不曾满足过社长酒后的愿望。以她的聪明,她当然知道林铁军是什么意思,也知道他酒醒之后,又会怎样地正襟危坐。所以霏霏才是那个欲擒故纵的高手,不露痕迹地就让林铁军成了她的囊中之物。

于是在醉醉醒醒的配合中,哪怕夜夜笙歌,也没能让他们突破那道粉红色的防线。他们的关系只停留在相互欣赏,彼此尊重上,所以才能一次次度过那些临界的危机,直到,霏霏喝酒喝到了胃出血。

事实上那段时间霏霏的肠胃一直不舒服，然而却始终坚持着那些醉生梦死的盛宴。尤其当林铁军宴请党校学习班的那些校友，霏霏就更是集中精力，格外当心。因为她知道对林铁军来说，这是些极为重要的社会关系，不仅关乎到出版社的发展，更关系到林铁军本人的未来。所以霏霏尽管身体不适，却还是“酒逢知己千杯少”的架势。她全力以赴地应酬着林铁军那些举足轻重的朋友，席间，林铁军对霏霏的苍白有所察觉，并私下里叮嘱她，如果不舒服就不要喝了。

但霏霏一如既往地坚持着，直到送走林社长所有的朋友。当最后一位客人的汽车驶离酒店，霏霏便转身呕吐起来。眼看着霏霏不停地呕吐，林铁军也觉得周身不舒服。他扶起霏霏，让她靠在他的肩上，并掏出纸巾擦拭霏霏的嘴角。想不到纸巾上竟一片鲜红。他简直不敢相信自己的眼睛。霏霏显然也看到了那片殷殷的血，还没有站稳就昏了过去。那一刻林铁军真的害怕了，不顾一切地抱起霏霏。他尽管醉眼蒙眬，脚步踉跄，却始终把绵软的霏霏抱在胸前。那一刻他甚至有某种绝望的感觉，害怕他那么喜欢的女孩死在他怀里。

一路上他始终把霏霏抱在胸前。他不停地对司机说，去医院去医院最好的医院。又不停地催促，快点开快点开快点开。他紧搂着霏霏，不停地呼唤她。他甚至没有意识到霏霏已慢慢醒过来，挣脱他的怀抱，靠在后座上。他这才松了一口气，对霏霏说，你真是吓死我了。

后来林铁军才意识到那是真情的流露。否则他怎么可能说出那么离谱的话？不过那一刻他确实心疼极了，他害怕他的生活中从此失去霏霏。

在急诊室,林铁军跑来跑去,为霏霏办理各种手续,让她及时打了针吃了药输上了液。那晚他一直守候在霏霏身边,他知道霏霏在这个城市中没有任何亲人。他当然也把霏霏生病的消息通知了沈远,不过下意识地夸大了霏霏的病情。他说深更半夜不想惊动别人,只留下司机随时待命。沈远在电话中说她可以来陪护,却被林铁军婉言拒绝,他说他知道明早沈远还有研究生的课。

就这样,整整一夜,不断有医生护士前来。看到林铁军焦虑不安的样子,都以为他是霏霏的父亲。他不是轻拂霏霏的头发,就是紧握她苍白的手,并不时提醒护士为霏霏更换药液。幸好霏霏的胃出血并无大碍,只是医生叮嘱她再不能这样喝酒了。两天后霏霏出院,林铁军的司机把她送回家。司机遵照林社长的指示,为霏霏购买了各种各样的食品和水果。那种温暖的感觉就仿佛有家人陪伴,看到这一切时霏霏甚至拥抱了司机。

那晚下班后林铁军有应酬,尽管他不愿出席,但不能没有霏霏就不去应付这无聊的聚会,何况是上级机关前来调研出版社的工作。他于是打起精神,强颜欢笑,席间只要一想到霏霏出院,恢复了健康,就不禁满心欢喜,甚而比平日多喝了好几杯。待宴会散去,他坐上汽车,朝家的方向。但突然改了主意,对司机说,去霏霏家。途中他买了一束粉红色玫瑰,他觉得这是对霏霏病愈最美丽的祝福。

第一次走进霏霏的家,他小心翼翼,不知道迎接他的会是什么。尽管他坚信霏霏已了然了他的心意，但还是不能确定她是否真的能接受他。他先是把那束玫瑰拿给霏霏，问她是不是有点做作？他说我此生还从未做过这种事，你不要笑我。然后焦虑地问她是否真的痊愈了。他说他绝不会再让霏霏喝酒，说着就将霏霏一把搂在怀中，我知道你全是为了我。

从这一刻起，他们的身体就再没有分开过。很快他就洞穿了霏霏渴望的目光。他知道已无须征得霏霏的同意。于是他坚定地掀开霏霏身上的披肩。没等到剥光霏霏的所有衣物，他就急不可耐地开始亲吻她。他吻着她的嘴唇她的脖颈她丝绸一般的肌肤。他让他的爱意停留在年轻而丰满的乳房上。他充满依恋地吸吮着，仿佛她是他的母亲。是的，这里才是能调动他无限想象的地方。那么完美而诱人的，他不曾亲近的。那一刻，在霏霏充满诱惑的双乳之间，他只想哭。

然而当霏霏一丝不挂地站在他面前，他反而迟疑了，不知道自己是不是真的还要往前走。他这样犹豫着，并不是没有了欲望，而是，所谓“前程”的杂念突然从脑海里跳了出来，仿佛猛然一击。紧接着，他退缩了，而那时他身上依旧西服革履，看上去谦谦君子的样子，一脸的凛然正气。

是的，道貌岸然，这是霏霏从骨头里发出的轻蔑。她不相信，一个人如此饱满的激情会突然之间从灵肉中溜走，怎么可能？在如此炎热的地方，突然之间，冰一样的冷。这或者只有林铁军这般有着无数心思和束缚的男人才能做到。霏霏这样想着，不由得眼眶里溢满晶莹的泪水。她不想再看到林铁军，她捡起被他扔得满地都是的衣物，打开了通向走廊的门。

林铁军关上身后的门,不进也不退。他只是眼睁睁地看着,霏霏怎样把被他剥下的那些衣物重新穿回到身上。为什么我要赤身裸体,而你却衣冠禽兽?然而那男人野蛮地阻挠了霏霏的报复。他说,等等,此生,我还从没看到过如此完美的裸体。他说这是只有舞蹈演员才会有的曼妙肢体,每一个部位都绘画般完美而生动。长长的颈项,高耸的乳房,林铁军的手指一路摸索下去。纤细的腰肢,丰满的臀部,是的,他从来没有看到过如此性感的裸体。他说他知道这是上天的赐予,所以他才会面对这一切时,紧张而又充满敬畏。

当你对一个女人的身体怀有敬畏,林铁军几近绝望地说,当你不得不让你的激情沉落,进而变成由衷赞美的时刻,你还怎么敢去碰触她?

当林铁军决意临渊羡鱼,霏霏觉出了冷。但这一次,她不想再放过这个迟疑的男人了。她不管不顾地伸出双臂勾住林铁军的脖子。让自己像秋风落叶般紧贴在林铁军瑟瑟发抖的身体上。

于是林铁军也不再迟疑,任凭霏霏撕扯掉他所有的衣冠。然后酣畅淋漓地……当只剩下委婉缠绵的时刻,林铁军才告诉霏霏,他觉得这张窄床多么好。他们转瞬之间就逾越了所有的底线。在缱绻柔情中唯一让林铁军迷惑的是,他始终无法判断未婚的霏霏是否处女。

当然,他也顺便想到了他们之间的这种肉体关系,很可能并没有深厚的根基。而他们所以能无条件地相互给予,不过是建立在某种利益的基础上。于是这空中楼阁,很可能会成为他们关系破裂的导火索……但林铁军不愿再想下去了，无论怎样的关系，即或是在相互利用，但至少欲望本身是真实的。

于是那个晚上他们欲罢不能。尽管那时候霏霏还很虚弱。但她还是承受了林铁军一次又一次猛烈的攻击。那一刻她甚至觉得自己就像妓女，任嫖客在她的身上释放欲望。他蹂躏她，啃咬她，甚至捂住她的嘴，让疼痛的喊叫变作嘶哑的悲鸣。当林铁军终于停下来，霏霏已不知自己是欢乐还是痛苦了。事后她反复琢磨，最终得出结论，林铁军所以一次又一次地疯狂发泄，只能证实一种真相，那就是，他从未在他老婆那里得到过真正的满足。

但无论怎样，他们的这种肉体关系还是坚持了下来。毕竟他们要天天在一起，已须臾不可离开。有了这层联结，林铁军对郁霏霏更是百般倚重，言听计从，以至于人们开始议论纷纷，飞短流长，将林社长和郁霏霏之间的关系描绘得有声有色。

如此风生水起的肆意中伤，明眼人一看便知是老廖的“杰作”。而这时廖也夫和林铁军之间的矛盾日益尖锐，并已公开化。

对廖也夫来说，将霏霏献给林铁军，最初是一番美意，但难说其中就没有算计。众所周知，霏霏一直是老廖的党羽，而老廖之所以将霏霏拱手相让，显然不是厌倦了这个女孩，而是另有企图。没有人知道霏霏离开辞书编辑室时曾领受过老廖怎样的暗示，如果她真是老廖安插在林铁军身边蛇蝎一般妖艳的“内鬼”，那就真的有好戏看了。尽管，他们这种你中有我、我中有你的招数，就像是劣质的间谍片。

老廖自以为深藏不露，暗度陈仓。笃信他培养出来的美女霏霏，定然有足够的能力摆平林铁军。这一点虽然不曾点破，但以霏霏的聪慧，她自然心中雪亮。只是老廖所渴求的这个结果并未如预期实现，于是他只好破釜沉舟，将林铁军和霏霏揉成一团，淹没在丑恶的桃色绯闻中。

随之老廖愈加看好这步艳棋，觉得在这棋盘中，自己就是那个老谋深算的军师。他可以不费一枪一炮，就让飞扬跋扈的林铁军陷入困境。然后以霏霏为人质，逼迫林铁军缴械投降。就算他廖也夫不能让姓林的乖乖就范，至少也能以此为要挟，为自己争取到副社长抑或副总编的职位。老廖无比自信地打着自己的如意算盘，且幸灾乐祸地观望着林铁军和郁霏霏一道献演的男欢女爱。他坚信这一幕迟早会发生。无论霏霏到底还是不是他的人。

然而让老廖没有料到的是，郁霏霏竟然背叛了他。不错，她是把林铁军拴在了自己的裙带上，不过她不是为了老廖才那样做的。曾几何时，她就死心塌地归顺了林铁军。显然这个有奶便是娘的女孩已然抛弃了老廖。她不像万末、未央那样懂得感恩戴德，涌泉相报。霏霏这种为“攀高枝”而一头扎进敌人怀抱的女人，就像婊子。

于是老廖决意以牙还牙，开始在诸多场合散布郁霏霏和林铁军不正当的关系。他故意做出为林铁军扼腕叹息的样子，说社长怎么就看不清这种风骚女人呢。然后又躲躲闪闪地转述别人对郁霏霏的评价,不过谁听了都知道那是老廖自己精心编造的。譬如郁霏霏为什么至今不结婚,因为她就等着拆散林社长家庭呢。又譬如,郁霏霏为什么总是乘坐林社长的车,其实就为了能在汽车上和社长鬼混。林社长的汽车为什么总是停在郁霏霏的楼门外,好几次被恰巧路过的某人亲眼看到。而郁霏霏为什么会突然住院,又不许大家前去探望,就因为有了孩子,做人工流产,社长才会天天探视。当然,不是林社长的孩子,又是谁的呢?

然而,尽管老廖不遗余力,却丝毫不曾影响人们对林社长甚至对霏霏的邀宠和巴结。尤其被老廖糟蹋得不堪入目的郁霏霏反而扶摇直上,很快就被升任为社长办公室主任,工资也随之上涨,甚至超过了一些供职多年的老编辑,在社里引发了不大不小的骚动。

林铁军以其超人的魄力,大张旗鼓地挽狂澜于既倒。他当即为社里任职十年以上的编辑发放了数额不菲的奖金,几乎封住了所有编辑的嘴。这一大手笔的奖励措施,甚至被某些人视为,是林铁军击向廖也夫的一记重拳。

结果是,郁霏霏不仅拿到了原本不可能拿到,或晚些时候才能拿到的主任一职,还收获了林铁军对她更为知己的信任。她终于如愿以偿,从此可以名正言顺地行使她的职权了。她的权力之大,甚至能把林铁军锁进她的衣裙里。以至于社里那些普通的编辑很难见到林社长,更不能将他们编书的意图和想法,直接向社长汇报了。

鉴于社长被封闭的状况,人们只好将目光转向控制着社长的郁霏霏。他们不仅要通过霏霏觐见社长，还要千方百计巴结霏霏，才能得到社长的首肯和重用。于是人们慢慢觉出，似乎郁霏霏才是社里决定一切的那个人。

表面上看，林铁军好像被这个女人控制了，但他到底在想什么，其实谁都不知道。于是人们察言观色，猜测揣摩，社长到底是因为爱情丧失了理智，还是他有意让郁霏霏充当他的挡箭牌？这当然是完全不同的两种状态。

但从此有一点是不会变了，那就是社长办公室主任的不可一世，就仿佛出版社真的成了她郁霏霏的。尽管林铁军雍容优雅的妻子还在，但在社里，郁霏霏就是那个名副其实的老板娘。于是人们开始逢迎她，以至于只要她一出现在人们的视野中，人们便即刻笑脸相迎，仿佛真的在迎接什么王妃。总之人们以各种各样的方式小心翼翼地取悦于她。一时间社里风气大变，所谓文人的道德和操守，顷刻之间土崩瓦解。

无论郁霏霏走到哪儿，哪儿就一片虔诚谦恭的阿谀奉承声。有的编辑室，甚至只要郁霏霏驾到，就会蓦地迸发出一片掌声。更有甚者，郁霏霏手下的那些工作人员，也开始煞有介事安排主任的行程。大凡她要到哪个编辑室视察工作，都会有跟班的提前通知，事先踩点。在霏霏走出社长办公室的那一刻，他们就已经打开了她即将前往的那个编辑室的门。

于是郁霏霏开始膨胀。她实在没经历过这种高高在上的感觉。她毕竟没有接受过任何官员素养的训练，只能以舞蹈演员的姿态表现出她的凛然与高贵。是的，她确曾在舞台上大红大紫，但一场演出中的意外折断了她的翅膀。双腿多处骨折让她再也穿不上芭蕾舞鞋，唯有仰天长叹，空悲切。她为此甚至想到过自杀，想象黑暗中舞者的悲凉的死亡。后来她决心离开她的城市，再不愿回首那片令她绝望的伤心之地。然后她来到这座陌生而冷漠的城市，通过亲戚关系进入出版社，做一个卑微的小职员。她知道在出版社这样的环境里，无论自己做什么都捉襟见肘。于是她觉得自己是个废人，不能跳舞，在某种意义上就意味着，她已经死了。但幸好有了那些视她为天使的老学究们。而她的存在所给予他们的，竟是枯木逢春一般的意义。

然后廖也夫将她拱手送给林铁军。因为她的优点不单单是敬业，还有她姣好的容颜所带给他人的赏心悦目。她于是昂起头来，让自己重拾信心。尽管不再能跳舞了，却依然能舞出人生的千娇百媚。于是她再度成为有价值的人，她的身体，也就随之成为有价值的身体。

尽管这价值是廖也夫发现的，但却在林铁军的身上发出炫目的光彩。此前连霏霏自己都不曾预料到，在出院后的那个晚上，林铁军怎样势如破竹地拥有了她。

从此他们的肉体关系风起云涌。只要一有机会，林铁军就会享用这个有价值的身体。而霏霏在林铁军的赞叹中，更深层地开掘了女人年轻、美丽的意义。从此她常以身体居功自傲，有时候甚至以身体要挟林铁军。

如此霏霏开始了生命中的新篇章，目标也随之变得格外远大。谁说草鸡不能变凤凰，霏霏不费吹灰之力，就让梦想成为了现实。

于是霏霏就像暴发户，像炫耀财富一样地炫耀自己的男人。她好像已经被爱情的火焰烧得难以自控，希望所有的人都能感受到她的幸福。所以大凡说到她和林社长的关系，她既不避讳，也不躲闪，且大言不惭地申明，他们之间的关系不是暧昧，而是爱。她这么说，是想让更多的人感受到，她已经是他的情人了。

每一个黄昏都意味着无法挽回的人生

尽管廖也夫扬长而去，人们却没有让林铁军的丧事流于潦草。葬礼依旧极尽哀荣，只是大家难以接受林社长的突然死亡。

于是人们联想到不久前的另一个葬礼。只有通过比较才能觉出死亡也有高下之分。那是林铁军生前为万末举办的葬礼。清雅而温馨的，寄托了林铁军对这个女人的无限思念。那女人最终死于癌症。出版社的每个人都出席了她的告别仪式。只是现场不曾有一个人落泪。不是因为死去的那个女人不好，而是，人们已经淡薄了对她的记忆。

人们不知道林社长为何如此兴师动众。他指示，万末的葬礼一定要隆重而典雅，就如同她典雅而隆重的一生。没有人知道林社长到底是怎么想的，亦不知他和万末到底是什么关系。只记得林铁军一拿到博士学位就进了出版社，被分配在万末做主任的总编室。那时候万末还没有生病，人到暮年依旧风韵犹存。据林铁军在悼词中深情回忆，他说他此生从未见到过如此优雅雍容的女性。

那时候万末在总编室的位子举足轻重，却终日寡言少语，不苟言笑。给人的印象总是冷冷的，甚至从不主动和别人打招呼。如此久而久之，就很少有人愿意和她搭讪了。林铁军进入总编室后亦是如此，他和万末之间除了工作，几乎没有任何交流。万末总是做出一副拒人于千里之外的样子，意思是，她和谁都不可能建立任何亲近的关系。几年下来，在同一个办公室里，他们几乎没说过什么像样的话，更不可能推心置腹，以至于连对方的家庭状况都无从知晓。这种关系在万末的主导下，真正做到了君子之交淡如水。不过，林铁军还是能够感觉到，万末对他是欣赏的。

就算万末孤家寡人，林铁军也还是一如既往地尊重她。尤其当斜阳西下，万末静静地坐在窗下，那一刻，林铁军觉得她就像一个油画里的人物。那种美，美得让人心醉神迷。只是无论林铁军怎样维护万末，这个冷漠的女人都从不领情。她只是径自地完成着自己的事情，从不在意什么人在什么时候取悦于她。她觉得那不过是别人的一厢情愿，而她，早就洞穿了俗世的声色犬马。

万末在出版社唯一的朋友，就是她的大学同窗廖也夫。那时候老廖正春风得意，老社长以下就是廖副总编了。老廖自上任后自然很关照万末，毕竟他们曾同窗数载，又是几十年的同事。更有老廖对万末的背叛，那是他一辈子都还不完的感情债。

于是万末有了庇护，加之老社长也格外欣赏她。只是他们的取向南辕北辙，老社长出身延安鲁艺，延河水始终在心中汩汩流淌；而万末则浸润于资产阶级家庭，哪怕从不曾浓妆艳抹，也能透露出那曾经的奢华。

万末和廖也夫可谓情同手足，这是老廖婚后不得不选择的一种友谊的方式。万末曾是大学里名副其实的校花，自然也就成了男生们企图斩获的猎物。来自外省的廖也夫也当仁不让，一度甚至和万末走得很近。他虽然来自偏远的小城却绝顶聪明，很快就在同学中脱颖而出。于是万末对老廖刮目相看，紧接着才子佳人的气象便显现出来。那个年代的女人大多爱才胜于爱财，加之又被分配到同一家出版社，自然更加巩固了他们原本模糊不清的关系。只是不久后又以各自的方式，彻底了断了那段曾经传为佳话的爱情。所以万末和老廖到底属于一种怎样的关系，大概也只有他们自己知道。

不过无论怎样扑朔迷离，老廖的攀升还是给万末带来了诸多好处。自从老廖为万末撑起这张伞后，她竟也变得顺风顺水、身心愉悦了起来。只是她从来严守本分，谨小慎微，不曾有过哪怕一丝一毫的非分之想，于是老廖的庇护对她来说几乎形同虚设。

没有多久，总编室的林铁军就开始蹿红。那时候他已经完成了《中国文明史研究》一书，成为历史学界最年轻的翘楚。于是他很快进入老社长的视野，尤其在老社长退休的前夕，几乎把林铁军当作自己的儿子。而那时廖也夫刚好膨胀得有些忘乎所以，笃信自己是老社长不言而喻的接班者。他明知不能得罪一言九鼎的老社长，却身不由己地做出了一些有意怠慢甚或诋毁老社长的举动。诸如越权向上级机关揭露出版社的各种弊端，诸如将老社长和林铁军的关系形容为裙带关系一类。

暗中的角逐变得日益明朗化，以至于出版社的每个人都能感受到这种权力交锋的惨烈。老社长果断地力排众议，将年轻有为的林铁军晋升为总编室主任。不到半年，又让他坐稳在副社长的位置上，主管社里包括财务在内的所有业务。于是廖也夫就像热锅上的蚂蚁，乱了方寸，唯一的反抗方式就是持续不断地向上反映出版社的问题。如此明争暗斗的厮杀中，廖也夫自然将林铁军当作自己的政敌。在老社长召开的社务会上，他们尽管谈笑风生，但恨不能杀了对方的心思已尽人皆知，只是一时还猜不透到底鹿死谁手。

伴随着权力斗争的白热化，人们开始左右摇摆，举棋不定。为了他们各自的未来，谁都想准确无误地为自己找到一个稳定的靠山。但局势的不甚明朗又让他们无从选择，于是很多人不得不多方逢迎，骑墙观望，希望在等待中抓住未来的机会。

表面上看好老廖的人大大多于林铁军。毕竟老廖阅历丰富，经验老到，在出版社辛辛苦苦工作了许多年，上级机关总不会把出版社交给一个初出茅庐的愣头儿青吧。

万末自然是老廖忠贞不贰的支持者。她用不着静观其变，更无须选择。她对这位同窗可谓看到了骨头里。她知道他的自以为是，利欲熏心，也熟悉他的心胸狭窄，趋炎附势。当然也深谙老廖的书生意气，两袖清风。所以对她来说没有选择，只能是站在廖也夫一边，尽管，她对年轻的林铁军并不反感。

她当然不在乎一旦老廖失势，自己会成为失败方的陪衬。她从不曾断定老廖的结局，因为那结局和她毫无关系。所以无论老廖升迁还是贬谪，也无论老廖得意还是失意，她都依旧是她自己，也依旧是老廖永久的朋友。

不久后令人瞠目结舌的结果终于出炉，据说是为了体现干部队伍的年轻化。总之无论廖也夫怎样急功近利，最终还是成了秋后的蚂蚱。谁都想不到那个初来乍到的愣小子，竟成了这番角逐中最大的赢家。他不仅攫取了社长的头衔，还同时兼任出版社的总编辑。如此两副担子一肩挑，让他的权力瞬间抵达最高峰。如此情势之下，年华老去的廖也夫再无反手之力，只能是眼睁睁地看着即将到手的大权旁落。

止步于副总编位置上的廖也夫一度心灰意冷。那形之于色的沮丧和绝望让众多追随者如丧家之犬，很长一段时间萎靡不振。在老廖那些颓丧而愤愤不平的支持者中，唯有万末洒脱而淡定。因为对她来说，无论怎样潮起潮落，风云变幻，廖也夫仍旧是廖也夫。而她对待廖也夫的态度，也绝不会因为他的失势而丝毫改变。

后来，万末和林铁军做爱，绝非她本意。她所以接受这个年轻人，仅仅是因为他和她丢失的儿子同一年出生。她只是希望能像一个母亲那样拥抱自己的儿子，但她的愿望却在迷茫中偏离了方向。

是的，那一刻，她忘记了自己母亲的角色。她觉得那是因为他们坠入了古希腊神话的陷阱。她知道和林铁军做爱就等于是母子乱伦。从此她郁郁寡欢,以至于最终罹患绝症。她觉得那也是上天的报应。

于是她想到了死亡,这是她的尊严。她进而想到了世上每一个黄昏都意味着,无法挽回的人生。想到这一点后,她就不再纠结,反而怀了某种欢愉地等待并迎接那个完结的时刻。

是的,林铁军深深爱慕着这个比他年长许多的女人。因为她是他此生见过的最最高贵的女人。她总是不声不响地坐在那里,她就是一幅画。他热爱她,崇拜她,对她曾经的不幸充满怜意,甚至决心从此像卫兵一样,永远守候着这个母亲一般的女人。

然而,某一天的某个时刻,他却让自己莫名地生出了想要和那个女人同床共枕的愿望。尽管他知道这是对自己心灵的亵渎,不,他不是那个意思,他只是想保护她。但她又是什么意思呢?

用欲望来保护心爱的女人,他知道这纯属无稽之谈。但这个固执而强烈的想法一旦萌生,就再也停不下来。他决意将这曾经的精神之恋转化为物质的欲望之恋。他仿佛陷入了某种连自己都难以理喻的怪圈。他疑惑这种近乎于变态的欲求,是否来自于她曾被轮奸的历史?

是的,他此生最大的愿望就是能和万末做一次爱。他说他并不在乎她的器官已枯萎凋零。对他来说,那些物质的东西都不重要,只要能抱紧她,抚摸她,与她灵肉相依。后来他终于如愿以偿，但刚一结束，他就觉出自己是这个世界上最残酷的浑蛋。

所以，万末住院后他天天去看望她，哪怕几分钟。每一次他都会紧紧握住万末的手，靠近她嘴边，听她轻轻地说。他记得她说，这没有什么，她早就做好准备了。然后，她问他有什么要说的。是的，他当然想对她说些什么，千言万语，那些，说出来说不出来的，满心愧悔。

他是握着万末的手，眼看着她死去的。那一刻他流着眼泪亲吻了她冰冷的额头。他坚信，她离开时，是因为有他在近前才无比平静的。他从没有忘记万末曾说，世上的每一个黄昏都意味着，无法挽回的人生。

是的，他精心筹办了万末的葬礼。他要求葬礼的风格既清新淡雅又凝重深沉。葬礼的每一个细节他都亲自过问。不久后又自任责编，出版了万末见解独特的《编辑手记》，只是，没有人知道林社长为什么要那样做。

那一刻他们都紧张起来

她不知，他是不是一个应该爱的人。仅只是因为那个晚上，他和她一道被关在了故障电梯里。毫无征兆地，电梯突然停下来，紧接着电梯里的灯光也熄灭了。那一刻他们本能地紧张起来。黑暗中只有狂乱的心跳声。

搭乘这趟电梯的那一刻，她曾经犹豫。在是否要跨进去的瞬间她确实很彷徨。她于是停下脚步，想等下一趟。而她所以要故意错过，是因为，她看到电梯里站着林铁军。然而那个总是咄咄逼人的男人按下等待键，意思是，邀约未央和他同乘一班电梯下楼。

是的，她不是林铁军的人，多年来她只和老廖精诚团结，已众所周知。没有别的意思，当年是老廖把她从郊区文化馆调到出版社，自然永世不忘。而那时她确乎写了很多大胆而弥漫着性色彩的现代诗。她没有因自己被人诟病的情诗而感到愧疚。人类的繁衍本属天经地义，任何生命都将附丽于交媾。为什么人类的什么活动都可以写，偏偏性要成为文学的禁区呢?

不,未央想说的并不是这些,而是,被旧式教育培养出来的保守的廖也夫,竟能容忍她那些隐晦而暧昧的关于性和性交的诗。她记得即或如杜拉斯那般严肃的新小说作家,也曾尝试过情色小说的写作,并且激情四射。那是因为,所有深陷其中的人们是绝不会一边做爱,一边以此为耻的。

未央无从知道老廖是怎样凭借三寸不烂之舌说动老社长的,亦不知他是不是把她那些所谓淫秽的诗歌给了老社长。老社长曾赶上"五四"的尾巴,又投身革命,进过延安鲁艺,一直严格坚守着革命文艺的正确方向。然而这个近乎于僵化的老革命,怎么会毫不迟疑地就把未央这种人调进了出版社?他真的读过未央那些让人想入非非的色情诗吗?还是,他仅凭一面之缘,就信任了这个来自郊区文化馆的才女?

事实上,未央并非等闲之辈,至少她自己是这样认为的。即或她的诗不是最好的,但诗的内容却已经足以令人震撼。她的诗名伴随着那个激越而又斑驳的岁月广为传诵。她在她的诗中激进过,朦胧过,反思过,创新过,直到,诗行中凸显出赤裸裸的性。一些人读过之后感慨万千,说,就仿佛是他们自己在做爱。

于是未央成为小有名气的风云人物。不过她知道自己所以出名,完全是因为诗中的内容。她知道自己不可能成为一流诗人,但却能毫无争议地成为那个时代的文学"弄潮儿"。只是自从被调进保守而沉闷的出版社,无论你曾经怎样星光璀璨,都将被整齐划一地踩进平庸的烂泥里。在社里,作为一个编辑最起码的标准是，你是否能编出获奖或畅销的书。这两条是出版社评价编辑优劣的唯一标准。每个人都毫无例外。

当尘埃落定，未央终于收束了她的羽毛。她所以能沉寂下来，在某种意义上，就是为了报答廖也夫的知遇之恩。她的乡村背景曾让她一度自惭形秽，甚而穷困潦倒，被一些出身城市的编辑所蔑视。是老廖曾语重心长地告诫她，进入出版社后首先要做的，就是尽力脱去你那女诗人的做派。

未央从此终止了她的放荡不羁，甚至连北师大毕业生的背景都尽力抹去。她几乎是以哀兵之势，开始了出版社的漫漫生涯。从编务、校对开始，直到终于拥有了独立编书的资格。这时候她的诗人身份竟鬼使神差地派上用场，那些小说家、散文家、诗人、文学评论家乃至艺术家的朋友，成了她工作中丰厚的资源。她开始源源不断地出版他们的文学及艺术类作品。一些人因为未央，甚至不在乎稿酬的多少。于是未央所能做到的，就是尽力把朋友们的书做好。在编辑、校对、装帧、纸张、印刷等诸多环节上她从来一丝不苟，直到作者拿到让他们满意至极的样书。

对廖也夫，未央从来心存感念。在未央看来，大多知识在身的人通常谨小慎微，很难做出超越自身的猥亵举动，哪怕骨子里埋伏着强烈的欲念。于是未央从一开始就确立了她和廖也夫之间的长幼关系，私下里称呼老廖的妻子为阿姨。如此以后辈的身段领受老廖的忘年之交，进而自始至终地保持了这种既亲密又信赖的关系。

然而阴差阳错，她就是踏上了林铁军那趟命定的电梯。事实上，自从她走进电梯的那一刻，就不再有回头路了，即或悔之晚矣。为什么她明明不喜欢这个男人，更无须对他趋炎附势，却犹豫之间，选择了进入？如此分明的阵线有目共睹，她怎么一时疏忽，就站在宿敌林铁军的对面？

显然正春风得意的林铁军并无恶意。他只是诙谐地说，看来咱们是社里最敬业的人了。未央对林铁军的搭讪不知如何应对，她只是下意识地看了看手表，然后低下头，笃定什么也不说。她想只要能熬过这漫长的几十秒。

她开始在心里默默思忖，敬业不敬业和他有什么关系？她十多年来任劳任怨、兢兢业业并不是为了得到上司的夸奖，甚至都不是为了对得起自己的良心。她所以认真做事其实只为了朋友，为了报答他们肯把自己的心血托付给她出版，仅此而已。

在林铁军居高临下的凝视下，她此刻想到的就是这些。她这样想着的时候甚至觉得很骄傲。不过，在这样的时刻想到这些似乎过于奢华了，她于是再度看了看表。

现在是晚上九点半。林铁军的声音。为什么，咱们要这么晚才离开办公室？

未央一时无言以对。是啊，连她自己都难以理解，为什么要这么晚才离开出版社。是的，她一直在校对即将出版的那本新书，以至于忘记了时间也忘记了饥饿。不过这有什么可炫耀的，那是她的本分。当然也还有不能与人道的悲哀，那就是回家会让她更加孤独寂寞。所以家对她来说没有任何吸引力，与其独守空房，还不如流连于这些充满了想象力和美丽思绪的书籍中。

她便以这样的遐思挨着电梯里的时光。她想这幸好不是一列火车或一架飞机，而是只需几十秒就可以完成旅程的电梯。她这样想着便不再纠结。她不停地望着屏幕上闪烁的楼层数码，当电梯终于慢慢接近底层，她就更是心静如水，反正几秒钟后就能各走各的路了。

于是她第一次抬起头看对面的林铁军。在电梯的顶光中，她突然发现那个男人其实很英俊。是那种很冷的英俊，坚硬的线条中充满力量。而她还从没有像现在这样端详过这个男人。那一刻一些莫名其妙的暗影遍布他的脸颊，让那些很硬的棱角凸现了出来。当然她并没有因为这个男人的冷峻而心有所动，如果他不是林铁军而是别的什么男人，哪怕陌生人，她或许都会情不自禁地加以留意。

她只是觉得这一刻在这里看到的男人和平时不一样。但她并没有因此而改变对他的印象。她从来看不上他这种势利小人。他的轻狂得志，让很多人都见识了什么叫“子系中山狼，得志便猖狂”，为此她对他愈加嗤之以鼻。她知道这个人怎样利用了廖也夫，又怎样冷酷无情地剥夺了他曾经的权力。纵然廖也夫千般不是，但毕竟也曾帮衬过他。这其中的恩恩怨怨，未央了然于心。她怎么可能和这种人有什么牵扯呢，哪怕，他暗影中的姿态那么诱人。

我读了你的诗集，林铁军再度主动搭话，很喜欢。

未央惶惑不安起来，心想，他怎么会看过我的诗集。

老廖把你的诗稿拿给我,问我能不能出版。

不不,未央奋力为自己辩解,那不是我的意思……

为什么不能在咱们社出版呢?既然那些诗写得那么美。

我确实不想……

我已经签完出版合同了,不,不如说,我已经被你的诗打动了。

我真的,老廖他……

忽然“咣当”一声,电梯猛地震动起来。震力之大,甚至将未央抛了起来,幸亏林铁军伸出手臂将她紧紧抱住。在激烈的震动中,未央本能地蜷缩在林铁军的怀中。在这一刻,是否宿敌似乎已无关紧要。他们只是不知道究竟发生了什么,直到停在半空中的电梯不再抖动。

紧接着未央挣脱了林铁军的怀抱。她几乎不敢想象刚才惊心动魄的那一刻,更不敢回味在那个男人怀抱中度过的几乎绝望的那一刻。接下来她紧紧抱住自己的双臂,不敢抬头,更不敢往前看。她只是觉出电梯里的灯光忽明忽暗,像鬼火般闪烁。

未央不由得紧张起来,我们到一楼了?这是未央在电梯里第一次主动和林铁军说话。

好像是吧。林铁军回答,并试图拉开电梯紧闭的金属门。

但紧接着,几秒钟后,那明明暗暗的灯光全都熄灭了,电梯陷入一片黑暗。

林铁军一边高声喊叫着,一边奋力拉扯电梯的门。但几经周折后,才意识到故障的严重性。电梯外显然没有任何人能帮助他们。

黑暗中,未央和林铁军都不再讲话,一片莫名的沉寂。

出故障了? 未央知道这是废话。

而此刻林铁军想到的是, 在发生如此惊心动魄的故障时,这女人竟没有发出过任何惊恐绝望的喊叫声。她只是悄无声息地站在黑暗的角落里,这让林铁军对她顿生好感。

不用怕。这电梯很新,或者只是短暂的停电。林铁军本能地安慰未央。

未央无声。她此刻正在努力搜寻着书包里的手机。她觉得有了手机他们就可能迅速获救,所以她没有在意林铁军的安抚。

我可能忘在办公室了。未央沮丧的语调。

什么?

手机。未央说,那么,你打吧,门卫,或者霏霏,随便出版社的什么人,实在不行,就 110。

静寂。未央以为林铁军也在找他的手机,但等来等去却没有声音。再问,你怎么不打?

我的手机在汽车里。而办公室的手机,我从来都不带回家。

你,你这个人,就因为你能有两个手机吗? 未央一下子凉了半截。不知道自己到底应该抱怨谁。

总会有办法的。林铁军平静的语调。

然后他们就不再说话。事实上他们也不知该怎样交流,那种相识多年又无比陌生的感觉。

最终打破沉默的还是林铁军。他知道未央是不会主动讲话的。她一向我行我素，对不喜欢的人不屑一顾，对不喜欢的上司敬而远之，甚至不敬。但林铁军就不一样了，在出版社他万人之上，一呼百应。他当然想说什么就说什么，更无须在乎未央这种区区小卒。于是他此刻仍旧高高在上，仿佛施舍般对看不见的未央说，你不要心存芥蒂。

未央对此莫名其妙的话语不知如何作答，于是只能坚守沉默。

其实，我比老廖更能读懂你的诗。毕竟我们是同龄人。

未央愈加无法作答，尤其不喜欢他中伤老廖。

所以我可能更欣赏你。如果不是在今天这样的偶遇中，我不会对你说这些。

未央唯有默不作声，因为她不喜欢林铁军一开口，就和老廖扯上关系。

大家都知道万末是老廖的老同学。他们之间的关系可谓源远流长。但却是我满怀敬意地为万末举行了葬礼，这是人们有目共睹的事实。我们之间不是没有恩怨，而是我主动摒弃了恩怨。所以并不像老廖到处说的那样，我对他所有的同僚都斩尽杀绝。我希望你能理解我的苦衷，只是一直没找到机会对你说。但我对万末说过了，她说她能理解我。她之于我在某种意义上就像母亲，这是老廖那种人根本不能理解的。总之，无论万末还是你，我都十分敬重，我甚至羡慕廖也夫能有你们这样的红颜知己。我不懂你们为什么会如此信任他，他身上的那种乡村知识分子的劣根性你们就觉不出来吗？但你们就是一如既往地追随他，哪怕他已雄风不再。所以我一直在想，到底是老廖确实有魅力呢，还是你们这些女人为人宽厚？为什么老廖能让那么多女人接纳，并不离不弃，而且都是优秀女人？我这样说没有什么别的意思，只是觉得老廖这人确乎不是等闲之辈。

林铁军的直言不讳，让未央惊讶无比。但她还是无法作答，说什么呢？老廖，还是追随老廖的那些女人，连同她自己。

我刚才的这番话确乎掏心掏肺，或者伤害到你了，但绝不是我的本意。所以，你不想说点儿什么吗？哪怕反击？

未央依旧沉默不语。

至少我们应该坦诚相见。

一定要说吗？未央踟蹰。

不是，无所谓的，你随便。

那么，我，我只是关心我编的那些书。

还应该包括你写的那些诗吧。

对我来说，诗的时代早就过去了。我只是尽着编辑的本分。

岂不可惜，我确实喜欢老廖为你编的那本诗集。

都是很久以前的事了，那时候我还年轻……

社里已决定任命你做文学编辑室主任，你没意见吧。

不不，这怎么可能？黑暗中可以想见未央的诚惶诚恐。不，我不想做。未央本能地抵触着。

这不是你想不想的问题，而是社里的决定。所以刚才在电梯口见到你，我觉得真是巧了，刚好第一时间通知你……

不不，林社长，我真的不想做那些，我根本就没有这方面的能力，更不可能去领导别人。

你知道，我其实一直都想提倡一种精英风尚，在社里，有“离骚”精神的编辑越来越少了。所有的人都在向钱看，但市场畅销的书一定就是好书吗？

您不是心怀叵测吧？未央不知道自己为什么竟这样说。

心怀叵测？你怎么会想到这个词？你以为我是没心肝的人？事实上没有人知道我和万末的关系，哪怕她是你和老廖的好朋友。自从我来到出版社，就一直敬慕她。她之前，我还从未见到过如此优雅的女人。她虽然年过半百，疾病缠身，却从来不失名媛风范。所以我从她身上得出结论，一个女人是否美丽，绝不受岁月所限。美丽是伴随着人生一道增长的，直到生命的终点。

未央听得目瞪口呆。她不敢相信这些话，竟发自林铁军的肺腑。他无疑比她更了解万末，尽管她是她生前最好的朋友。

是的，她的美难以形容。反正她已经走了，我才敢这样描述她。我不知是优雅让她罹患苦难，还是苦难造就了她的优雅。你无法想象她曾经历过怎样的折磨，但优雅就像是她的标记，始终不离不弃地伴随她。无论何时何地，或生或死，只要想起她，就会想到优雅这个词。因为她就等同于优雅。她本身就是对这个词汇最完美的诠释。

未央看不到林铁军的脸，但她的心已被莫名地感动了。

那时候我就坐在她对面。几乎时时刻刻都能看到她的脸。她的脸苍白而端庄，就像大理石雕刻一般，有种永恒的味道。她总是把她的身影映在西窗的落日中，就像是，你简直无法想象，就像金色余晖中的一幅油画。所以我一直觉得她不是现实中的人物，而是一件价值连城的艺术品。

靠在电梯冰冷的金属壁上，未央觉出了冷。不是因为午夜降临，而是，她不愿相信这个一向令她反感的林铁军，竟有这般细腻的情怀。不管万末是否拥有他所赞美的那般美好，但他能对一个寂寞女人如此钟情就足以令未央吃惊了。她觉得他对万末的描述就像一首颂诗。什么人死后还能领受这样的诗篇？她这样想着不禁周身寒战，上下牙齿磕碰出细碎的响声。

然后，一只看不见的手伸过来。那是林铁军递过来的西服上衣。那上衣夹带着他的气味和体温。未央觉得此情此景太戏剧化了。于是她推开了他的好意。

接下来，更长的沉默，好像已无话可说，加之盛情被拒绝的那种尴尬。

再说话的时候，林铁军变得咄咄逼人。听说你曾经把我比作巴尔扎克小说中的人物。拉斯蒂涅。外省人。来到巴黎。靠女人飞黄腾达。你调查过我的历史啦？

我？未央沉吟着反唇相讥，我说过，或没说过，有什么两样？你难道不是拉斯蒂涅式的人物吗？既然他已经永恒。

不错，我是来自外省，并且是小镇。能来到这座城市是因为考上了临江大学。我的博士生导师之于我，一如精神父亲。没有他，当然就不会有我的今天。但我们反目，因为我娶了他的女儿。他可以因我而骄傲,却不能接受我成为他的女婿。所以他比所谓的拉斯蒂涅还要虚伪,他骨子里的劣根性是在世俗中暴露出来的。幸好我妻子没有那么庸俗。她比我大十岁,但她爱我。这是不是就更像巴黎的名利场啦?接下来的奋斗就靠我自己了,这些你们都看到了。按你们的话说,我是官迷,只想往上爬。但请问,单单靠廖也夫那种猥琐书生就能支撑出版社吗?现在是市场经济,图书要靠资本运作。所以老廖早就落伍了,你们愿意跟着他去喝西北风吗?你们只看到我追名逐利,却忽略了我重振出版社的愿望。只有我能让这个烂摊子一样的单位起死回生,你不相信我吗?

当然,我情愿相信你。未央说。

可惜这些话我一直没有机会对大家表白。你是第一个听到的,所以我希望你能理解我。就算是被锁在这冷冰冰的电梯里,但你见证了。所以不管今后会发生什么。

然后,又是沉默,他们有无数可以沉默的时间。

再然后,如淙淙流水,淌出来未央低沉而又好听的声音。我,所以要追随老廖,因为,是他把我从乡下调进出版社,从而改变了我的人生和命运。滴水之恩,涌泉相报,这是我做人的原则。

也许你是对的。

这就如同我至今单身,没有什么可抱怨的。我爱过,本可以拥有婚姻,但我背叛了。背叛了,便没有退路,这是我此生最沉痛的教训。有时候人生就是这样,我们所选择的,总是那条最危险的路。但我的男友爱我,如生命,为此他写出过很多唯美的诗。而我,却宁可生活得像垃圾一样,慢慢烂掉。于是我们在爱情中相互角逐,坚守着各自的信念。直到他突然死去,在饥饿中放弃了他的生命……

就是说,他用他的死颠覆了你的人生?

从此,我只想出版那些唯美的书籍。很简单的愿望。

所以……

是的。

然后,一股异样的温暖,在黑暗中悄无声息地升腾起来。

他说他要兴利除弊

林铁军召开全社大会。他已经很久没开过这么隆重的会议了。他说他要彻底改革出版社人人有份的“大锅饭”体制。他说一定要重奖那些勤勤恳恳、兢兢业业编过很多好书的编辑。他要求从下月起就开始实行编辑室的独立核算,如果不能达到规定的图书码洋指标,对不起,你就只能是下岗走人了。

不啻为一枚重磅炸弹。林铁军宣布之后便扬长而去,留下在座的编辑们目瞪口呆。他们不知道这个一天到晚忙着应酬的社长到底发什么神经了,于是大家习惯性地将目光转向郁霏霏,希望能从这张社长心腹的漂亮脸蛋上找到答案。

然而郁霏霏的表情也和大家一样,一头雾水,猝不及防。显然林铁军在发动这场突然袭击前并没有和她商量,她的一腔恼怒显然超过所有人。自从跟随林铁军鞍前马后,她几乎掌控了整个出版社。她不动声色地将触角伸向各个编辑室,哪怕那些不为人注意的角落。于是她大抵做到了一呼百应,也能感受到人们对她处心积虑的臣服。

但无论人们怎样抵触，林铁军独断专行的改革方案还是迅速步入了轨道，如洪钟般敲击着每个员工的耳膜，让你不想听也必须听。所以，没有退路。甚至连霏霏都觉得有种杀一儆百的架势，不知道什么时候谁就成了那只替罪羊。

不久后林铁军拿出整改方案，白纸黑字的首要举措，就是建立单独核算的独立工作室。而第一个试点就是“未央工作室”，社里将拨发五十万元启动资金，在体制改革的大风大浪中先行先试。为什么要选择未央？方案中已说得很清楚。近年来经未央出版的书籍，大都具有浓厚的精英意识。一个社会如果没有了人文精神，这个民族还能跻身于世界之林吗？

未央的名字一经说出，便全社哗然。谁都想不到这个将注资五十万元的试点，竟给了廖也夫的红人。于是大家更摸不着大门了，不知道林社长葫芦里卖的到底是什么药。坐在人群中的廖也夫亦不知是祸是福，他只是下意识地看了一眼身后的未央，暗暗为她捏一把汗。五十万资金当然不是小数，但如果做不出好书，又不能赚钱，是否还要偿还这五十万？这不是把未央往火坑里推吗？

林铁军字字铿锵，斩钉截铁。合上那套整改方案后，便不容置疑地说，就这样了。紧接着林铁军话锋一转，突然宣布，郁霏霏同志自即日起调离社长办公室，去发行科工作。这是社里的全盘考虑，和郁霏霏同志本人无关。全场鸦雀无声，没有任何反应。稍事沉吟，林铁军又说，我们确实应该杜绝那些不良风气了，当然，从我开始。

如果说，林铁军抛下的“未央工作室”是一枚震撼弹的话，那么郁霏霏的调职就更像是一场地震了。显然霏霏对此毫无准备，当林铁军宣布完这个决定，她竟然下意识地站了起来，高声问，为什么？那一刻，霏霏显然无法相信，林铁军竟会走出如此薄情寡义的臭棋。于是立刻联想到这些年来她在林铁军身边吃过的苦，受过的罪，凭什么，她要承受这样的下场？

是的，那一刻，霏霏就站在那里，站在人群中。仿佛雕像般，一动不动。愤怒与怨恨如骨鲠在喉。曾几何时，他还信誓旦旦地许诺她婚姻。如今不仅婚姻成一枕空梦，还要把她从他的身边赶走。她到底什么地方忤逆林铁军了，让他对她如此冷酷。那一刻她只想冲上去抓烂林铁军的脸。她再也不能忍受这个兽性男人对她的凌辱了。

显然林铁军对此早有防范。霏霏一站起来，就立刻有人挟持她离开了会场。她一边被拖走，一边高声叫喊着，她觉得这种被绑缚的感觉仿佛是罪犯。她到底犯了什么罪，要她如此当众出丑，颜面尽失？她想高声痛骂林铁军，却突然之间像被勒住喉咙一般发不出声来。她觉得她被拽走的这一刻，是人生中最羞辱也最绝望的一刻。尽管那一刻她眼前一片空白，但千刀万剐了林铁军的信念，却已经在她的愤恨与绝望中形成。

林铁军没有选择自己离开，因为在这样的场合，他不能表现出哪怕一丝一毫的怯懦。所以无论郁霏霏怎样负隅顽抗，也无论人们怎样议论纷纷，他都始终以一种铁腕的姿态，控制着现场的局面。

转瞬之间，林铁军就游刃有余地平息了霏霏引发的风暴。而他所以快刀斩乱麻地进行改革，全然是因为被关在电梯里的那个夜晚。只是人们不知道罢了，并将永远都不会知道。

是的，那晚他们说了很多话。如果不是因天意被关在牢笼一般的电梯里，他们或许永远都不能倾心交谈，相互理解。黑暗中，是未央让林铁军看清了自己，也是未央的直言不讳，让林铁军第一次意识到，霏霏的飞扬跋扈已经让整个出版社忍无可忍了。她不讳言，霏霏的颐指气使，骄纵蛮横，已经为林铁军带来了不尽的负面影响。也许林铁军对此并不自知，但群众的眼睛总是雪亮的。

林铁军第一次感到愧悔。他承认未央的提醒是苦口良药。是未央让他认清了眼前的现实，也是未央，帮助他从生命的污秽中挣扎出来。他于是觉得未央就像一面镜子，照出了他曾经的腐败和堕落。尽管电梯里依旧一片迷茫，他却觉得自己已奇迹般地复明了。

如此被关在电梯里八九个小时，让林铁军有了种浴火重生的感觉。他觉得自己仿佛又回到了知识分子状态，回到了久违的那种文人的操守。他知道自己已堕落成充满铜臭的所谓企业家，不然怎么会满脑子转悠的全是金钱？所以他才会听到妻子揶揄地对他说，你已经变成一个商人，你跟文人根本就沾不上边了。

在漆黑的漫漫长夜，他向未央和盘托出和霏霏的关系。

甚至在开始讲述这段情感时，他依旧觉得自己是爱霏霏的。他知道他们的这种关系始于情欲，那是一个男人对年轻貌美的女人本能的觊觎。所以他承认自己是在动物性的唆使下占有了霏霏。不过这样做或许是为了某种报答，毕竟霏霏对他无微不至的关怀和体恤，让他不得不心存感激。当然，林铁军话锋一转，我其实更喜欢你和万末这样的知识女性。只是我身边几乎所有的女人都是你们这种类型的，包括我妻子。所以霏霏才会吸引我，就因为她不是你们这样的人。

不错，她是那种典型的花瓶，让灿烂永远绽放在你的眼前。那么，你还有什么可抱怨的，既然她已经给了你那么多。她并且总是能准确无误地做到，在任何你需要的时候立刻出现在你面前。而这恰恰是我妻子做不到的。她永远有她自己的事情，她的学生，她的教学，那么我呢？在这个家庭中，我还存在吗？

你知道，作为社长，你不可能推掉所有的应酬，不可能拒绝和客户交往。那么在酒酣耳热甚而杯弓蛇影中，又有谁来爱护我的身体呢？唯有霏霏。当然这是你难以想象的，那些酒精，就那样流淌到她的肠胃里，麻痹她，伤害她，甚至让她觉得生不如死。但为了我，她从无怨言。她所做的这些，都是为了我，或者，是为了出版社。有时候，她为我喝酒甚至喝到吐血，住进医院。那么，你该怎样做才能报答这个将生命都搭给你的女人呢？

林铁军这样说着不禁悲伤，然而黑暗中拥抱的却是另一个女人。他抱住她，抱紧她，灵肉相依的那种决绝。

不再说霏霏，不再评判对错，也不再回忆那些逝去的往昔。在伸手不见五指的漆黑与寒冷中，林铁军和未央唯有紧紧拥抱，相互温暖，并彼此倾听。然后他们便自然而然地沿着那条欲望的通道，无论对于生，还是对于死。

就这样，在被命运夹击的几个小时里，林铁军奇迹般地完成了他的蜕变。他像凤凰涅槃般地重生于一个新的世界，未央的世界。他知道，从此，将会有一股巨大的精神力量支配他，让他在接受了未央的忠告后，不再重蹈覆辙。

然后清晨到来，他们却已在午夜的柔情中难舍难分。他知道，他和未央在电梯里的行为或许并不是爱，而只是绝望中的惺惺相惜。然而在清澈的晨风中，林铁军还是觉出了对未央的难舍难弃。他不敢说，在几个小时的相处中他就爱上了她，但至少，他觉得在他们彻夜的交谈与交媾中，已心心相印。

郁霏霏在林铁军的办公室大打出手，在意料之中。但为了自己的前程与事业，林铁军只能挥泪斩马谡了。他不会回避这场和霏霏之间的恶仗，长痛不如短痛。林铁军所以允许霏霏进来，是因为当时他的秘书也在办公室。这当然是他有意安排的，即是说，霏霏就不能在外人面前过分地胡搅蛮缠了。

于是霏霏立刻改变了自己发难的方式。这说明她到底还是聪明的。她将原先感性的大哭大闹，迅速转变为理性的咄咄逼人。她大言不惭地一屁股坐在林铁军的沙发上，说，爱一个人就那么难吗？或者，不爱了就那么容易吗？

然后霏霏开始沉默。或者想以这种方式逼迫林铁军收回他的决定。但过了很久,林铁军仍旧在不停地向秘书布置工作,就仿佛霏霏这个人并不存在。这样把霏霏晾在一边,或者就是为消磨她的斗志,但霏霏却径自点燃香烟,好吧,林铁军,我有的是时间,我可以等。

霏霏的镇定让林铁军一时语塞。

我等着,直到你愿意接受质询的那一刻。

林铁军从和秘书的谈话中抬起头来。冷冷地看着沙发上那个故作轻松的女人。

霏霏将香烟吐出一个个连环,然后说,就算是你不再要我了,也用不着这么厌烦地看着我!我到底妨碍你什么了,要你如此心狠手辣?

那我们就打开窗户说亮话。林铁军站起来,我就是想拯救出版社这个烂摊子。我,还有你,你不觉得我们已经烂到骨头里了吗?

你现在意识到这一点了?为什么让我替你挡枪眼?

这样做,是为了拯救出版社,也是拯救我们。

算了吧,谁知道你是在拯救谁?

你应该理解我的苦心。

你是什么时候觉悟的?被关在电梯里的那个夜晚?

这和关在电梯里有什么关系?

那之后,你不是就大彻大悟了吗?那女人是谁?

你不要胡搅蛮缠,调令已经下发了。

那么,我们之间的欲望呢?

你这是无中生有，你到底想要干什么？

那么就问问你的司机，一周里有多少天你是住在我的房子里？不仅他们心中有数，我猜想，社里的每个人都知道我是你的情人，甚至你老婆。

你这是在捏造事实。林铁军斩钉截铁。

怎么可能是捏造呢，谁都知道，这就是事实。你说你只要碰到我的身体就想要。你说你希望每个夜晚都和我在一起。你说你迟早要离婚。这些还要我复述给你听吗？你听起来是不是觉得很刺耳？但这些话确实都是你说的，并且说过无数遍。如果不嫌牙碜，我还可以帮你回忆起更多的往事……

林铁军挥挥手让秘书离开。

郁霏霏就像打了场胜仗，愈加放肆地靠在沙发上吞云吐雾。她说我很快就能查出来，到底是哪个婊子在左右你。

所有的决定都是我做的。

包括你干了我，又甩了我？

不过是一次工作调动，这很正常。

我只是想知道在这场变故中，究竟谁是最大的受益者，不会真的是老廖的那个姘头吧？

如果你没有什么可说的了……

我当然有。林铁军，你听着，我手里握着你无数证据。任何一笔账单都可以让你成为纪检委的战利品。反正我什么都没有了。我不在乎鱼死网破。不过你最好不要逼人太甚。过于急功近利只会因小失大，这要你自己做出选择。

我早就选择过了。

君子一言!

今天才知道你有多卑鄙。

那么你就不卑鄙啦?什么体制改革、任人唯贤,不就是为了革除异己吗?

但愿你能理解我。

知道让我离开意味了什么吗?你当众剥夺我的权力就等于是,向全社通告我被你抛弃了。想想看,这对一个女人来说意味了什么?世间的人情冷暖,从来残酷无情,这点我懂,也经历过,只是没想到你会如此落井下石。事实上,当初被挟持的那一刻,我就想到过今天的下场。显然,我是没指望了,那么,你呢?你难道就不怕有人戳你的脊梁骨?是的,就算我飞扬跋扈,坏了你的名声,但社里有人知道,我到底为你牺牲了什么……

你牺牲的每一步,都是为了你自己,你从来利欲熏心……

你听我说完。霏霏站起来,几乎贴着林铁军的鼻子。你现在大手一挥,我站起来走人,一定很潇洒吧?但你要记住,我是不会放过你的,哪怕赴汤蹈火。听好了吗?

郁霏霏说过之后转身离开,头也不回,反而让林铁军陷入某种恐慌中。此刻他甚至无从判断调离霏霏的这个决定是否明智。他知道霏霏的那些话不是白说的,也知道如果再和这个女人纠缠下去毁灭得会更快。但在如此情势下他没有万全之策,但他知道单单是送给霏霏的那套大房子,就足以将他送进监狱了。

他就像对待男人一样对待她

林铁军从法兰克福书展匆匆返回。他原本应该坚持到书展闭幕。但两天后就像热锅上的蚂蚁,吃不好也睡不着,总觉得心里有什么牵扯着他。这牵扯很难一言以蔽之,非常复杂的感觉,惶恐伴随着某种思念。

他当然会想念国内的未央。他们正陷在热恋中。他觉得未央是他一生的知己,否则就不会有他对出版社换血似的变革。他甚至觉得未央对他的理解,大大超过了妻子沈远。毕竟沈远和他的出身背景相去甚远，这是结婚后才慢慢感受到的,那种骨子里的南辕北辙。他一直记得沈远说过,未央才是真正能理解你的人。他不知妻子怎么会得出这样的结论,而那时他和未央毫无关系。但未央确实和他一样来自乡村,在质朴中背负着某种天然的卑微。以卑微之心生成的博大抱负,这在他和未央的身上都有所体现,只是因职位不同而表现的方式不同罢了。

是的,在遥远的法兰克福,深秋的落叶中,他开始栖栖惶惶地想念未央。他不知怎么会是这样的一种悲凉的想念，仿佛他们来日无多。于是想让自己振作起来，想他这一辈子如果会离婚的话，肯定是为了未央这个女人。

不不，这不是他走在无边落木中唯一的不安。此时此刻他所以忧虑，更多地来自于霏霏对他的举报。他思前想后，百般后悔，觉得自己也许太急迫了，几乎将霏霏逼上绝路。他不仅让她离开这个有职有权、风光无限的岗位，还将她发配到远离出版社本部的发行科。如此落差，换上谁都不会平静接受，何况霏霏已经习惯了高高在上。

所以林铁军最终还是惧怕霏霏的。他知道霏霏早已攥住了他的命根。但那时他是爱霏霏的，所以恨不能倾其所有，包括用“小金库”奉献给霏霏的那套大房子。那时候他怎么会想到电梯的事故，更难以想象他将和挚爱的女人一起历险。黑暗中度过的那几个小时让他终生难忘，他不想因霏霏的报复而断送掉精神的重生。

所以他绝不能因小失大，这样想着，便决定给霏霏打一个求和的国际电话。他希望通过遥远的电波，向霏霏传递他深深的悔意。如此低三下四，无非是想稳住那个气急败坏的女人。至少在回国前，不能让这个女人大动干戈。然而他此刻想不到的是，霏霏已经和沈远一道听过了长笛演奏会，并且认识了沈远的表弟康铮，一道共进了浪漫而奢华的烛光晚餐。她的舞蹈演员出身的华丽背景，和长笛演奏家的康铮可谓一拍即合。霏霏几乎在看到长笛手的第一刻，就不可遏制地爱上了他，这个内敛而沉静的艺术家。这些远在法兰克福的林铁军一无所知，当然也不会有人告诉他。这是沈远深谋远虑的结果，这样做只是为了拯救自己的丈夫。

从法兰克福回来的转天，林铁军立即召开全社大会。他先是介绍了“四季”的图书怎样在书展上大受欢迎，又怎样被世界各地的出版商争相购买版权。然后话锋一转，突然宣布，从即日起，郁霏霏同志升任发行科科长。为此，他解释道，众所周知，过去霏霏一直负责社里的发行工作，所以任命她为科长，也是实至名归。

尽管郁霏霏听不懂什么叫实至名归，但至少听明白她被平反了。只是她对这迟来的交易已经毫无兴趣了。

林铁军宣布之后立刻离开。这莫名其妙的任命再度引发人们纷纷议论，不知道林社长到底吃错了什么药。将郁霏霏一撸到底的是他，让郁霏霏重新升职的也是他。于是大家自然联想到，一定是林铁军在霏霏身上有短，才会犯如此出尔反尔的大忌。

幸好大家能理解社长朝令夕改的苦衷，他出此下策实为万不得已，否则怎么能保证火药桶一般的霏霏不爆炸。不过大家也知道这只是林铁军的权宜之计，认定靠漂亮脸蛋混饭的郁霏霏迟早会离开出版社。

然而没有料到的是，林铁军对霏霏的网开一面，反而导致了原本由刘和平领导的发行科一片混乱。自从郁霏霏破罐破摔地来到发行科，就开始肆无忌惮地破坏这里正常的工作秩序。尤其被林铁军莫名其妙地提升为科长后，就更是和副科长刘和平开始了互不相让的争斗。

这时的郁霏霏显然已无所顾忌，在天高皇帝远的发行科为所欲为。她三天打鱼，两天晒网，想来就来，想走则走。尽管如此，发行科哪怕芝麻大的小事，也都要由她亲自决定。以至于责任心极强、业务又十分熟悉的刘和平仿佛被捆住手脚，什么都不能做，否则动辄得咎。而一旦社长对发行科的工作不满意，板子还是照样打在刘和平身上。

刘和平终于忍无可忍，风风火火地冲进林铁军办公室。她看着社长说不出话，然后就委屈地哭起来。她说没法干了，发行科乱成一锅粥。大事小事都要由霏霏决定，而她，有时候又一连好几天不来，让我们怎么工作？

林铁军当然知道刘和平所受的困扰，也知道郁霏霏必然会给发行科带去很多麻烦，更知道郁霏霏是把对他的怨愤，疯狂地发泄在了发行科和刘和平的身上。但是他能有别的选择吗？

他只能说，他了解刘和平的处境，也知道她的工作怎样困难。进而动之以情，和盘托出他的苦衷，以赢得刘和平对他的同情。

他说他相信刘和平一定能和霏霏友好相处，尤其当霏霏一蹶不振的时候。想想她从那么风光的位置上跌下来，换了谁也会心理不平衡。所以他拜托刘和平，就算你承受的这一切都是为了帮我。

然后林铁军做出格外体恤的样子，极为认真地倾听了刘和平的工作汇报。他说对所有有责任心的干部，社里都不会亏欠。然后又和刘和平亲切地拉起家常，才得知她的个人问题至今没有解决。于是林铁军满心愧疚地安慰她，对这个将青春献给出版社的女人表达真诚的钦佩。他像兄长一样地关切刘和平，说一定会努力帮她找到一个如意郎君。他的无微不至让刘和平受宠若惊。

那天下午，林铁军谢绝了所有来访，一直和刘和平谈到下班。他知道只有这样才能稳住霏霏，为此他不得不牺牲掉刘和平的利益。他说这一切本不该由刘和平承担，而刘和平所以要承受，全都是为了他。进而他将出版社的安危系于刘和平，让这个实诚的女人生出一种光荣的感觉。

他们这样谈着直到夜幕降临。林铁军提出请刘和平吃饭。他说出版社附近有一家很别致的日本餐馆，那里的日本饭非常正宗。

但刘和平毫不犹豫地婉拒了社长的邀请。她说她从不习惯在外面吃饭，尤其和社长吃饭会让她紧张。她说请林社长放心，我保证和霏霏搞好关系，并保证发行科不再给社长添任何麻烦。

然后刘和平站起来，转身就走。没有拖拖拉拉，亦没有废话，这也是林铁军欣赏她的地方。分别时，林铁军欲言又止，尽在不言中。当刘和平走到门口的时候，他竟然莫名其妙地拥抱了她。这种下意识的动作连他自己都觉得惊讶。他把这当作了法兰克福的后遗症。还或许是真的被刘和平感动了，他自己惹了麻烦，却要让一个弱女子为他堵枪眼？不过他拥抱刘和平时没有任何性别的感觉。他就像对待一个男人那样对待她。他这样想着，就觉得，他的拥抱无可厚非了。一个领导,怎么就不能对忠诚的下属做出亲切的举动呢?

然而被社长拥抱的刘和平反而受到惊吓。好一会儿,她都没能从这种温暖陌生的接触中回过神来。她不知社长为什么要这样对待她,更不知拥抱中包含了什么动机。总之如此亲昵的举动让刘和平手足无措,她平生还从来没经历过如此亲近的礼遇。

于是她错误地将林铁军的举动当作了暧昧的信号,认为一定是社长对她的某种暗示。从此她对林铁军更加忠心耿耿,觉得他就是自己的那个真命天子。

我只要其中的一个,随便谁

沈远坐在“日落咖啡”的角落里。她已经喝光了第三杯咖啡。那种紧张又兴奋的感觉让她无所措手足。她甚至忘记了自己为什么要来这里。是的,她约了康铮在这里见面。她知道唯有这里康铮是熟悉的。她还知道,此刻林铁军仍在法兰克福,不过,她觉得他或许已经登上了返国的飞机。

电话中,沈远并没有告诉康铮为什么要见面。只说必须尽快见到他。尽管康铮反复强调他今晚有演出,但无论多晚,沈远说,我需要你的帮助,所以,你必须来。她说出这几个字的时候甚至潸然泪下。尽管电话那端的康铮不曾看到,却还是觉出了她的满心悲伤。于是康铮说,无论多晚,我都会去。

沈远黄昏时分就来到“日落咖啡”。她知道可能来得太早了。但她已无法独自在家,面对那么可怕的最后通牒。

她坐在她喜欢的位子上。窗外是一直伸向转弯处的狭窄小路。路两旁的建筑古老而衰败,却能在日落时分看到悬挂在两侧建筑物中间的夕阳。那金色的光照模糊了所有景观。

你所能感受到的唯有那迷蒙而刺眼的光团。但她已久违了欣赏这辉煌落日的浪漫，对于这种近乎于奢侈的享受早已陌生。当然她依旧怀念这里，怀念这里静静的情调，怀念，那些曾经和康铮一道度过的美好时光。

她知道，这时候康铮的音乐会还没开始。所以她将在这里等上整整一个晚上。是的，她曾经举棋不定，不知道在林铁军和康铮之间到底该选择谁。康铮就像须臾不能离开的空气和阳光，但她却阴差阳错地最终选择了林铁军，直到有一天她突然意识到已不再爱他。

慢慢地她觉得什么都可以放弃，甚至婚姻。意识到这一点让她无比沮丧。对她来说有没有爱情已不是症结，她只是不愿看到林铁军落难。尽管，他已经让她颜面尽失。如今，她对林铁军的牵绊，一如当年对康铮。她可以失去他，却不能伤害他。尤其在这种危急时刻，她更要帮助他。电话中，她就是这样对康铮说的。

当康铮终于坐在她对面，她立刻抓住了他的手。但她还是泪眼婆娑地望着他，哽咽中说不出她想要说的话。于是康铮坐到沈远身边，紧搂住她的肩膀，任凭她在他胸前伤心哭泣。

这个浑蛋。这是康铮发出的第一声怒吼。其实我早就听说了他和那个女孩的事。我只是不想让你伤心。说实话，自从见到他的那一刻我就知道，他其实根本就配不上你。

事已至此，我不能袖手旁观，毕竟他是我丈夫。

既然他这样对你，为什么不离开？

所以，你要帮我。

帮什么，怎么帮？为那个浑蛋？

不是帮他，是帮我。无论今后怎样，但现在，我必须救他。

好啊，说吧，怎么帮？揍那个浑蛋一顿？

我是说，那女孩。

你什么意思？康铮一脸的茫然。

娶她。

娶谁？

那个女孩。

你被那浑蛋逼魔怔了吧？你是在奚落我呢，还是在作践你自己？

我都想好了，这是唯一的希望了。娶她。带她走。去美国。以我的感觉，她会喜欢你这种艺术家的。在你身上，有一种让她难以拒绝的诱惑力。你是美国人，单身，又是艺术家。除非她真的鬼迷心窍，才会错失这样的机会……

康铮抓住沈远的下巴朝向他。你是真的疯了，还是被那个浑蛋逼的？亏你想得出这么下作的主意，还要把我也牵扯进去。你以为我娶了那女孩就风平浪静了？没有这女孩也会有别人。他一生都不可能安静下来，除非他死了。

但是，我不想他死，你听明白了吗？答应我，娶那个女孩，带她走。

是交易吗？

至少让她爱上你，让她从此不再纠缠林铁军。就算是，为了我。

就是说，这一切，你早就设计好了，就等着我就范了？你把我当成什么了，就算是我们之间没有了爱，但至少还有旧情吧？

也许，当然，我做的这些很卑鄙。但绝望中，也唯有出此下策了。我知道，这对你确实不公平，但这是救他的唯一出路了。答应我，娶她，带她去美国。让她过上富足的生活，让她离开出版社。

你就那么在乎他？

我不是在乎他，而是要救他。相信我，我见过那女孩，很美的，说不定你真会喜欢她。她听了你的长笛曲后也会迷上你，就像，当初的我。她会崇拜你，爱戴你，将你奉若神明……

你怎么可能知道她会怎样？

你不会让她失望的，对吧？

但你，却又一次让我失望了。

是的，他已经不爱她了，弃之如敝屣。那女孩才会如此绝望，决意报复他。倘若她能遇到你这样的男人……事实上，我已经对她说起你了。

你真是有毛病，康铮坐回到对面的椅子上，拿我做交易？你以为你是谁？

她扬言要把林铁军告上纪检委。她说她要毁了这一切，哪怕鱼死网破。她不甘心就这样被抛弃，她说她握有林铁军所有的秘密。以她的疯狂，她肯定说到做到……

所以你才会出此下策，我简直不敢相信你是哈佛的学生了。

我只想让他继续工作在他热爱的岗位上。他那么敬业，那么雄心勃勃，满怀理想……

也包括那个女孩？康铮无奈地摇头。

哪怕那个女孩。沈远斩钉截铁。

你肯定已经病入膏肓了。

就是说，你答应见见那女孩了？

既然你们都捏弄好了。

明晚，明晚行吗？我带她去看你的演出。

在一番艰苦的角逐后，他们离开“日落咖啡”。午夜清冷的小街上了无人迹，他们相互依偎着，手牵着手，就像儿时那样，两小无猜。

在沈远家门前，他们停下来。康铮放开沈远的手，说，你不觉得给我的压力太大了吗？

或者上去，喝一杯？那一刻，沈远真的想把康铮带回家。

我怎么可能见那个浑蛋。康铮转身离开。

沈远想说，其实家里只有她一个人，却欲言又止。回想那些遥远的往事，但往事终究迷茫。或者，她是想，让欲望坐实他们的交换，以报答，康铮为她做出的那些牺牲。但她最终还是关上了身后的门。在纱帘后凝望康铮远去的身影。他的影子被路灯拉扯得忽短忽长，歪歪扭扭，直到他独自消失在漫漫夜色中。

当沈远得到了康铮的首肯，才把霏霏再度请来。在家里，她不知已多少次接待过霏霏了，甚至让她在他们的客房留宿。从林铁军迷离的目光中，她立刻洞穿了他们之间非同一般的关系。无论是言语间的相互默契,还是举手投足的自然随便,都让她觉得他们的肉体已经相互给予了。她觉得这对一个男人来说天经地义。哪个男人会不喜欢年轻漂亮的女孩呢。尤其她曾留学海外,对这种自由交媾的行为就更是司空见惯,所以她并不特别在意他们的身体关系。

郁霏霏坐在沈远对面泪流满面。她说他曾经那么爱我。却突然之间抛弃了我,让我难以理解。我到底什么地方得罪他了,他要如此冷酷无情地对待我?不不,他不是冷酷,简直就是没有人性的畜生。或者您根本无从知道,我已经为他做过至少三次人工流产。甚至刚刚做完手术,他就在疼痛和鲜血中折磨我。为了他的欲望,我从未拒绝过。哪怕做完就死,对我来说也是值得的。我是不是很贱?在社里,我事事处处为他着想,让他舒服得如皇帝一般。他怎么能说翻脸就翻脸,毫无征兆地就一脚把我踢开呢?如果换成您,您能咽下这口气吗?您能像我这样逆来顺受,任他宰割吗?

郁霏霏声泪俱下,仿佛声讨的这个男人不是沈远的丈夫。而此时此刻倾诉的对象,也不是林铁军的老婆。说到愤恨处霏霏慷慨激昂,声音也变得歇斯底里。就这样把我踢进发行科就完了,有那么容易吗?他难道真的不怕那些他徇私枉法的证据吗?

郁霏霏说着掏出一把票据,咄咄逼人地恐吓道,我可以将它们付之一炬,却也能一张一张地悉数交到应当拥有它们的部门。您知道,我这样做也是出于无奈,他不能逼人太甚,您说呢?

沈远为霏霏削了一个苹果，然后不动声色地说，如果这是一部黑幕电影，你这种明目张胆地将自己暴露出来的人，很可能会成为无端消失的人，就像好莱坞的那些警匪片。

您还是那么爱他？简直不可思议。知道吗，您每一次留我在楼下的客房过夜，他都会在黑暗中和我亲近。您难道没有觉察，也没有听到过什么响动？就仿佛您这个人不存在似的，任凭我在您的家中为所欲为。高潮时，他甚至不制止我的喊叫。我知道楼上楼下仅隔着一层木板，您难道就听不到我们的呻吟和喘息？或者您在哭泣？我们也听不到。因为那一刻，他正忙着把我带到他想要的那个世界。

沈远将削好的苹果递给霏霏。你这么形容是不是太过分了？你难道就没有想到过，你们将一损俱损？

我怎么会不理解您的心情呢？您那么雍容大度，温文尔雅，不像林社长那么无情无义。所以他终究是乡下来的势利小人，和我一样，我们才是那种臭味相投的无耻之徒。只是我一直不能理解以您的高贵，怎么能接受林社长那种背信弃义之人呢？

因为他看到我的第一眼就认定了，我是他的人。

所以您不在乎他风流成性，甚至以某种鸨母般的姿态纵容他。我怎么觉得您就像大唐后宫的那位长孙皇后呢？您好像从不在意我们这些小妾和您的君王巫山云雨。您或者早就超越了那个争风吃醋的阶段，您只想以“母仪天下”来证明您的存在。

你听着，我只是不想在女人之间发起战争。在这个不平等的男权社会中女人都不容易。你为他喝酒喝到吐血，做爱做到人工流产，到底是为了什么呢？欲望，还是爱情？抑或你曾拥有的权力？而这些，真的值得你用肉体和尊严去换取吗？

您以为我还有尊严可言吗？他当着整个出版社的面把我踩在了烂泥里。我欲哭无泪，欲罢不能，接下来就只有破釜沉舟了。您不觉得我是在为我的尊严而战吗？

不过据我所知，他或许并不想让你遭到唾弃。他只是不满意发行科的工作，才将你安排到那个岗位上……

笑话！您知道什么？发行科甚至都不在出版社大楼里，不过是在新华书店的院里租了几间破房子罢了。那是只有刘和平那种缺心眼的女人才能待的地方，我怎么可能甘心被发配到那种地方呢？

我记得林铁军说过，社里的发行一直是瓶颈，跟不上眼下图书市场的节奏。尽管刘和平非常努力，却一直很难打开局面，但你去了肯定就不一样了。

郁霏霏的眼睛里倏忽闪出光来，但很快就又黯淡了下来，她说，不，您不要欺骗我，我是绝不会放弃战斗的。

可是，我觉得，霏霏，我们之间，没有什么是不能商量的。就算是林铁军为了保全他自己，也不会任你鱼死网破的。沈远说着站起来，轻轻拍拍霏霏的肩膀，你不介意我们今晚一起去听音乐会吧？

音乐会？之前，您通知过我吗？郁霏霏警觉地看着沈远。

邀请你是因为你是艺术家。听那些乐曲会让你觉得，出版社的那些蝇营狗苟什么也不是，甚至林铁军什么也不是。

或许在艺术上,我们才是真正的知音。而嫁给林铁军最大的遗憾,就是永远失去了和艺术的对话。这是我真实而切肤的感受,这些你或许永远都不能理解。

霏霏同意了去听那场音乐会。这让沈远无比快慰。她说,其实她最想让霏霏听到的,是那首悠扬的长笛曲。那是德彪西最著名的《西琳克丝》。那晚当康铮拿着他的长笛在黑暗中走上来,忽然之间,金色光束像瀑布一般洒满舞台。那一刻沈远看到了霏霏由衷的震撼。然后,德彪西的乐曲就在康铮的气息中开始了。那么纯净而甜美的笛声在康铮的演奏中娓娓道来。那一刻,无论谁,都会被这天籁一般的笛声所陶醉。

霏霏当然想不到长笛手是沈远的表亲,更想不到演出后他们会共进晚餐。在如此艺术的氛围中,霏霏当然不能再提社里的烂事,她觉得确实就像沈远说的,此时此刻,自己已经被音乐净化了。席间沈远、康铮话语默契,一看便知血浓于水。康铮对霏霏也颇有好感,话语间无意透露出,他的父母多年前就已移居美国,于是他也就顺理成章地成了美国人。只是他并不喜欢美国的生活,才又应聘国内的交响乐团。

兴奋中,霏霏也说了她的经历。她觉得在这样的环境中,仿佛又回到了自己单纯的从前。她说她曾经是舞蹈班最有前途的学员,汇报演出中所有的独舞都是她完成的。为此她的指导老师对她寄予厚望,他甚至以一种近乎于爱的目光在欣赏她。那时候和她一道跳双人舞的男孩也爱上了她。他们青梅竹马,伴随着一天天长大,自然开始相互吸引。但那个父亲般的指导老师不愿放弃她,觉得一旦情窦开启,任其发展,她就很可能做不成舞蹈家了。于是他给予她更苛刻的训练，更紧张的排演，甚至将原本珠联璧合的舞伴拆散。然后老师就牢牢控制了她，并许愿将她培养为最杰出的艺术家。这有点像《红菱艳》那部好莱坞电影，但舞蹈界的故事就是这么大同小异。或许她对所谓的成功太急切了，于是和老师有了第一次，就有了以后的很多次。慢慢地男孩觉出了她的疏远，又无意中看到老师在侧幕亲吻她。于是男孩忍无可忍，托举时故意加快了旋转速度。然后将霏霏抛出很高很远，重重摔到地板上。霏霏当即多处骨折，从此，彻底破灭了她的明星梦。

直到饭店打烊他们才离开。康铮将沈远和霏霏送回家时已是午夜。沈远再度邀请霏霏在家中过夜，她看出，霏霏已不可救药地爱上了康铮。

霏霏走进客房前突然问沈远，您当初为什么不选择长笛手？

沈远稍稍迟疑片刻，然后坦诚地说，我们是近亲。没办法，双方的父母都不同意，尽管我们表示不要孩子。然后他的父母就带走了他。到美国后我们也曾多次见面，然而大凡做爱时总是忧心忡忡。我们都知道那是道看不见的障碍，但却终究难以逾越。后来他父母、也就是我的叔叔婶婶，为他找了一个华裔女孩。但半年后他们就离婚了。不久后他追随我回到国内，但那时我已经有了林铁军。我知道林铁军并不是我想要的人，但他说，我就是他永生永世的那个女人，显然他欺骗了他自己。

第二天霏霏听到窗外的鸟鸣。她觉得这是她住在这里的一个最美妙的早晨。不知是一种怎样的欢愉在激励着她。她迷迷糊糊走进厨房，咖啡和面包的浓香让她感动得直想大哭。她觉得她已经不在乎林铁军了，自然也就不再那么仇视沈远了。

餐桌上，沈远开始讲述康铮的经历。她说他所以爱上长笛，是因为那呜呜咽咽的气息很美。他觉得那是种行云流水般的悲伤，如歌般的行板，朦胧而执着。所以那是爱，或者，那是因爱而生的怨恨和疼痛。后来他告诉我，长笛是一种指尖和舌尖的默契，但真正让你魂牵梦绕的，却是演奏者清晰而令人感动的换气声。你听着那气息就仿佛置身于寂静的峡谷，所以我一直喜欢他在静夜中演奏……

您用如此动情的语言介绍您的表亲，郁霏霏问，为什么？就为了让我爱上这个您现在依然在爱的男人？如果我真的爱上他呢？您会不会伤感，进而破坏掉我们的感情？

我只是想告诉你，他确实是一个很好的人。

那么，您以为有了长笛手，就能把我从林铁军的生活中扯开吗？

这只是我的建议。

那么，您为什么不去追求自己的幸福呢？

宿命。对，宿命，这是雨果在《巴黎圣母院》扉页上的卷首语。他说，你想听吗？是的，宿命，这个因剥蚀而变黑了的、深刻在石头上的大写的希腊字，那么粗率的形式和姿态，我们不知道是代表什么，好像是为了叫人明白那是一个中世纪的人的手写在那儿的，特别是这些字所封锁着的悲哀与不幸的意义……

郁霏霏站起来走到沈远身边，贴近她的耳朵。就是说，您不再在意您的长笛手了，您把他给我了？

郁霏霏说过之后离开沈远家。她终于知道这个早晨为什么会如此美妙了。

第二天林铁军从法兰克福回来。沈远并没有告诉他曾经发生的那些事。

不久后郁霏霏打来电话，希望能再次聆听康铮的音乐会。言语间甚至有种威胁的味道，意思是，要不要把林铁军送上法庭，就看沈远是不是真的愿意放弃长笛手了。霏霏说，您不能总是这样脚踩两只船，到头来掉进水中的只能是您自己。为什么您要让您爱的男人永远生活在晦暗中呢？就没有想过，那也是您对男人的不公平吗？

郁霏霏出言不逊，步步紧逼，又说，我知道，您在我见到康铮的那一刻就后悔了。您以为这只是您的权宜之计。您让一个杰出的艺术家来诱惑我，进而放弃对您丈夫的指控。所以您并不想真的让我接近您的长笛手，您怎么可能轻而易举就把您多年的情人让给我呢？是的，您后悔了，或者这只是您的骗局，所以您又拿走了您的长笛手，不让我再见到他。不知道您是否知道，拿走您的长笛手，就意味着把我的希望也拿走了。您言而无信，当然，换了我可能也会这么做。但我不会把说出的话，又吞回去，我希望您也能像我这样，说到做到。

沈远沉默着，听电话那端邪恶的宣泄。那么，接下来呢，事情当然还没有完。不过，我肯定不会再和那个禽兽不如的浑蛋玩儿了。我已经刀枪入库，凤凰涅槃，但我所坚持的正义，却是无限期的。您一天不让我见到长笛手，我就一天誓不罢休。您要相信我说一不二的个性，对于我，您尤其不能背信弃义。以您的学历和教养，又在美国那边混过，您怎么还是喜欢道貌岸然呢？当然，我没有对您的人品说三道四的权利。总之，说吧，您到底是保护您的丈夫？还是舍不下那个长笛手？您当然不能两全其美，必须做出选择。而我，也不会像您那样贪婪到两个都要。是的，我只要其中的一个，随便谁。当然，您先选。

看她在画框中慢慢凋零

为什么罹患癌症的偏偏是你？林铁军几近绝望地看着万末。而万末心静如水，说也许我活得太长了。很多人年纪轻轻的时候就死了，甚至来不及得癌症。

那时候林铁军已被任命为副社长，但离开总编室还是让他满心凄楚。那不是他一直想要的吗？不，从心底，身外之物对他并没有那么重要。他甚至向老社长表示不想要那些职务，他对此时此刻的状态已经十分满足了。加之全社人都知道老社长和林铁军岳父之间的关系，他就更不想因裙带关系而遭人诟病了。

然而老社长坚持任人唯贤，甚至到处宣扬，社里还从来没有过像林铁军这样拥有博士学位的人才。所以对他的任用，和他的岳父兼导师沈依然毫无关系。之所以要大力选拔任用年轻人是为了出版社的未来，而恰好林铁军的各项指标都符合要求，于是就顺理成章地成了社长的接班人。

导致林铁军不想离开总编室的真正原因，其实就是不想离开桌子对面的女人。他已经习惯了每天和万末在一起，脸对着脸。久而久之，凝望这位苍凉而静谧的女人怎样缓缓坠入黄昏，就成了他每天必做的功课。他一直认为这个陷落在夕阳中的女人就像一幅油画。他始终是这样认为的，无论她怎样铅华凋尽。他觉得万末身后的窗框就像画框，将她所有的美和高贵都包拢了进去。就这样年复一年，日复一日，看她怎样在画框中慢慢凋零。

那时候万末已很多年没换过位置。她拒绝任何别的房间，甚至别的方位。很多年她一直静静坚守着她的地界，不离不弃。尽管她已慢慢老去，风韵不再，但无论怎样四季轮回，世事翻转，万末的气质都是永恒的。

偶尔也会有别的女人坐在万末的位子上。但无论那女人怎么漂亮，都不能替代万末在林铁军心中的美。那美是美到骨头里、美进灵魂中的，以至于，无论看到什么人坐在万末的椅子上，他都会毫不妥协地请求她们离开。

其实，当林铁军刚来总编室时，并没有获得万末的首肯。她对他总是冷冷的，甚至不屑一顾，哪怕林铁军第一眼就迷上了这个母亲一样的女人。他知道，万末是因为他所谓的裙带关系而看不起他，由此他反而更加敬重这个刚正不阿的女人。所以无论万末怎样不冷不热，他都不温不火，言听计从。他想，既然认定了这是自己喜欢并敬重的女人，宁可任其宰割。

便这样，林铁军以低下来再低下来的姿态，任由万末差遣。这是他心甘情愿的，所以从无怨言。就像那首情歌中唱的,我愿做一只小羊,被皮鞭抽打。如此往来磨合,相互默契,他们竟成了一对好搭档。尽管万末孤僻冷漠,甚至不近人情,但她在工作中一丝不苟的态度,还是让林铁军满怀敬意。于是心向往之的林铁军,成了万末身后或长或短的永远的影子。

不知从什么时候起,万末不再冷冰冰地直呼林铁军,而是将他称作了“林”。如此改变,可以看作是万末为了称谓的简洁,而简洁中,自然也包含了对林铁军的某种认可与亲近。

在万末身上,总有绯闻不断传出。她仿佛天生就是那种绯闻缠身的人,而祸根很可能就是她的天生丽质。对那些传得沸沸扬扬的故事她从不解释,任凭人们在她身后议论纷纷。她是那种喜欢保持沉默又讳莫如深的人。表面上你看她冷冷清清,平平淡淡,却谁也弄不清这个女人的水到底有多深。没有人知道她曾经怎样地风光,亦没有人知道“文革”中她遭受过怎样的凌辱。以至于被轮奸的传言不胫而走,而她曾生过孩子,又将孩子残忍抛弃的丑闻,让她一直在人格上蒙受耻辱。而这所有的一切,无论属实与否,都是别人说出来的。而万末对各种风言风语,从不曾予以哪怕一个字的匡正与解释,其凛然大度,足见一斑。

然而伴随着人们的捕风捉影,信口开河,最终还是以讹传讹地铸就了一部万末的风流史。即或如此,万末依旧淡定自若,任人评说。她就是要以这样的气魄,渲染出一个高贵女人的风华绝代。而对于万末,你只有慢慢体会她的举手投足,缓步轻摇,才能依稀找到那曾经大家闺秀的风范,以及,那神圣不可侵犯的家族尊严。

这也是林铁军为什么非要拼接起万末人生的缘故。他就是想从那些飞短流长中,寻找到她真实的人生轨迹。后来这一度成为林铁军工作之余最感兴趣的事情。当然从万末的话语中,他不可能听到任何关于往昔的回忆。或者因为她吃尽了祥林嫂到处寻找阿毛的苦头,那些被曲解的岁月,被丑化的人生,彻底缄默了她的历史。

从此不再有人真正了解万末不凡的身世,而近水楼台的林铁军,也只能从她的只言片语中,捕捉这个女人曾经的蛛丝马迹。譬如她无意间说起她家的那幢小洋楼,自然就泄露了她曾经大小姐的身份。譬如她说起旧日同窗廖也夫对她的关切,也就不经意间带出了她确曾做过母亲的诸般不幸。然而这些仅只是万末生活中一些琐屑的片断, 破碎的瞬间,模糊的画面,但倘若能将它们有机的连缀起来,或许就能拼接出这个女人清晰的人生。而这些对于历史系出身的林铁军来说,应该不是难题。

然而无论林铁军怎样不想离开总编室,他还是不得不搬到了出版社领导班子所在的那个楼层。尽管他终于拥有了一间只属于自己的办公室,却还是非常留恋和万末在一起的那段美好时光。最初的日子里,他一直坚持每天回总编室吃午饭。他觉得这是他一天中最幸福的时刻,至少,他可以在此见到万末,尽管,他再也不能每天看到夕阳西下时的那幅油画了。

慢慢地,他和万末见面的机会越来越少。如此身不由己,似乎也就不便再回总编室吃饭了。那时候，他不是中午有应酬，就是忙得要别人帮忙把饭送过来。他这才体会到，所谓副社长的感觉确乎和白丁不一样，每天必须处理的事务已大大超越了时间的概念。要做的事情越来越多，文山会海，有时候连饭都吃不上。于是回总编室看望万末对他来说，都几乎变得奢侈了。

但就算见不到万末，他依然惦记她。觉得只要心里装着她，就是踏实的。他甚至迷信地认为，没有了万末，也就没有他，他们是血肉相连、生死与共的。这种感觉，甚至他和妻子之间都没有过。

不久后传来坏消息。万末罹患子宫癌，并被确诊为晚期。是体检时被查出的，医院及时通知了出版社。那时候万末本人还不知道，社里责成林铁军通知她。老社长一再叮嘱林铁军要温和委婉，鼓励她配合治疗，尽管，医生认为已经没有希望了。

这对林铁军不啻五雷轰顶。他在办公室偷偷哭过好几次。那种崩溃的感觉让他几近绝望。为什么罹患癌症的那个人偏偏是她。林铁军一直铁青着脸，在办公室里来回踱步。他不知究竟该怎么对万末说，就说她已经活不过半年了？他一遍又一遍地读着医院的诊断书，恨不能撕碎这张要夺走亲人的死亡通知单。

眼泪噼里啪啦地掉在玻璃板上他才觉出了疼。他知道爱之深才会让他痛之甚。他一点一点地回忆着坐在万末对面的那些岁月。或者他如果不离开，她就不会病？是的，他那时就是把她当作自己母亲看待的,尤其当得知她确乎有过一个和他一般大的男孩。

然后是轻轻的敲门声。他知道是万末。他熟悉万末所有的动作,包括那些旁人难以揣摩的表情和眼神。为什么老社长非要将这残酷的任务交给他?他就能忍心看着万末承受这晴天霹雳吗?他觉得很可能在万末还没有被击倒之前,他就已经泪流满面了。

但林铁军还是强忍着,为万末沏了一杯清茶。但他就是不敢直视那张异常熟悉的脸,更不敢碰触她那谜样的目光。他只是觉得她有些憔悴,似乎经不得任何打击。于是林铁军开始东拉西扯,但说着说着,就忍不住哽咽起来。

然后林铁军背对着万末来回地走。想要平复他几近绝望的心情。

有什么难的?万末说,你怎么就不能看着我?

林铁军就是说不出话来。

那么,如果没事了,我走了。

林铁军一把抓住万末的手臂。把桌上那张医院的诊断书塞给她。

万末从容地读完每一个字。然后淡淡地说,这有什么,生老病死,人之常态。

但是,为什么是你?林铁军再度哽咽。

这是我第一次看到你如此脆弱。万末说着轻轻拂弄着他的头发。又不是你病了,在等死。你看你脸色铁青,肌肉紧绷,仿佛如临大敌。这样子配作男人吗?连一个癌症患者都不敢正视？

可是，为什么偏偏是你？

为什么就不能是我？

你……

我以为你有什么要紧的事。其实医院已经通知我了。他们把电话打到家里。把我当作了万末的亲属。所以那个最初的时刻，是我自己独自承受的。我于是得以清清楚楚地了解了我的病情。包括医生危言耸听的那些告诫。好了，你完成任务了，我可以走了吗？

林铁军生硬地拦住万末，说明天我就送你去住院。

住院有什么意义吗？再说我并没有感到不舒服。

不不，听医生的话，你还是去医院吧，说不定……林铁军说着眼圈又红了。

我不想躺在福尔马林的空气里。那样我会觉得真的要死了。就算我一生失败，也还是要追求生命的质量。

那么，那么今晚我请你吃饭行吗？答应我。我还从没有请你吃过饭……

不不，我不喜欢那样的场合。我一个人孤单惯了……

起码让我陪陪你。任何美的事物都不该殒落，为什么偏偏是你？

你如果再说这样的话，我就不吃你的饭了。

好，好，我保证不再……

不久后，一年一度的法兰克福书展即将开幕。因社里少有新书出版，决定不参加此次书展。但紧接着，老社长又为社里争取到两个前往法兰克福的名额，是专为万末争取的，林铁军陪同。其实这建议是林铁军提出的，老社长和老廖也都赞同。万末数十年来殚精竭虑，几乎把整个人生都献给了出版社，却从来不曾出过国。此次由年富力强的林铁军陪同，万末将完成此生最后的莱茵河之旅。之后无论社里还是万末本人，都应该可以告慰了。

接下来的日子里，万末和林铁军都期待着这次旅行。知道在未来的十多天里，将唯有他们两人如影随形。出发前，林铁军有意识地换了很多欧元，就是为了能让万末一路玩好。到法兰克福后，他们当然参观了这个世界上规模最大的书展，只不过他们在展厅逗留的时间并不长。在如此浩大的书展中走来走去，对一个晚期癌症患者来说，已实属不易。

他们住进古堡一般的酒店，那里温暖又舒服，每一个部位都透露着迷人的古老和优雅。接下来他们参观歌德故居，然后在法兰克福的大街小巷随性游荡。万末就像个快乐的孩子，对任何景象都充满激情。林铁军追随她拍摄了无数照片。图像中看不出她的病态，甚至一丝倦容都没有。于是有了种浪漫的感觉，仿佛他们并不是同事。事实上这种感觉林铁军一直有，只是在母亲和情人间摇摆不定罢了。

后来清冷的小街上下起了雨。地上洒满雨水和飘零的叶。这种秋风乍起的景象让人伤感，何况还有一个生命在苟延残喘。万末的生命显然正在渐渐离去。一点一滴的，很快，他们回到了那个静谧而恬淡的小酒店。

第二天清晨，他们在楼下吃早餐。林铁军说，他已安排好未来的行程。他说他唯一的目的就是让万末不虚此行。

我知道,是因为我快死了。万末优雅地喝着咖啡。

就算是你明天死,我也要让你今天是快乐的。

然后,她默默抓住林铁军的手,我就是喜欢咖啡和面包在一起的味道。还有,此时此刻,和你,在一起。说过之后,她调转头,看着窗外,良久才问,我是不是说错了?于是她有点迟疑地看着林铁军,问他,是不是觉出了某种暧昧的味道?当然这对我们都不好。她说过之后,独自离开了小餐厅。

林铁军带万末游览的第一站,就是登上莱茵河上的游船。夕阳下,河岸层峦的梯地,山崖雄踞的古堡。他们像两个恋人般相互凝望,在窗外梦幻般的景色中不禁生出满心惆怅。他们先后游览了罗腾堡、纽伦堡、科隆、波恩和威尔斯堡。当他们终于走完了这段浪漫旅程已精疲力竭。这时候,距他们离开德国只剩下最后一个晚上。

于是他们难免惆怅,是因为从此再不能像这样时时刻刻地在一起了。那种一直犹犹豫豫地存在于彼此之间的浪漫感觉,在烛光下就变成了说不出的感伤。这种感伤强烈而绵长,就那样丝丝缕缕地刺痛着他们的心。但他们只能无奈地咀嚼最后的晚餐,在一家堪称最好的饭店,却所有的食物都味同嚼蜡。于是他们反复对对方说,这绝不是餐馆的问题,而是,我们的心情。

晚餐后他们没有立刻回酒店,而是去了一家酒吧。冰凉的德国啤酒显然调动了他们的情绪,于是他们兴奋起来,甚至在爵士乐的伴奏下,开始醉生梦死般地跳舞。不知道是酒的作用还是爱的魔力，万末紧紧贴在林铁军身上，就像是一片被吸附的落叶。被酒精催生的激情仿佛火山喷发，他们都感受到了对方身体中的熊熊烈焰。

他们几乎奔跑着回到酒店。一路上，林铁军先是将他的外套裹在万末身上，然后就开始在喘息声中诉说他对万末的倾慕。他说，从见到万末第一眼就爱上了她，觉得她就像他的亲人，她的母亲。他对她从来没有非分之想。他只是觉得她那么高贵。像油画一样永远悬挂在他的心上，那么沉甸甸的，仿佛一直在滴着血。

他们气喘吁吁地回到酒店，以为他们会立刻在一起。但在万末门前，却突然中止。林铁军像每天一样把万末送回房间。在德国的这些天他都是这么做的。他先是绅士般为万末打开房锁，然后打开房间里所有的灯后，静静离开。

是的，很多天来他就是这么做的，从不曾逾越雷池哪怕半步。但这个最后的夜晚，他不想离开。于是他站在万末的门外，迟迟等待着。他们就这样一个里头一个外头，又谁也不肯做出进一步的举动。他们僵持着，某种羞涩，其实都知道此刻对方在渴望什么。但他们就是对峙着，在满心纠结中凝望对方。直到，万末不得不摇了摇头，离开门口，意思当然是，好吧，你随便吧。尽管他们都知道，一旦逾越底线，就会像决堤的河坝。

好吧，你随便吧，意味了什么？他们无非是形影不离地太久了。只要一回到国内，就将不再厮守，甚至生死茫茫。于是他们不想再错过这个最后的时刻，追逐，真正意义上的，在一起。

自从万末说了，好吧，你随便吧，林铁军就像领到尚方宝剑，立刻挣脱了所有桎梏。是的，还有什么可迟疑的，既然，你爱她爱得那么苦。如果说此前他还把这个女人当偶像一般地崇拜着，那么此刻……

但是，好吧，你随便吧，这就完全不一样了。

尽管万末依旧坚守着神圣而崇高的道德感，但她终究还是默许了他们在无限欢愉中开始的美妙结合。他们在彼此给予的那一刻已经不是在做爱，而是在完成某种崇高的人生仪式。

仪式中，林铁军第一次感受到了那种由衷的满足。那是他永生永世都不会忘记的灵魂的欢愉。那是在母亲和情人之间游移的某种快感。他喜欢这种交媾中蕴含的复杂意味。他要让单纯的交媾伸展出无限深意。他要让女人在他的感觉中，是母亲又是妻子，是情人又是姐妹，是妓女又是艺人，总之，他此时此刻就蜷缩在万末千人一面的情怀中。他吸吮她的乳房，把自己变成哭泣的婴儿。但同时又把她当作最邪恶的荡妇，让她成为他疯狂泄欲的工具。

总之，在最后的晚上他们做了。那是不分年龄也不在意时间地点的狂欢。尽管开始时做得很艰难很拘谨很窘迫甚至很疼痛，但他们还是做了，仿佛被升华了一般，之后都觉得自己不知不觉地变成了新人。

接下来所余的时光他们再没有分开过。从离开酒店，到登上飞机，他们都紧紧依偎着。飞机上，难免遇到法兰克福书展上的同行，他们自然不能像在酒店那样随心所欲了。但紧邻的座位还是让他们有了相互亲昵的可能，以至在毛毯下深情抚摸对方的肌体。无论今后是否能再有这种形影不离的机会，他们都觉得有了这次灵肉相依的浪漫之旅，此生足矣。

回国后不久，万末就觉出了不舒服。但她依旧坚持上班，后来半天，再后来一周一天，再再后来，她就不得不住进医院了。

然后就有了那个深切的拥抱

刘和平终于修得正果，在郁霏霏辞职的那一天升任发行科长。她知道倘没有郁霏霏的到来，自己或许一辈子都得不到这个职务。她为此从心底感谢霏霏，当然对林铁军更是感恩戴德。这一切都是林社长给她的，作为回报，她唯有更加勤奋地工作。

为了在发行上有所突破，刘和平甚至不惜掏自己腰包，去打点那些不见兔子不撒鹰的奸佞书商。如此将全部心思进而整个性命去拼图书的销售量，也实在难为这个老实巴交的可怜女人了。她工作积极，但水平有限，于是愈加暴露出她的力不从心。她几乎以一种魔鬼训练般的方式折磨自己，并且已经将自己压榨得筋疲力尽了。

这个憔悴的女人刚过四十。既不曾风韵，也没有智慧。她最大的优点就是听话肯干，任劳任怨，那种老黄牛式的，任何时代都会被讴歌弘扬，但却不见得就真正吃香。她就像龟兔赛跑中那个慢慢爬行却锲而不舍的乌龟，从没有放弃过对目标的追寻。在原先只和新华书店打交道的销售模式中,刘和平堪称一把好手。老社长才会对这个勤勤恳恳的销售员寄予厚望,以至于很多年前就让她当上了发行科的负责人。以后历届负责发行的副社长也都倚重于她,有些编辑室甚至还会宴请刘和平的发行科,就为了打通这道图书出版中最关键的环节。不过大家都知道刘和平的为人,无论做什么都是出于公心,所以请不请吃饭她都会不遗余力。

进而一些编辑带着新书的作者,专程到发行科拜望刘和平。通常他们会带上一些小礼物,诸如化妆品一类,甚至红包,但这些都被刘和平毫不含糊地一概拒绝。如此一来二去,人们就不再贿赂她了,反正对社里的书她从来一视同仁。她说她从不对哪个编辑室或哪个编辑负责,她是对整个出版社负责,或者说得透彻一点,就是,她只对林社长一个人负责。

此次将发行科长的头衔赋予她,在人们看来也算实至名归。尽管她自己对此并没有什么期许,更不曾有过志在必得的欲求。多少年来她始终一如既往,永远背负着责任心和使命感拼命工作。于是她看上去有点像建国时期出生的那一代人,总是以一种本能的认真态度对待每一项工作,以至于能够在平凡的日子里升华出某种朴素的梦想。

刘和平来出版社前曾是新华书店的销售员,她所以能调来出版社,就因为她的销售业绩一直极为出色。她看似平庸凡常,却阅读过大量摆放在书架上等待售出的书。而她的销售业绩,也恰恰来自于她对那些书籍的了解。她能不厌其烦地向顾客讲述书的内容和含义,从而让她卖出的书和她读过的书刚好成正比。于是她连年成为新华书店的销售冠军，有一年甚至被评为出版系统的劳动模范。基于此，老社长才挖空心思地把她挖过来。只是自刘和平被调走后，新华书店就再没有像她这么出色的销售员了。由此证明刘和平这样的人才，在某种意义上也是可遇不可求的。

但自从刘和平被调进出版社，她就再没有往日的风光了。她变得黯淡平庸，风采不再，一开始很难接受这样的落差。你可以是书店的销售状元，却未必能成为出版社的推销专家。这是完全不同的两股劲，甚至和努力不努力都没关系。在书店，刘和平接触的只是个体，有基本的阅读体验就能应付读者。但出版社各个编辑室汇集而来的那些书籍，有些刘和平根本就看不懂。于是她每每捉襟见肘，有时候觉得要崩溃了。

她知道自己很难驾驭眼前的局面，觉得自己最对不起的，就是曾对她寄予厚望的老社长。每天紧张而繁忙的工作占去了她几乎所有读书的时间，让她在出版社这种人才济济的地方，越来越觉出自身的平庸。而和那些利益至上的狡诈书商往来应酬，又恰恰是刘和平这种老实人很难招架的。

刘和平很快就被边缘化，就算她不断向那位即将退休的老科长诚心讨教，却最终还是不谙其道。她显然没有老科长的老谋深算，亦不曾跟上日新月异的新潮流。于是刘和平逐渐被描述成一个很笨的女人，死心眼的女人，不开窍的女人，甚至难以调教的女人，直到超期服役的老科长不得不退休，刘和平才熬到了副科长的位置。或许，那也是因为她曾经有过劳动模范的光环。

尽管刘和平不谙出版社的销售之道,却还是被公认为最诚实正直的人。大家都知道她从不向任何领导邀宠,就算是默默无闻,也要让自己活得堂堂正正。不过也有人私下揶揄她,认为她所以不巴结谄媚是因为没有本钱。刘和平工作中的兢兢业业尽人皆知,所有和她共过事的人,都觉得她的为人无可指摘。于是刘和平就成了这样的人,既无足轻重又无可挑剔。

自从林铁军接替老社长的位子,他就想对发行部门做一番调整。尤其当出版社面对转企压力,他就更不能容忍由刘和平这种庸人左右销售了。但毕竟刘和平是老社长调进来的,思前想后,林铁军最终还是依照前任布局,让她继续留在这个至关重要的岗位上,刘和平才得以半死不活地固守一方。

但同时林铁军不动声色,悄然将社里畅销书的销售转移到了社里。尤其当霏霏调进社长办公室,就更是名正言顺地运作起社里的发行,让销售款源源不断地流进社长的小金库。尽管这种销售方式不被认可,但久而久之,人们还是火眼金睛,意识到已经是郁霏霏在操控新华书店以及“二渠道”的那些书商了。

随之林铁军的应酬也多起来,多就多在了那些书商。这足以证明,林铁军已将出版中最重要的环节握在自己手中,也就握住了出版社出出进进的大部分资金。

大凡林铁军和发行商之间的活动,大都不会出现刘和平的身影。显然刘和平那个温吞水般的团队已然出局,其中唯一可以利用的是刘和平亲自组建的策划部，而这个部门,也很快悄无声息地归到了霏霏麾下。当然郁霏霏不过是社长的传声筒,但很快她就不安于传声筒的位置了。她就像普希金童话诗《渔夫和金鱼的故事》中那个贪婪的老太婆,她不再满足于海边的木房子,甚至不再满足于被金鱼侍奉。是的,她对她未来的索要越来越贪得无厌,是的,她不愿再做渔夫的妻子,而要做海上的女霸王。

不久后霏霏握有了林铁军的所有把柄。因为他和书商的任何交往,霏霏都无一例外地参与其中。只不过他们那时相亲相爱,共生共荣,无论在床上,还是在金钱的交易中。那时候霏霏并没有想过,有朝一日林铁军会和她分道扬镳。当然,如果他始终爱她就什么都不会发生,更不会恶语相向,反目成仇。然而偏偏他就是那种喜新厌旧的人,或者他确实从未央的话语中意识到自己已身陷困境,不可救药。于是他义无反顾、不计后果地丢弃了霏霏。以他的如此意气用事,他或许并不是一个有城府的人。他爱上谁,就会尽其所有地给予谁;反之恨上谁,也会不顾一切地伤害谁。为此他宁愿忽略掉那些由此而导致的一系列连锁反应，甚而不惜断送自己的未来。

将郁霏霏干掉,是他兴致所至。那时候他已经受够了这个女人的飞扬跋扈。他讨厌霏霏总是打着他的旗号招摇撞骗，更不能容忍她像慈禧垂帘一般地把他当作牵线的木偶。是的,他已经开始对霏霏的行径忍无可忍,他或者就等着这个爆发的时刻了。他甚至怀了某种哪怕粉身碎骨也要把霏霏拉下马的意志，那时候他已经恨她恨到彻骨，恨到不在乎自己的乌纱帽，甚至恨到，不在乎自己的身家性命。

所有的转折发生在林铁军再度前往“法兰克福书展”的飞机上。他独自一人，坐在宽大而舒适的公务舱。但漫漫十个小时的飞行却让他始终满心纠结。他越想越怕，以至不寒而栗。他于是问自己，有必要那么绝情，非要两败俱伤吗？他如此义无反顾的举动值得吗？他真的要把自己也逼上绝路吗？

不，令他不安的不是自己的未来，而是能否拥有未央的爱。他好不容易才找到了这个堪称知己的女人，他不想因任何闪失而最终失去她。是的，他已经在霏霏的酒席宴上名利场中石榴裙下，逗留得太久了。他确乎已厌倦了那声色犬马的糜烂生活。于是上天恩赐他在昏暗的电梯里，遇到未央，听她严厉而苛责的诸般质疑。

所以他才会只用几个小时（其中不包括他们绵长的做爱），就重新找回了那个曾经知识分子的自己。当重新回到如此纯粹而纯净的语境，那种真诚而兴奋的感觉简直让他难以言说。是的，那就是他想要的感觉，那久违了的，甚至已经被忘却了的，那种朴素而凝重的崇高。

这就是，那一刻，他为什么不想再等了。这就是，为什么，他们立刻就发生了关系。是的，就为了这一切，他决心洗心革面。而他洗心革面最掷地有声的动作，就是铲除异己，以清君侧。于是霏霏就成了那个第一个被干掉的人，成了他所有罪孽的替罪羊。既然，他已经下定决心改变这一切，以至于连过渡都没有，就快刀斩乱麻。他知道唯有如此，才能尽快成为未央想要的那个人。他才不在乎是否惹怒霏霏，哪怕，霏霏在某种程度上也是无辜的。

是的，他永远记得未央的话。她说您已经和人文精神相去甚远。您至多是个商人，抑或官僚市侩。这话无疑深深地刺痛了林铁军。但没过多久他们就在黑暗中做爱了。他至今想起来依旧热血沸腾。是的，他留恋和未央的每一个瞬间。他希望这个并不美丽的女人永远是他的。他这样想着便莫名其妙地想到了离婚。这是他第一次为一个女人联想到这个字眼。这对他来说几乎是划时代的。是的，他对此一直非常清醒，他知道自己已经找到了命中的女人。但无论他和沈远怎样不再肌肤相亲，但意念中她将永远都是他的女人。哪怕云山雾海，红杏出墙，他知道他最终都会回到沈远身边。但是这一次他却真的想到了离婚，想到了要和未央共度所余的人生。这就意味着他将抛弃命定的女人，想到这些，他不禁不寒而栗。事实上他和未央不过萍水相逢，才刚刚有过几次肌肤之亲。他怎么就会萌生出这样的念头，不不，林铁军想到这些就不敢再往下想了。

这样想着便慢慢睡着了。甚至不再能听到飞机穿越云层的轰鸣声。但仿佛电击一般地，他忽然醒来，周身大汗，那一刻他紧紧抓住了座椅扶手，恍若置身于悬崖边上。他立刻想到霏霏的威胁，不知该怎样收拾那一片狼藉。他这才意识到霏霏的老谋深算，尽管她年轻、执拗，却绝非等闲之辈，居然早早就为自己留下后路，甚至在他们彼此相爱的时候。

然而从心底油然而生的却是一股暖流，就仿佛突然停止跳动的心脏被注入了新的血液。于是险象环生中，他再度想到未央。他只有想到她时才会觉得温暖。是的，他还想和她千回百转，一生厮守。然而倘霏霏决意鱼死网破，他就将失去现有的一切。

林铁军想到这些不禁心寒胆战。那是他此生从未感受过的绝望与恐惧。而那一刻飞机刚好遇上猛烈的气流，上下颠簸，一些人甚至绝望地喊叫起来。然而那一刻他竟生出某种释然，甚至渴望飞机失事，只要不再忍受霏霏带给他的那些紧张和忧虑。当他必须要面对气流和气流一样的霏霏时，他知道，如果还想活着，就必须妥协。他知道妥协就意味着让步，然后，达成和解。他们何苦要鹬蚌相争，两败俱伤呢？

于是林铁军在飞往法兰克福的飞机上，完成了他毫不华丽的悲怆转身。他决意不再强硬，哪怕，仅仅是为了未央。

飞机落地后，他做的第一件事就是签改机票。他原本计划故地重游，凭吊曾和万末走过的那些地方，那些，让他难以释怀的丝丝缕缕的日子。但最终还是毫不犹豫地取消了这款款深情的回首，他知道未来对他来说才是至关重要的。

然后就有了林铁军闪电般归来对霏霏的任命。他不管这将在出版社引起怎样的骚动。他觉得他对霏霏的任命是无懈可击的，事实上这些年确实是她在经营社里的发行。所以他才敢理直气壮地宣称，郁霏霏担任发行科长应该是实至名归。他并且向窃窃私语的人群发问，那么你们认为谁更能胜任这个岗位呢？刘和平吗？会场上一片哄笑。

林铁军引发的这场哄笑显然是羞辱性的。他甚至没有顾及到刘和平也在现场,或者就因为这个女人的默默无闻才总是被忽略。不过林铁军很快就意识到自己的失误,意识到他的出言不逊很可能伤害了那个无辜女人。于是话锋一转,开始对刘和平大加赞扬,从她在新华书店成为卖书标兵起,到目前她的策划部怎样引领时尚潮流。林铁军甚至现身说法,说他读研究生时就曾在刘和平的书店里买过书。当然,他确曾出入过那家书店,只是不可能记得刘和平那个平凡的售货员。接下来他又赞美刘和平的为人和工作态度,他说社里至今能称得上劳动模范的唯有刘和平。尽管她很难融入这个靠金钱杠杆平衡的社会,但她却依旧兢兢业业地尽着她的本分。她从来不追名逐利,患得患失,一如既往地把工作当作她的生命。我们中还有几个这样的同志?看看刘和平吧,我们许多人都应该感到愧悔的。

林铁军这样说着,竟然连自己都感动了。甚至觉得刘和平就是了不起,就是社里的骄傲,就应该提倡并发扬光大。待他终于说完了对刘和平的评价,自己首先站起来向刘和平鼓掌致敬。紧接着人群中爆发出雷鸣般的掌声,毫无疑问地说明刘和平在人们心目中的地位。林铁军这才真正意识到,事实上大家是尊重刘和平的。他后来听说人们为刘和平鼓掌的时候,她竟抖得筛糠一般,泪流满面。

总之,无论刘和平被赞美到怎样的高度,都不能取代郁霏霏被任命为发行科长的现实。就像时代列车不能后退,螳臂不能挡车那样。然后便有了霏霏和刘和平之间的你推我搡，明争暗斗。直到霏霏将刘和平逼到死角，直到刘和平忍无可忍又无路可退，她才不得不敲响林铁军办公室的门，将怨恨和泪水洒满一地。

林铁军对霏霏和刘和平之间的争斗不是没有耳闻，但是他只能任凭这两个女人自生自灭。最终无论留下谁，他都可以接受。那段时日，他把所有的心思都用在了未央身上，无暇顾及其他，直到刘和平义无反顾地出现在他面前。

尽管林铁军心不在焉，但听过刘和平的委屈后，还是下意识地提高了警惕。他知道一旦惹怒霏霏必将酿下苦果，但倘若刘和平被逼急了，也会狗急跳墙，惹出麻烦。所以林铁军唯有采取怀柔政策，让刘和平觉得社长是理解她的。话语间他自始至终以兄长般的语气平复她的怨气，他说他知道和郁霏霏那种人共事不容易。她那些颐指气使、骄纵跋扈的毛病大家有目共睹。尽管她一直负责社长办公室的工作，但几乎没有基层工作的经验。而你，和平（林铁军故意省略掉姓氏，以证明他是怎样地不拿刘和平当外人），你是咱们社的老职工了，多年来一直勤勤恳恳，也是大家有目共睹且有口皆碑的。那天我有意在全社大会上表扬你，你也听到大家的掌声了吧？都是由衷的，包括我自己。所以什么荣誉呀，奖牌呀，报酬啊，等等，在我看来，大家自发的经久不息的掌声才是你人生最大的收获。

至于霏霏被任命为科长，也是合适的。毕竟她更年轻，更能追上时代潮流，更有对外联络的能力。所以给那些年轻人更多的机会，也是社里的人才战略。我们必须有一种未来意识，而让更多的年轻人脱颖而出，在某种意义上也是为了社里的未来。

当然，郁霏霏的表现我不是没有耳闻，不过一个人不可能十全十美，大家都一样，所以才能取长补短。当然，霏霏的工作态度确实有些问题，其实这也是她为什么不再适合社长办公室工作的原因。林铁军做出极为诚恳的样子，那么你说，社里又能把霏霏调到哪儿呢？鉴于她多少熟悉发行方面的工作，所谓的避其所短，用其所长吧，想不到会给你的工作带来了这么多麻烦。

和平，这么说吧，林铁军向刘和平那边靠了靠，我知道你的委屈和苦衷。但是，林铁军又向刘和平身边靠了靠，你不要和她一般见识。然后林铁军推心置腹，问着刘和平，怎么样，就算是为了我，为了社里……

一直沉默不语的刘和平终于开口。眼泪涟涟地望着身边的林社长，愧疚之心油然而生。尤其当林铁军说到，就算是为了我，刘和平就再也忍不住她的眼泪了。她说都是我不好，和霏霏没关系。是我不够冷静，不够宽容，不能团结同志。于是她愈加自责地说，是我给林社长添麻烦了。

他们相互为对方考虑着，很快便化解了各自的心结。刘和平当即立下誓言，保证再不和霏霏争吵，积极配合她的工作，绝不让林社长再为此操心。她并且提出今后会无微不至地照顾霏霏，让她在这个新的岗位上，感受到大家的温暖和帮助。刘和平说她说到做到，又说她此生还从来没有过说到而做不到的。

然后就有了林铁军那个深切的拥抱。无论拥抱者还是被拥抱者,那一刻都是真诚的。他们的拥抱显然没有肉体因素,更像是彼此信赖的一个拜托。

当然这很可能是林铁军怀柔战略的一个部分，是有意的,但在那样的情景下,又像是本能的,不经意间而为之的。但刘和平已经受宠若惊了，毕竟她从未经历过这样的拥抱。更何况这深切而温暖的拥抱，竟来自她无比钦佩的林社长。于是在那一刻,她觉得自己真的成了社长的亲人。

然而这深情款款的一个拥抱,却谁也想不到日后会种下怎样可怕的祸根。

在优雅的咖啡桌前，她们剑拔弩张

沈远给未央打电话说她想去看她。这时候林铁军正在法兰克福。显然这是沈远特意选择的时间段，而此刻，郁霏霏决意状告林铁军的行动已箭在弦上。这个女孩发誓要破釜沉舟，她在电话里对沈远说，为了起码的尊严，她只能背水一战了。而她所以在行动之前给沈远打电话，是因为她尊重她作为妻子的知情权。她希望沈远能意识到，这是她最后的通牒。

沈远自然不会见死不救，她要以她多年修炼的智慧和手段，将霏霏蓄意伤害林铁军的企图消灭在萌芽状态。而她为林铁军所做的这一切，包括献出她的情人，远在欧洲的林铁军对此一无所知。

当这危若朝露的林林总总终于尘埃落定，沈远才静下心来梳理事件的前因后果。

事实上，林铁军对霏霏的反感，沈远早有察觉。甚至在他们关系最密切的时候，她就曾预言他们的始乱终弃。那时候霏霏经常三更半夜打来电话，不依不饶地要跟林铁军说话。

就仿佛这个家里只有林铁军一个人，就仿佛沈远这个妻子根本就不存在。一个女孩子可以在别人家中如此跋扈，没有林铁军的纵容怎么会铸成如此局面。

被午夜的电话弄醒本来就很难受，加之打过来电话的偏偏又是丈夫的情人。尽管林铁军会拿着电话离开卧室，但她还是难以入睡了。哪怕，林铁军回到床上，伸出手臂抱紧她。哪怕，林铁军在她的耳边轻轻说，对不起。

曾几何时，那些午夜响起的电话突然销声匿迹，再也听不到霏霏歇斯底里的吼叫声了。多少个不眠之夜，多少惊恐无奈的瞬间。是的，她终于解脱了，那悄然而去的，噩梦一般的日子。

是的，已经有一段时间没有午夜的响铃了。寂寞长夜，沈远一时很难适应这种死寂一般的安静。她甚至觉得这是种不祥的兆头。那种山雨欲来之前的死样的沉寂。她无法知道将要降临的会是怎样的灾祸。

没有无缘无故的恨，也不会有，无缘无故的被抛弃。不管霏霏怎样令人发指，甚至邪恶，她依旧认为霏霏的抗争是合理的。换上谁都会这么做。她只是不知道林铁军到底出于什么用心，要如此决绝地抛弃霏霏。亦不知是什么人左右了他，以至他宁可冒着失去一切的风险去玩火。

不知情者，或许会以为林铁军所以抛弃霏霏，是因为她的小人得志、忘乎所以，令所有人反感。但这些并不能构成霏霏被抛弃的原因，她的傲慢无理也不是一天两天了，林铁军又不是不知道。所以沈远觉得，林铁军所以远离霏霏，并不是因为霏霏本身，而是，林铁军一定又有了新的红颜知己。

不是沈远料事如神，而是，她太熟悉自己的丈夫了。他一开口，她就知道，他言辞背后的目的。他们就像是并蒂莲、双生花，就像手与足，以至于谁都瞒不过谁的心思。她用不着费尽心机就能猜出，这一回到底是谁进来了。是的，单凭林铁军带回家的那几本未央编辑的诗集，沈远便一目了然他的新欢，尽管，林铁军对未央只字未提。

于是沈远不再迟疑，立即将所有疑惑锁定未央。她知道林铁军和未央之间素有嫌隙，毕竟众所周知未央是老廖的死党。但沈远却一直觉得她和林铁军有种天然的默契。他们都是那种出身微贱却又极富才华的人。骨子里怀着挣脱不掉的卑微，却又故意做出不可一世的样子。他们总是趋利避害，畏死乐生，最忌讳怕被别人瞧不起。所以总是活得很累，很仓皇，也很仔细，全不似霏霏那般我行我素。

沈远能接受林铁军这样的男人，却很难容忍未央那样的女人。为此她第一次感到某种危机，而这是林铁军和霏霏在一起时从未有过的。她知道她敌不过林铁军和未央的惺惺相惜，因为他们才是真正的同一类人。

是的，她不知林铁军旧爱新欢之间的关系是怎样交错的，亦不知她们来龙去脉的顺序。是林铁军先就对霏霏不满了呢？还是拥有了未央后，他才下决心离开那个女孩？

但无论怎样犬牙交错，沈远的信念就是拯救林铁军。她不管霏霏被遗弃是否已成定局，亦不问未央是否已融入林铁军的灵魂。前思后想，沈远最终给未央打了电话。而未央，竟也毫不犹豫地赴了沈远的约会。

一个很小很清静的地方。咖啡馆老板慵懒的姿态,仿佛根本就不想赚钱。沈远后来知道,这个终日无所用心的男人并非等闲之辈。他很早出国,一路读完了硕士博士和博士后,才真正体会到什么叫百无一用是书生。于是他回国过起寓公的日子,咖啡店不过是为了愉悦自己。与其说他是在卖咖啡,不如说他是在炫耀咖啡。与其说他是让别人喝,不如说他是让别人陪着他喝,他说这样就不孤单了。

沈远对这男人另眼相看。觉得他人生的态度散淡而超然。进而觉得自己和这个男人很相像,至少有着海外求学的共同经历。从此便经常来这里,有时候一坐就是一整天。只是她和老板之间很少交流,但观念中似乎已互为知己。

那么,沈远欲言又止,真的,我几乎认不出您了。

未央落落大方地坐在沈远对面,款款说道,本来,我不想在任何我不能控制的环境里和您对话。

你就那么不自信?

这和自信不自信没关系。

记得几年前,你和老廖、万末他们来我家……

不记得了。那是很早以前的事吧。

看到你那么风情地走进来,沈远说,其实我一直朝着门的方向。我看到你在门口迟疑了片刻。紧接着你将目光投向咖啡馆老板示意的方向。然后你就看到了我。知道你给我怎样的印象吗?

未央警觉地看着沈远,您如此描绘我的出场有什么含意吗？

不得不承认是环境造就了人。

您什么意思？

就是说，丑小鸭迟早会变成白天鹅。

您这是在恭维我吗？

你说呢？

未央接过老板送来的卡布奇诺。她毫不避讳地凝视沈远。她说她来过这家咖啡馆，很多写诗的朋友喜欢这里。

就是说，这里并不是你不能控制的地方。

您到底想要说什么？

我是说，那天，林铁军把你编的诗集带回了家。

这跟我有什么关系吗？

我没有诋毁你的意思，我是说，你和几年前确乎判若两人。尤其在窗外那缕斜阳下，你真的美极了。你不仅漂亮，还深谙穿衣之道。你看你选择的色彩都很中性，表明了地道知识分子的分寸感。既不张扬，亦不暗淡，总之恰到好处，以至于……

未央打断沈远的话，您到底想要说什么？

夕阳也遮盖不住你的光泽。那光泽来自爱，更来自美好而热烈的激情。否则，你还不是像几年前那样没精打采，满脸锈色。我的判断从不失误，是的，没有他，你怎么可能如此风姿绰约地站在我面前？又怎么可能如此从容不迫地接受我的质疑。尽管那只是若明若暗的某种感觉，但是我相信我的直觉。

我的状态，爱或者恨，跟您有关吗？

你这样说的时候，知道我什么感觉吗？就仿佛林铁军此时此刻就在你身后，支撑着你，是的，我看到了，否则你怎么会如此咄咄逼人。

如果只是想羞辱我，您得逞了。未央说着站起来。

不不，沈远拦住未央，我是说，自从你走进来的那一刻我就开始欣赏你。我只是觉得，倘若，你不是他的情人，你没有和他上床；倘若，我不是他的妻子，我没有嫉妒心，或许，我们会成为朋友……

您依旧在羞辱我。

好吧，我们开门见山，沈远直奔主题。如实披露了霏霏的发难，并告诉未央她是怎么补救的。她说她做的这一切林铁军并不知道，她也不想让他知道。她说她是把未央当作朋友才对她说这些的。而霏霏，如果不是被逼上绝路，也不会如此孤注一掷，破釜沉舟。她当然有能力也有勇气让林铁军一败涂地，如果你我被逼到如此境地……

沈远几乎哀怜地看着未央。她希望能在这个女人的身上获取力量。她们是拴在同一根绳上的两只蚂蚱，但未央却始终沉默不语，好像她和林铁军毫无关系。面对如此无动于衷的女人，沈远几乎无计可施。那种感觉就仿佛呛了一口咸涩的海水，然后被滚滚而来的浪涛淹没。

是的，沈远说，我其实一直欣赏权力女人，但不是武则天，不是慈禧，而是，唐太宗那位早逝的长孙皇后。然后她委婉地问未央，你读过她临终前为后宫女人们撰写的那部《女诫》吗?

是《女则》吧。

噢,我记错了,对不起。沈远脸上一丝尴尬。

没关系。您无需这样彬彬有礼,尤其对我们这种您以为卑微的人。然后未央又说,有一天,她原本想背诵《女则》的,却突然地,被窗外什么地方飘来的大提琴乐曲所吸引。好像是舒伯特的《夜曲》,耳熟能详的。只是不知道那个大提琴手,为什么要把这首乐曲处理得那么悲伤,仿佛是在葬礼上……

我是说,沈远小心翼翼地截断未央,长孙皇后从来端庄得体,温柔贤淑,又聪明睿智。

要知道,我并不想了解您的长孙皇后。

她确乎具备了一个妻子所拥有的一切优良品质,如果我们不把她当作一位皇后看。她最大的优点就是宽宏,这几乎是女人很难做到的。她的为妇之道就是不干预朝廷大政,而她要为朝廷奉献的,就是管理好后宫的内务……

也包括每晚钦定陪皇帝睡觉的嫔妃吗?否则,您怎么可以对林铁军和霏霏的关系如此熟视无睹。

可惜她三十六岁上就与世长辞。幸好留下了她通过采集古代妇女各类得失之例证所编撰的《女则》。唐太宗就是依凭这部不朽著述而绵绵无期地思念皇后的,后世以为她是历朝历代中最接近于完美的女人。

您到底是想赞美谁?

她一生不干朝政,谨守嫔妃礼节。将所有后宫女人当作亲人,不仅是魄力,也是胸襟。

以胸襟和魄力治理后宫，也是投其所好吧？所以您才会引狼入室，纵容霏霏，您不觉得虚伪吗？

她美丽，高贵，端庄，智慧，一生几乎完美无瑕。所以这个皇权背后的女人才会流芳千古，被后世颂扬……

美丽，高贵，端庄，智慧，如此美妙的词句，听起来，好像也是在描绘您自己。

你……直到此刻沈远才体会到，未央对她怀有怎样的恨意。

您别在意，这是我的真心话。对您来说，将其中任何一个词汇用来形容您，都不过分。那是种实至名归的感觉，您不觉得吗？印象中您就是那个皇后，永远生活在幕后。您对于林铁军喜欢的女人宽容到极点，达观到不惜伤害自己的地步。当然，这也是您作为皇后的一种美德……

沈远站起来，满脸通红，她觉得自己已忍无可忍。她还从未遇到过未央这样的女人，她这才领略到什么叫真正的歹毒。她确乎不曾以长孙皇后自比，她知道这是未央在侮辱她。她听得到自己的心在怦怦地跳，也能感觉到血液在血管中奔流的速度。是的，她站起来，仿佛没有了目标。她确实不知道该怎样对付这个女人了。她觉得未央的反抗中有种残忍的力量。她显然绝顶聪明，又无比邪恶，才能在唇枪舌剑中不动声色地占得上风。

沈远又要了一杯咖啡，让自己坐下来，慢慢平静。她不能让这场战争不了了之。她要击败这个机关算尽又讳莫如深的女人。于是她不再看对面的未央，任凭她们之间长久的沉默。

然后沈远突然发难,她或许知道这将是一枚怎样的震撼弹。

她啜了一口咖啡,看着窗外。风萧萧兮易水寒,她说,那些正在流散的往事。我知道万末一直是你的朋友,但她却不肯告诉你她和林铁军的关系。我当然知道这无足轻重,无非是某种出于善意的背叛。

您到底想说什么,连死人都不放过?

他们之间的那段恋情凄婉而苍凉。当然在任何人看来都是不可能的。但林铁军就是崇拜那个女人。那也是林铁军此生最美好的时光。他每天坐在他倾心的女人对面,他不仅崇拜她,而且深爱她。他认为她是他此生见到的最高贵的女人,所以他从没有停止过迷恋她, 尽管她已经可以做他的母亲了。但有时母亲和情人只在毫厘之间。而他,从不相信年龄会成为爱的阻碍。在他的观念中爱情从来没有疆界。然而,让他和万末的爱情变得不那么纯粹的原因是,他在爱着这个女人的同时,又把她当作了自己的母亲。于是在林铁军心中,万末同时扮演了两个角色。她既是恋人,又是母亲,进而释放出截然不同的两种感情。他既要吸吮万末的乳汁,又要亲吻她干瘪的乳房。于是她既像一位阅尽沧桑的母亲,又像是罗丹雕塑的那个被嫖客吸干的老妓女。

不不,您怎么可以这样侮辱他们?

是的,他们就是在这种变态乃至绝望的感情中彼此慰藉的。他们甚至一道去了德国,这你当然知道。总之,一切都名正言顺,万末的行将就木最终导致了他们烈火干柴般的不伦之恋。也是在那里,他们第一次做爱,那醉生梦死的感觉,仿佛末日。当然，对万末来说也许就是末日。

但末日就像回光返照，又照耀了他们很多时日。不要说在万末家中，即或在医院的病房里，也曾留下过他们缠绵的影子。因为爱，他对她始终不离不弃。也是因为爱，他用他身体的亲近与抚慰，竟有效地延长了她的生命，这或许就是所谓爱情的力量吧。

沈远近乎残酷地意犹未尽，继续诉说，据我所知，他此生从未像这样爱过一个女人。包括我，包括霏霏，当然，或许，也包括你。所以这是羞辱吗，不，是爱的礼赞。总之，在万末有生之年，他们一直持续着这种畸恋的关系。直到那个女人亡逝。然后是他的悲伤，他的绝望，他的痛不欲生，这些你也知道吗？而如今与你声色犬马的林铁军，会诚实告诉你曾经发生过的这一切吗？

窗外的斜阳沉入黑暗。未央如梦初醒般，脸上一片惨白。沈远说的那些她确实闻所未闻。她不相信。她说，那不是真的，万末怎么可能……

你以为我虚构得出这么惊世骇俗的故事吗？

那您为什么不阻止？

你以为爱情是可以阻挡的吗，就像现在的你和他。

不不，您不能这样诋毁万末。她是我生命中最重要的人。我们亲人一般，无话不说，我不可能不知道她的感情生活。

所以，清楚了吧，这就是所谓的人性，总有背对着你的那一面。她可以视你为手足，紧握廖也夫的手。比起忠诚于你们这个小圈子，或许那种爱的感觉，被拥有的感觉，反而更加吸引她。尤其当大限将近，她就更不能忍受死亡之前的孤独了。

未央拼命回忆万末的弥留之际。是啊，林铁军为什么每天都会前去探望她。甚至她过世的那个晚上也在她的病房里。他说他是抓着万末的手眼看着她咽气的。后来这成为社长的一段佳话，因为大家都知道，万末并不是林铁军的人。而他却能超越派系的恩怨，为万末举行盛大葬礼。未央前后左右地想着，果然诸多蹊跷浮出水面。

你以为你能抚平林铁军的伤痛吗？不，他心里的空缺是谁也不能弥补的。然后是和霏霏的醉生梦死，这些早就尽人皆知。你以为他真的爱霏霏吗？他是在浮生若梦中作践自己。是的，什么也不能抚平他对万末的思念，他只好把自己打造成一个纯粹的浑蛋。他吃喝嫖赌，眼睛都不眨地挥霍公款。谁也不知道他在霏霏身上到底花去了多少钱，以至于霏霏有足够的证据告发他。自从万末离世，他就不再有敬畏之心。这其实就是他想要的结局。而你，未央，不过是他不断走向没落的人生棋局中，一枚无关紧要的棋子罢了。

但未央没有被吓倒。她看着沈远的眼睛，对她说。正常人都会有廉耻之心，何况林铁军那样有悟性的人。听您说这些，我反而更钦佩铁军了。这是未央第一次当着沈远，把林铁军叫作铁军，她相信沈远不会听不出来。是的，我和铁军不是您想象的那种关系。我们的爱情是郑重的，有原则的，所以不容置疑。而我绝不会像您那样，爱他爱到纵容他滥情。当初让霏霏住进家中，您是助纣为虐呢，还是乐观其成？您到底有怎样的胸襟才能容忍这一切？抑或，您变态地喜欢这种被伤害的感觉？所以，你也许比长孙皇后那样的女人还要襟怀坦荡。长孙皇后看不到甘露殿的声色犬马，您却能隔着木板听客房里的地动山摇。所以您才是真正了不起的女人。

沈远怔怔地看着未央，她知道这一次是她被羞辱了。但她却坚持着，没有让岩浆一般滚烫的泪水涌出来。她说她作为妻子已经忍无可忍，但她又爱着这个几乎被其他女人肢解了的丈夫。她说她可以对林铁军的诸般劣迹忽略不计，但她也可以像郁霏霏那样鱼死网破。她还说，她不是不可以离开林铁军，她只是还不曾想好断绝的方式……

或者是因为恻隐之心，未央相应地平静了下来。她知道其实最值得同情的是沈远，而不是自己。尽管林铁军对她不那么坦诚，但毕竟曾信誓旦旦许诺了婚姻。于是她愿意应合沈远的委屈，说她能够理解沈远年深日久的苦境。她还说，没有谁能像您这样宽容大度，我甚至能听到痛苦像老鼠那样在啃咬着您的心。那不间断的折磨，走马灯似的女人，我是说，长孙皇后那种长袖善舞的女人也不会没有烦恼和痛苦的，所以您恨我们，也应当恨。

不不，不是你说的那样……

您真的以为您能改造那个乡下人出身的坏小子？于连，抑或拉斯蒂涅，这种底层上来的浑蛋比比皆是。他们有着同样的残酷，以卑微之心将高雅变成粪土。他们就是想践踏您或万末这样的女人，就是想征服你们，再抛弃你们。

当然，您尽力了，却最终不了了之。这就是您的结局，如果换成我，早就把林铁军这样的人渣剁成肉酱了。但是我知道您做不到。您那么优雅高贵，有修养有内涵，我只是不知道以您的出身和学养，怎么能忍受铁军这样的男人呢？您干吗要忍辱负重，忍气吞声，屈尊于霏霏，又屈尊于我？您难道不知道我们都是些草芥一般不知廉耻的女人吗？当然，万末除外，愿她在天之灵安息。是的，您用不着像长孙皇后那样虚伪而完美，累不累呀？尤其，当面对我们这些不知荣辱为何物的不堪之辈，就更不值得您为我们低下身段了。从尘埃里开出花来，那是张爱玲的时代。您干吗不把我们当作天上的浮云，黑夜的流星？您干吗非要深入虎穴，和我们这些败类混在一起？我们，包括您丈夫，即便相互剑拔弩张，最终还是同流合污。但是，您就不一样了，您是必定会被毁灭的。所以您何不悬崖勒马，回到您书香门第的阵营。在那里，您才能找回您的尊严和信仰，甚至，您那个阶层的男欢女爱。您相信这是我的肺腑之言吗……

未央径自诉说着，却突然发现，沈远已悄然离开了咖啡馆。

耶和华是我的牧者

刘和平做梦也想不到霏霏会突然辞职。这之前她对林社长的嘱托可谓用尽心思。或许因为她从来就是那种尽职尽责的人，或许林铁军那个寄予厚望的拥抱始终温暖着她。所以无论霏霏怎样百般刁难，她都会努力做到心平气和。自从刘和平令箭在身，对霏霏的态度立刻180度大转弯。从原先的水火不容，到其乐融融，几乎转瞬之间就化干戈为玉帛。为此，发行科的每一个人都惊诧不已，仿佛太阳真的能从西边出来。所以任何事情都不是一成不变的，因为大家确实看到了和谐美好的奇异景观。

不过大家还记得霏霏上任伊始的那段日子。整个发行科被阴云笼罩。人们不再像往日般有说有笑，一时间仿佛都成了没有生命的稻草人。郁霏霏看着这里的什么都不顺眼，进而对职工恶语相向。她的歇斯底里、飞扬跋扈，不仅破坏了这里原本安宁的氛围，并且让每一个员工都心怀恐惧。有的人甚至提出要提前退休，不想再回到“文革”时代。尽管大家都知道，霏霏是把在林社长那边受的气发泄到了发行科，但却没有一个人同情她。

一个过气的烟花女子有什么了不起。尤其她刚被发配到发行科的时候，不过是一个普通员工。但她尽管置身于被贬的境地，却从不曾低下高昂的头。她逢人便说，你们等着看吧，林铁军一从法兰克福回来，甚至没出机场，就会被押上警车。你们没听说从上层到基层，几乎每一个贪官都有情妇。而能够把这些贪官拉下马的，也就靠我们这种人了。你们不要小看这些只知奢华享受、云雨风情的女人，要知道我们才是潜伏在腐败分子身边的斗士。想想看，倘若反腐倡廉中没有这样一支充满杀伤力的女性队伍，那么，林铁军这种贪赃枉法的浑蛋又怎么能被绳之以法？

郁霏霏的点拨显然令人折服，她大言不惭地喧嚣这些的时候，不惜现身说法。不仅不讳言自己是林铁军的情人，反而大肆炫耀他们曾经如醉如痴的媾和。她并且放言绝不会放过他。要么同归于尽，要么，他林铁军乖乖收回所有对我不公正的待遇。

以郁霏霏这般曾一手遮天的人物落得如此下场，确实可怜。但社里却没有一个人同情她，更不愿接近她。人们只是在听着郁霏霏讲述她乐极生悲的经历时，从心底泛滥出难以掩饰的幸灾乐祸罢了。觉得这个曾经大权在握的婊子太他妈“牛”了，所以也应该被打进十八层地狱。

那时候，大家都以为霏霏已彻底落难，尤其被发配到发行科这种地方，就更是虎落平川，不再有出头之日。然而不出霏霏所料，林铁军一从法兰克福回来，立刻召开全社大会。会上果然宣布郁霏霏为发行科长，并要求人事部门立刻向每个科室发放霏霏的任命通知书。如此高调的举措，林铁军可谓给足了面子。只是那天霏霏并不在场，她曾誓言从此永不再参加社里的会议。后来她听说“任命”的消息，甚至连自己都不敢相信。如此逆转就像天方夜谭，于是霏霏也暗自得意，知道林铁军已被挤兑到何等地步。

郁霏霏虽然没能如愿以偿地回到社长办公室，但林铁军能把发行科长给她，就足以证明她的能耐了。尽管她没能离开这个被她看不起的小部门，但至少也算是出了一口恶气。于是她不算被抛弃，更不能墙倒众人推了。这个小小的发行科长尽管无足轻重，但这一职务所带给霏霏的重要意义就等于是，“文革”中被打倒的当权派，终于又重新披挂上阵了。于是她一扫胸中阴霾，愈加变本加厉地叫板林铁军。她知道只要自己不服软，始终保持旺盛的斗志，林铁军就只能俯首帖耳地臣服于她。

如此腥风血雨的一番较量，霏霏觉得胜者是她。如此盛怒之下，做出如此妥协，以至于连霏霏自己都难以理喻。所以她觉得自己就是那种能成大气候的女人，至少当灾难临头的时候头脑清楚，临危不惧，所谓的“每临大事有静气”吧。

于是她觉得自己得以复出，完全是得益于她打给林铁军老婆的那个电话。她坚信沈远的微言大义，晓以利害，不会对这个男人有任何影响。她只是不知道沈远并没有将她们的会面告知林铁军，而是期冀于艺术家康铮帮助她平息霏霏的怒火。他们以移居海外为诱饵,蛊惑这个崇洋媚外的浅薄女孩。总之,这所有的一切林铁军都不知道,他只是徜徉于法兰克福街头的时候,常常有心悸的感觉罢了。于是在焦虑中他签改机票,匆匆返回。那时候他已经谋划好了,回国后要做的第一件事就是提拔郁霏霏。

对霏霏来说,虽不曾官复原职,但到底雪了耻。至少,没有人再敢对她的失势幸灾乐祸了,尽管,她还是被最大限度地边缘化了。于是在天高皇帝远的发行科,她愈加张扬。上任伊始便指手画脚,弄得科里一片混乱。原本刘和平策划的新书发布会被武断取消,和二渠道书商的联谊会也被无限期推迟。大凡刘和平部署的工作计划,都被郁霏霏彻底推翻。霏霏只会在发行科里不断地叫停,叫停,弄得所有人无所适从,而她自己又拿不出任何可行的方案。

面对如此骄横傲慢的霏霏,刘和平终于忍无可忍。以她平日倔强的天性,早就想对这个不知深浅的女人发难了。一个过气的花瓶有什么了不起的。她坚信她所代表的,是发行科所有同事的义愤和心声。然而她却一直忍着,有时候手心都能攥出汗水来。

最后,当郁霏霏取消了策划已久的新书发布会,刘和平终于忍无可忍。她走进郁霏霏办公室,愤怒质问她,你以为我们是可以被你任意宰杀的牲畜吗?你知道大家为这个发布会准备了多久吗?你看看这本策划书,多少人为此日以继夜地工作着……

郁霏霏目不转睛地看着她的电脑。仿佛听不到有人在质疑她。过了好一会儿，她才抬起头，你们发行科就这么没教养？连你都不知道见领导要先敲门吗？

你到底什么意思？刘和平逼近郁霏霏。你不能中止发布会，这关系到社里的利益，林社长也答应前来参加……

你用不着这么大呼小叫的。林社长跟你有什么关系？就算你是他忠实的爪牙，可惜现在是我说了算。你不是我。你没有决定权。你现在出去。

这是工作，你懂吗？

轮得上你在这儿着急吗？

你到底想要干什么？报复林社长吗？那是你自己的事，别拿发行科当靶子。

这也是你该管的吗？出去，你听到没有。

婊子。刘和平说过后愤然离开。

婊子？郁霏霏终于离开电脑屏幕，看着刘和平气哼哼的背影。站住，刘和平，你再说一遍，谁是婊子？

你说呢？刘和平返身怒视霏霏。你不是婊子吗？然后狠狠摔掉身后的门。

当天下午，刘和平就气哼哼地见了林社长。也就是这次见面让她幡然领悟，决意为知己者死。而林社长那个深情的拥抱，更是让刘和平从此铁心追随他，哪怕赴汤蹈火。只是她精心打造的新书发布会最终还是流产了。既然连林社长都不得不迁就郁霏霏，那么，她又何苦坚持呢？

之后，刘和平几乎变了一个人。她变得平和，通达，甚至连多年来的同事都仿佛不认识她了。她开始不遗余力地修复和霏霏的关系，包括不再叫她郁霏霏，而是称呼郁科长。她当然事事处处听命于霏霏，并想方设法地在科里建立霏霏的威信。她不仅在工作中协助霏霏，在衣食住行上也百般呵护，甚至将科里原本用来送货的小面包，当做霏霏的“专车”。

在科里的任何会议上，她都竭尽全力地维护霏霏，以至于让发行科所有人都和她一样沦落成分文不值的小伙计。她甚至检讨先前策划的那些活动层次太低，很难适应郁科长超前的创造性思维，所以必须中止。她进而延续了霏霏在社长办公室时那套夸张的出行仪式，譬如霏霏要去各部门转转，她必须陪同，并要求大家在科长进门的那一刻，起立鼓掌。譬如霏霏出现时她必是退后几步，譬如她跟在霏霏身后时，依旧要保持脸上谄媚的表情。诸如此类，让发行科的人们觉得可笑亦可恨。尤其策划部的那些年轻人，更觉得刘和平谦卑得太离谱。他们甚至私下里议论，知道希特勒是怎么忽悠起来的吗？就因为这世上有那么多的刘和平。

刘和平和郁霏霏的关系迅速改观，且大有不断升温的趋向。这时的刘和平已不关心发行业务，而是将伺候好郁科长当作第一要务。在刘和平身体力行的倡导下，发行科果然风气大变。郁科长被举托到几乎顶礼膜拜的地位，以至于一举手一投足都仿佛被包装过似的。霏霏自然很受用刘和平这种事无巨细的俯首帖耳。而她的霸气，自然也就在牺牲掉发行科诸位同仁的尊严后，得到了发扬光大。总之，无论郁科长走到哪儿都会有人笑脸相迎，尽管发行科加起来不过四五间办公室，但还是让郁霏霏过足了这种被前呼后拥的瘾。

霏霏始终弄不清曾骂过她婊子的刘和平，怎么会突然就转变了态度？她当然不可能知道林铁军的那个拥抱，对一个单身老姑娘来说确实极具魅力。

在刘和平的努力下，她们每个人都放下身段，似乎就真的没有什么隔阂了。郁霏霏尽管受用刘和平夸张可笑的那一套，但骨子里仍旧看不起这个愚笨的女人。尽管霏霏自己也出身底层，但毕竟在文艺圈混过，见过世面，何况又跟了林铁军这么多年，她怎么可能和刘和平这种小市民成为知己呢？

但是在刘和平的影响下，郁霏霏还是多少改变了自己，既然她要在这里混下去。她知道，在科里，只要俘获了刘和平，就等于是控制了所有人。她也知道，刘和平在员工中是有威望的，所以搞定刘和平就能高枕无忧了。

伴随着郁霏霏对刘和平的倚重，不久后她就把手中的权力，又原封不动地还给了刘和平。霏霏所以做出这样的决定，其实完全是为了自己。

是的，霏霏需要更多的时间，来经营自己并不稳固的爱情。最终将长笛手收入囊中，才是她此时此刻最切近的目标。眼下已到攻坚阶段，离对未来的渴望可谓咫尺之遥。她知道要俘获这样的艺术家绝非一蹴而就，单单是说服沈远彻底放弃她曾经的恋人，就是个复杂的工程。就算是长笛手真的爱了上她，沈远也不会轻易拱手相让。霏霏知道，康铮之于沈远就像是她生命之外的另一个生命，就像艾米莉的小说《呼啸山庄》。那意象，将永远回环在沈远心中：如果其他一切都毁了而他留了下来，我将继续生活下去；如果其他一切都留下来而他被毁了，整个世界将变得陌生，我也就不是它的一部分了。

康铮的性格一向保守，就算他真的喜欢霏霏，也不愿赤裸裸地说出来。加之他们的接触一直笼罩在沈远的阴影下，所以霏霏急于摆脱的，就是沈远的控制与羁绊了。毕竟她刚刚被一个曾为之付出很多的男人丢弃，才愈加希望能迅速被另一个男人所接纳。

在霏霏与康铮的交往中，她难免会拿康铮和林铁军做比较。她觉得这两个男人都喜欢女人，但他们爱女人的方式却迥然不同。康铮比起林铁军来更温文尔雅，从未以野兽般的方式占有霏霏。甚至看过霏霏的裸体舞蹈后，首先想到的也不是霏霏的身体，而是，那个伟大的舞蹈家邓肯。每每亲昵，他也要事先征得霏霏的同意，而林铁军从来就没有顾及过霏霏的意愿。康铮的矜持儒雅固然让霏霏觉得很舒服，但她似乎更喜欢林铁军那样的开门见山。

当此前的怨愤一扫而光，霏霏和刘和平便无话不说了。只是她们所呈现出来的不是姐妹的友爱，而像是一对相依为命的主子和仆人。在科里，除了刘和平，霏霏几乎没有可以说话的人。所以，她只和刘和平说话，只让刘和平知道她的行踪，甚而将此时此刻正在进行的这段恋情毫无保留地炫耀给刘和平。

于是刘和平受宠若惊。从未有人像霏霏这样信任她。于是她顿生美好寄托，由衷地希望霏霏好，林社长也好。她甚至觉得，就算霏霏不再做社长的情人，也别再兵戎相见。毕竟他们曾轰轰烈烈地好过一场，好离好散，然后再真诚做回朋友。

刘和平这样想着便开始苦口婆心地规劝霏霏，想不到竟惹来霏霏歇斯底里的狂怒。她说我怎么可能和那个浑蛋和解呢？我恨他，并始终拥有对他的起诉权。然后又咄咄逼人地质问刘和平，脑子进水了吧？你到底怎么想出的这个馊主意？

既然，刘和平也是那种一条道走到黑的人，她说，既然你已经有了你的艺术家……

这和林铁军有什么关系？这是完全不同的两回事。他是什么？他是这个社会的渣滓，你怎么能把我和他相提并论呢？

可是，林社长一直在关心你……

知道什么叫不共戴天吗？郁霏霏说罢愤然而去。

这样的结局令刘和平无比失望。她希望这个世界上的所有人都能友好相处。她撮合社长和霏霏绝不是让他们回到原先的关系中，她只是希望，时过境迁，他们能彼此不再怨恨对方。

但她的努力显然付之流水。换回的是霏霏再度远离她。这才是刘和平最难以忍受的，她付出多少心血才让霏霏成了自己的朋友。后来这成为刘和平挥之不去的心结。这心结让她不知不觉中变得忧郁。在百思莫解中，她愁肠百结，有时候一天给霏霏打二三十个电话，以至霏霏不得不更换了号码。

后来刘和平被强制住院。她觉得自己总是在绝望中。她寝食难安，整夜无眠，永远在责备自己。她对自己身体上的每一寸肌肤都充满仇恨。她不停地用一把毛刷拼命洗手，说是为了洗刷灵魂的肮脏。她变得心思越来越重，身体越来越弱，以至于有了生不如死的念头。

幸好林社长及时探望,让她顿觉云开雾散。那天林铁军在她的病床前足足停留了十分钟。他晓之以理,动之以情,不断宽慰她,给她以战胜疾病的勇气和力量。不久后,刘和平果然一天天好起来,她已经能够观看窗外的风景,也不再那么沮丧了。她觉得这一切都是善解人意的林社长探望所致,从此,她把他当作太阳,当作手到病除的神医,当作顶着光环的那个圣人。

她于是愈加崇拜林社长。在崇拜中,竟至慢慢生出了爱意。她觉得这种爱就像爱耶稣基督,爱哈利路亚。这赞美是发自肺腑的,就如同使徒说,耶和华是我的牧者,我从此不再迷失方向。

但是她已经箭在弦上

她没有告诉林铁军她见过了沈远。她唯一想做的就是能帮助林铁军脱罪。她爱上了这个男人就不想再失去他。或者就因为沈远的点拨，她才意识到自己和林铁军是怎样相似。她忘不掉那晚沈远在咖啡店说的那些话。她明白沈远的意思是，无论她和林铁军怎样附庸风雅，终究是来自外省底层的乡巴佬，这一点是永远不可能改变的。所以在沈远的观念中，她和林铁军才是真正的一路人。只有他们在一起生活才能如鱼得水、相得益彰。这不仅是沈远发自肺腑的恭维，也是骨子里最尖刻的蔑视。于是未央难以想象，在这种旷日持久的充满敌意的环境里，林铁军是怎么生活的，又是怎么忍受那个永远高高在上的女人的。

她没有告诉林铁军她和沈远的对话，也没告诉他近来一直有上级机关的人在老廖的办公室出出进进。她只是以一种温暖而又单纯的情怀期待林铁军。她想不到林铁军会这么快就从法兰克福回来。接到他电话时简直不敢相信，他说他已经在未央的家里了。那时未央正在和书商洽谈合作出书的事,对不起,改天再谈吧,说完便匆匆离开了办公室。

然后是白天夜晚整整 24 小时。彼此的身体就没有离开过对方。尽管林铁军不顾一切地赶回来是为了稳住霏霏,但只要陷入未央的温床,便难以挣脱。他们相互蚕食,没有任何词语能形容他们之间的状态。是的,只要上天给了他们相互寻找的机会,他们的媾和就会立刻变得肆无忌惮。

是的,在电梯事故前,他们并不喜欢对方,甚至有很深的成见。之所以能放下偏见彼此搭讪,仅仅是因为,那一刻,他们只能同病相怜。于是有一句没一句的,在茫然中相互敷衍。

但未央始终不忘林铁军的忏悔。她记得他说,他知道自己已不可救药。是未央的直言让他幡然醒悟。他几乎恳求地说,请不要对我失去信心,只要你能给我机会。

然后就莫名其妙爆发了彼此的好感。这之间甚至不需要任何过渡。他们几乎在同一时刻投进了对方怀抱。是的,哪怕就在一秒钟前,未央还在迟疑,不知道林铁军到底是不是她喜欢的人。也许那一刻未央只是出于怜悯,抑或林铁军痛彻心扉的自责让她感动。还或者,在这样的困境中没有别人可以依靠,而她又对这冰冷的黑暗充满恐惧。总之一秒钟后,一切就全都改变了。像淬火一般地,抑或,凤凰涅槃。从此他们置身于古希腊的神话中,并双双被爱神丘比特的神箭射中了。

于是他们陷入爱的魔咒和深渊。在逼仄的电梯里沉入温暖的爱河。他们一如沐浴阳光雨露般,在漆黑冰冷中献演永恒的激情。他们什么都不用说就开始了惊涛骇浪。迷茫中甚至连羞涩都看不到。他们对这种行为没有哪怕一丝的敬畏。他们都不喜欢犹豫彷徨,优柔寡断。在这一点上他们惊人的一致,既然他们都想以做爱来证明这突如其来的关系;既然,他们已笃定要和对面的那人风雨同舟。

于是他们不再迟疑。他们都是很现实的人。尽管各自坚持着所谓的操守,譬如林铁军要顾及他的妻子,甚而要顾及和霏霏既成事实的婚外恋。他怎么能在已经拥有了两个“麻烦”的女人后,还不肯放弃眼前这萍水相逢的恋情呢?

而未央的禁忌则在于,出版社所有人都知道她是老廖的心腹。多年来,尽管他们一直清晰着那种若即若离的长幼关系,却还是被好事者传出诸多不堪的流言。但未央始终我行我素,听之任之,不做任何解释,更不被那些无聊的传言所左右。她认定为别人的评判活着,就等于是,对自己的不尊重,所以从不在乎那些恶意的风言风语,一如既往地坚守着和廖也夫的友谊。她并且从不讳言崇拜这个知识分子风度的老男人。当然,在老廖的挟持下,她自然始终不渝地站在林铁军的对立面,尽管,她不像老廖那样痛恨那个年轻人。她独来独往、桀骜不驯,只听凭老廖调遣。于是她阵线分明,旗帜鲜明,容不得自己任何摇摆。无论老廖怎样兴衰荣辱,她都将不离不弃,直到这个牵一发而动全局的电梯事件,才不知不觉地碰触了“阵营”的底线。

当他们终于走出电梯,没有劫后余生的喜悦,而是浴火凤凰般地仿佛重生。走廊里强烈的灯光刺痛了未央的眼,于是本能地闭上眼睛，任林铁军摸索着将她带进他的办公室。那时候窗外已现出些微曙光，无声的光线缓缓流淌，静谧中，那已远去的风暴。那一刻他们只是相互凝望，不敢相信，此时此刻，竟会是他们唇齿相依。

在清晨的撩拨中，他们当然知道该做些什么。他们的嘴唇，连带他们的气息和肢体。他们再度期盼欲望的时刻，他们已碰触到对方的气息，却突然地，办公桌上的电话响了起来，紧接着，手机的铃声也随之响起。

未央置身于不断的铃声中，满心惊悸，觉得每一声尖厉的鸣响都让她周身寒战。于是她说，我还是回我的办公室吧。不不，林铁军抓住未央的手臂，别去管那些电话，倘若，我们依旧被困在电梯里呢？

然后他抱住未央，热烈而蛮横地揉搓她的肌肤。那恍若坠落的眩晕感，让未央又一次感到惶恐不安。于是她情不自禁地扭转头，将嘴唇贴紧在林铁军的脸颊上。她说她只要闭上眼睛就好像又回到了电梯中。那伸手不见五指的黑暗就像地狱。她任凭林铁军将她再度剥光，赤裸裸地置身于他的怀抱中。然后她觉得自己被抱了起来，飘飘的，又像易碎品般被轻轻放在了一个柔软的地方。她不知这是个怎样的所在。黑漆漆的，就像墙壁夹层中一个不为人知的密室。然后她就觉出了他的坚硬。那坚硬正毫不犹豫地朝向她温暖的潮湿。

事实上，未央从未走进过林铁军的办公室。这是她第一次看到这个硕大的曙光中的房间。她喜欢这里有着三面落地窗的格局。她从来不知道在这座大楼里，还有这样一个迷人的地方。那朝向三面的落地窗不仅能看到日出，还能遥望远方的落日。是的，她从来没听说过这个诱人的所在，亦足以证明她和林铁军之间有着怎样年深日久的芥蒂。

林铁军用咖啡机制作了卡布奇诺。让未央在咖啡的浓香中欣赏窗外满天飞霞。然后他拿起电话，打给妻子。他没有避讳窗边的那个女人，足见他已经把她当作知己。电话那端显然焦虑万状，无论林铁军怎样解释都不能平息对方的不安。当问及和林铁军一道被关在电梯里还有什么人时，他下意识地看了一眼窗边的未央，说，没有别人，只有我自己。

是的，只有他自己，他反复重申。他说他离开办公室时已经很晚了，寂静的走廊上没有一个人。林铁军在叙述这段经历时显然是真实的。然后他上了电梯，和每天一样。他本想在这个晚上约沈远出来吃饭，但他怎么可能想到电梯会忽然发生故障。是的，他毫无准备，陷在黑暗中整整一夜。什么？不，没有谁，我是说，被关在电梯里的那种紧张而恐惧的心情……

对方终于如释重负，说，你再不打来电话，我们真的要报警了。

你们？

是的，霏霏一直在家里。

她怎么……

她每隔一分钟就给你打一次电话，你和她说吧……

然后是霏霏喋喋不休的抱怨。她甚至不给林铁军解释的机会。她觉得林铁军的每一句话都是在撒谎。她说电梯怎么可能出故障,不久前刚刚检修过。她问他电梯里到底还有什么人,又问你现在到底在哪儿,我现在就赶过去……

未央不想再听林铁军拙劣的解释。她觉得他和她们之间的对话很无聊。她对于这种近乎于畸形的关系很反感,也无意介入这种复杂的关系，更不想和霏霏那种女孩争风吃醋。于是她离开窗外景色,向林铁军示意要离开。林铁军一边听电话一边抓住未央的手臂,以恳求的表情让她留下来。未央只好回到窗前,直到林铁军放下那个不依不饶的电话,长长地出了一口气,然后向未央伸出他的手臂。

未央在林铁军的耳边说,你们的恩怨了结了?

你不要相信那些传言。

那你要我相信什么呢?

我们只是……

一般的工作关系?

就是说,你不想听我解释,也不想……

我只是觉得你们的关系很奇特,为什么霏霏可以随便骚扰你妻子?

她们都很担心我。

所以妻妾才能同流合污?

你不要这么刻薄,你不是那样的人。

那么我是哪种人？明明厌恶你,却还要不知廉耻地和你做爱？不不,不是这样的,我是说,我不想随随便便地和你在一起,不想成为你众多情人中的又一个情人,你妻妾齐全的后院已经容不下别人了。

林铁军不让未央说下去。他贴近她的耳边说，你知道我有多爱你。

如果是我，未央坚持说，如果是我，要么，做你的妻子；要么，远离你。未央说完转身离开，她确实不想纠缠在这种令人厌恶的关系中。

如果连你都离开了，那我的世界中还有什么？一切都将是晦暗的……

晦暗中，未央竟依旧依偎着林铁军。不不，她不爱这个男人，她只是迷恋那种黑暗中的感觉。她觉得这是陌生的世界，这个世界中充满肮脏的欲望。在这里你可以为所欲为，甚至一丝不挂也不会感到羞耻。但倘若在一个光亮的世界中呢？她不知自己是否还能爱他。

当他们终于走出密室。窗外已蓝天白云。未央轻拂林铁军的脸颊，说，此刻，我依旧爱你，但不敢保证未来。然后离开林铁军的办公室。

彻夜的迷乱无疑让他们各得其所。林铁军在不期而遇的交往中获得某种精神的再生，而未央，则在背叛的感觉中释放了她久已荒芜的欲望，这或者也算是双赢了。

未央知道，她无可救药地爱上林铁军的时机绝不是最好的。因为大家都知道，这段时间林社长正在接受上级机关的调查。尽管这类质询被说成是例行公事，但也绝不是空穴来风。尽管，林铁军在任何场合都近乎完美地表现出从容和镇定，且调查组最终宣布查无实据，不予立案，但此番调查还是大大削弱了林铁军在社里的公信力。

而未央却偏偏在林铁军最低谷的时候，进入了他的生活。仅只是一个瞬间的选择，她就被那部发生故障的电梯带走了。于是冥冥中搭上林铁军的战车，哪怕这战车已摇摇欲坠，四面楚歌。那么她的出现又意味了什么？是前来挽救林铁军几近毁灭的未来？还是将自己的感情交付根本就没有前途的虚妄？总之，无论怎样的选择她都已经箭在弦上。自从踏上那部倒霉的电梯，事实上她的命运就已经注定了。

她努力说服自己接受这困厄中的感情，让那个曾经如日中天的男人依旧能感受到自身的强大与尊严。她要让自己成为一个近乎于母亲的女人，不遗余力地保护并温暖着自己的孩子。她这样做了，也做到了，但只有她自己知道，能做到这些有多难。

当她给予了林铁军洗心革面的信念，就意味着，她已经重塑了他。这个人将再也不会任那些骄横无礼的女人肆意摆布了。

是的，上床已成为林铁军和未央之间最坚不可摧的联系，尽管林铁军知道他和未央做爱的感觉并不是最好的。但未央的出现确实让他彻底改变了原先的观念，这时候林铁军所要的已经不是床上的行云流水，而是，在相互给予中所表现出来的那种精神的契合。未央是能够达到这种境界的唯一女性，他才总是能从她的身上获得爱的升华。无疑这是霏霏以至沈远难以企及的，因为她们的灵魂中既没有诗，也没有飞翔的乐曲。于是他愈加迷恋和未央的那种肌肤上的交流，心灵中的重合，灵肉里的相互依存，进而，同生共死的信念。

是的，能够给予林铁军这一切的，唯有未央。

总之他们给予得越多，就越是相互默契。交流得越多，就越是彼此欣赏。用情越多，就越是难舍难分。但唯独他们展望越多，就越是满心悲伤，以至于他们都认为没有未来。为此林铁军甚至想卸下官职，还原为一个普通人，一个学者。事实上这才是他真正想过的日子，和心爱的女人一道，粗茶淡饭，携手一生。

林铁军也曾将未央和其他女人做比较，譬如万末。尽管他和她在法兰克福已有过肌肤之亲，但他却始终以一种近乎于神圣的情感深爱着她。他觉得她就像阳光一样永远照耀着他，哪怕弥留之际也不离不弃，甚至，她的死亡，都能在他心中燃烧起不灭的火焰。

而霏霏，他觉得他对她显然有欠公平。毕竟她曾在他的生命中灿烂过。他所以能那么轻易地抛弃她，是因为他们之间从来就没有过心灵的交流。霏霏是和他做爱最多、也是在生理上为他付出最多的女人。她年轻漂亮，袅袅婷婷，但他为什么就不再能忍受她了？总之，她永远不可能像万末或未央那样，有自己的思想和灵魂。他从霏霏那里得到的，除了美貌和欲望，感官和刺激，就再没有别的什么有意义的东西了。他们之间的关系始终都是不平等的，所以，霏霏才会没完没了地抱怨他，进而兴之所至地攫取他。

沈远，他的妻子，他觉得是和万末最相似的人。她们都曾有辉煌的家世，不寻常的经历，又都受到过良好的教育，尤其沈远，还曾在海外留学过。她不仅有才情，有主见，还有通常女学者独有的那种深不见底的风韵。对林铁军来说,这种被知识滋养出来的感觉在某种意义上,就等于是一个女人的魅力,甚而胜于一个女人的美貌。只是,作为妻子,沈远寡淡的性格让她变得日益冷漠。那种莫名其妙的矜持致使她总是拒人于千里之外。无论学术往来还是日常交往,她都显得木讷而愚钝,仿佛不食人间烟火。好像,偌大世间,唯有她能独善其身,也唯有她品德高尚。所以她几乎没有朋友,总是高高在上,以为自己无所不能。而这些在林铁军看来,无疑是所谓知识分子家庭出身的致命弱点。

不错,沈远与她父亲那类知识分子确乎有学问,有教养,自然也就有本钱将自己比作社会的良知。他们孤傲清高,淡泊明志,以至不屑于和任何他们阶层以外的人们交往,甚至连林铁军都视为外人。慢慢地,林铁军不再对沈远述说单位里的种种,因为他知道沈远从不关心她以外的事情。她并且表现出一种对出版社的鄙夷,以为,出版社那样的地方和医院、学校没什么两样,都是小市民会集的地方,所以宁可远之。

就这样,他们过着井水不犯河水的日子。沈远并且反复重申,他们各自工作和生活的圈子是独立的,所以,各自朋友间也无需串联。这种近乎冷酷的约法三章,让林铁军一度觉得沈远已经不爱他了,以至很长一段时间,一直心情晦暗。这种近乎于貌合神离的婚姻状态让林铁军觉得自己就像外人,尽管他每晚都睡在沈远身边,尽管,他始终不渝地将她视为自己生命中的女人。

如此将夫妻关系以外的所有有价值的内容悉数摘除，那么，他们的生活中还能剩下什么？于是在他们的生活中，始终笼罩着一重挥之不去的阴影，似有若无的疏离，那种，随时都可能爆发的婚姻危机。

不过，沈远所谓的泾渭分明，反而在某种意义上赋予了林铁军家庭以外的自由。或者那正是他求之不得的，那种天马行空的轻松感，既然，沈远早就对林铁军的所作所为了无兴致。尤其当他染指于万末、霏霏乃至于未央时，沈远在夫妻间所设的那道屏障，简直就成了林铁军婚外情的一把保护伞。显然这是沈远白白送给丈夫的，甚至充满了某种温馨的意味。

沈远似乎并不在意丈夫是不是有了别的女人。这或许也从侧面证明了沈远和林铁军的隔膜。总之，沈远所崇尚的这种独立的自在自为的状态，让林铁军如鱼得水，坐享其成。只是林铁军一直猜不透，沈远到底是不是真的不在乎他那些走马灯般的女人。

将这些他曾经周旋过的女人比较下来，林铁军豁然开朗。因为他发现这些女人中，唯独未央是他最想拥有的。她不仅保有了诗歌的浪漫情怀，还让爱情赋予了生命的真诚与温暖。如果说，他有时还能在沈远身上感觉到某种色厉内荏的话，那么，在未央那里，他所能感受的就全都是愉悦和美好了。

未央的坚贞，是她人格中最宝贵的品质。这也是为什么十几年来，她能够始终如一地和廖也夫保持着友情关系。她不是那种因利益而不断改换门庭的人，在她的信念中，忠诚比什么都重要。所以古往今来她只佩服两个女人，一个是唐太宗的嫔妃徐惠，一个是希特勒的情人爱娃。因为，她们都有无比坚定的信念，决心为爱而死，同样的，壮怀激烈。

自从林铁军接受调查，未央知道，调查组所谓的查无实据其实并不是结论，而是开启了新一轮的掘地三尺。为此未央曾找到老廖，这时的老廖已经被林铁军委任为社里的纪检委书记。当初林铁军所以要这样做，就是为把老廖挤出社里的核心层，将他最大限度地边缘化。然而阴差阳错，老廖因祸得福，如今就是他在把握林铁军的命运。作为纪检委书记，老廖当然有责任将任何不法分子绳之以法，何况林铁军还是不共戴天的仇人。于是老廖积极配合调查组的工作，在不动声色中搜罗林铁军新的罪证。

未央在老廖吞吞吐吐、话里有话的暗示中，意识到调查组似乎已经掌握了林铁军的一些问题。老廖说到得意处幸灾乐祸，说这小子这一次肯定跑不掉了。想不到林铁军还有这一天。你能想到吗？未央缄默。而我的责任，老廖提高嗓音，我的责任就是将他的案子尽快落实，让这个不知天高地厚的小子知道什么叫法网恢恢。

就因为林铁军劣迹斑斑，未央就要离开他？这符合她做人的原则吗？这有悖于她对徐惠和爱娃的认知吗？或者将她从老廖处得知的一切向林铁军和盘托出，让他知道，她为什么要离开他。不不，也或者什么也不说，隐瞒那残酷的真相。直到他被揪出来的那一刻，眼看着，执法者从她的身体上将他带走。

然后她会在媒体前曝光。让世人皆知她是他的情妇。当然老廖会第一个知道她的丑行，对她的这种亲者痛、仇者快的行径不予原谅。是的，她听说的这类事件实在太多了，几乎每时每刻都在发生。当然，落马官员的身边就是美女如云，而她们，不仅是最大的受益者，也常常是，最危险的告密者。

但显然未央不属于这个群体。她宁可成为一个一无所有的情妇，在林铁军最艰难的时刻不离不弃，陪在他身边。既然她已经爱上这个人，就不能因他的麻烦而远离他。他是和他的爱以及他的罪恶连在一起的，怎么能将这个完整的男人分解呢？

于是未央说出了她敬佩的第三个女人。电影《夜间守门人》中那个漂亮的犹太女人。未央曾无数次观看这部电影，阅读这个剧本，她知道，那是一位意大利女导演的杰作。她始终铭记女导演的声音和画面，并已经成为心中的永恒。

漂亮的犹太女人身陷纳粹集中营。但更可怕的是，她竟然陷入了对一个纳粹军官的爱。这样的爱，在敌友之间，被抽象了出来，仿佛天堂挽歌。战争结束后，一个偶然的场合，幸存的犹太女人和隐姓埋名的纳粹军官不期而遇。于是集中营的爱情死灰复燃，直到有一天他们难逃罗网。是的，仅只是一个不期的邂逅。他们被分别射杀在那座清晨的桥上。

那个漂亮的犹太女人不知道纳粹的罪恶吗？她难道没看到同胞被送进毒气室和焚尸炉吗？她自己不是也过着暗无天日的非人生活吗？所以，她不是不知道她爱的是一个双手沾满犹太人鲜血的刽子手,但她就是不可救药地爱上了那个英俊的德国军官。这似乎已经和种族的苦难以及纳粹的罪行毫无关系了。所以数年后的不期而遇才会让曾经的爱情起死回生。是的,爱是可以再度燃烧的,甚至连他们自己都不敢相信。犹太女人就是死心塌地追随着她的德国爱人。在这个女人的信念中,爱与罪已毫不相干。爱就是爱,爱是可以从任何罪恶中超脱出来的。于是,这个犹太女人在和平时代的死,也就成了战争的某种延续。只是,被惩罚的,绝不是她的罪,而是她矢志不渝的永恒的爱。

所以,我,未央从容地坐在调查组面前,坐在满脸无奈的老廖对面。她说,所以我无从选择,也不想选择。我和他在一起时,是幸福而美好的,花一般的灿烂。所以没有不堪回首,更不会落井下石,我是……

未央抱歉地看了一眼对面的老廖,然后无愧无悔地说,不错,我是林铁军的情妇。

信中的每一个字都让他难逃其咎

林铁军开始频繁地收到匿名的求爱信。这些信不知从什么地方发来。信封上不曾留下任何蛛丝马迹，让林铁军有种莫名的不祥感觉。源源不断寄来的信上，写满了对他的崇拜。那些溢美之词极为夸张，反倒令人字字惊心。

最初，他将此当作忘记了署名的效忠信。自上任伊始，他就曾不断接到这种吹捧的信件。他对此采取了一律不予理睬的策略，但到底有谁对他表示了忠诚，他是记得的。然而眼下的这些信和原先的迥然不同，其浓墨重彩的讴歌让他觉得不着边际。倘只是漫无边际的歌功颂德也就罢了，问题是，信中总会有一个段落充满了近乎猥亵的缠绵。这让林铁军有种毛骨悚然的感觉。无论这些文字出自谁手，他都再不想看到这些无耻的信件了。

林铁军本想将之前不曾拆封的那些信件统统销毁，但一种莫名的好奇感让他难以自禁地拆开那些信。每一次开头的几句诗化语言总能吸引他，比如信中说，只要一见到他就会热血沸腾,那种热烈而澎湃的感觉仿佛被爱神之箭洞穿了肺腑,让她每一次都能感受到人生之美好。然后就开始历数林铁军的丰功伟绩,所述种种皆为事实,说明写信者就是社里的人。信中的林铁军被描述为伟大而不朽的凯撒大帝,紧接着又开始赞美凯撒和埃及女王铭心刻骨的爱情。匿名者说那不是风流,而是历史中最伟大的两位君王的结合。直到凯撒带着他的埃及女王回到罗马,终至死于元老院丛林般的刀锋之下,让他的鲜血溅满议事厅。但凯撒很可能在议事厅门外的白色大理石台阶上就遇刺了。然而凯撒的埃及女人却没能从一而终,差不多一转身就投入了安东尼的怀抱,确乎令人扼腕叹息。林铁军看不出这封信到底想要说什么,而凯撒大帝的遇刺和埃及女王的再婚又有什么关系?林铁军拿着这封用电脑敲出来的信件游移片刻,最终还是将它丢进了碎纸机。

林铁军以为匿名者迟早会偃旗息鼓。他当然不会把无端的烦恼放在心上。像他所遇到过的诸多这类事件一样,他很快就能将这些不着边际的胡言乱语抛至脑后。他以为他从此就忘记了那些无稽之谈,但不知为何,埃及女王不忠的故事总在脑海中闪现,让他心烦意乱。

慢慢地,如他所料,写信者果然销声匿迹。他觉得一定是匿名者自己都觉得没意思了。然而就像鬼魂附身,林铁军刚刚安定下来,就又收到了匿名信。那种感觉就像疼痛的三叉神经,不知道什么时候就冷不丁针刺般地给你来一下。

这一次林铁军异常果断地撕开信封,以一种全副武装的架势，看看这匿名者到底想要干什么。信上的第一句话是，倘若，倘若有一天哪怕是再没有一个人愿意追随林铁军，这个匿名者也要不离不弃地永远跟在他身后。这句话显然令林铁军无比受用，甚至有了种感动，甚而想哭出声来的感觉。

信札中依然充满无限爱意。尤其对林铁军的为人大加赞赏。匿名者对林铁军最近大刀阔斧的改革充满欣喜，并高调颂扬了他的人格魅力，说他已征服了整个出版社。但紧接着话锋一转，又回到儿女情长。这一回匿名者不再遮遮掩掩，干脆说她就是对林铁军一往情深。她说她对任何有力量的男人都会一见倾心，但为了林铁军高蹈的志向，光明的未来，她只能将这澎湃的激情深藏心底。只是这日积月累的爱意越来越浓，浓到化不开。是的，这所有的日日夜夜，时时刻刻，每分每秒，她问林铁军，你难道就感受不到这颗热烈而滚烫的心吗？

紧接着书写者张开肆无忌惮的翅膀，在想象中描述自己怎样依偎在林铁军怀中。种种令人瞠目的细节仿佛真的存在，好像林铁军真的和什么人有过什么。那些恬不知耻的描述不堪入目，让林铁军觉得是在观看一部低劣的色情片。

不久后示爱的信件越来越夸张，甚至厚颜无耻地描述自己因暗恋而导致的性自慰。如此淫秽扭曲的描述让林铁军忍无可忍，怒不可遏。他本来并不想和这些无聊的信件计较，更不愿为此而兴师动众，但是，他终于再也受不了这个变态狂的骚扰了。

于是他决定认真对待。因为他已经感受到某种被挟持的危险。信中的每一个字都像苍蝇般令他恶心，那种精神上的不舒服甚至导致了身体的疼痛。妈的，他堂堂一社之长，怎么能容忍这种凌辱？他当然要不遗余力地找出那个贱货，将那婊子送上法庭。

那女人仿佛心有灵犀，紧接着寄来判若两人的信件。信中涉及的竟是林铁军的诸多罪行。其中诸如行贿受贿、贪污洗钱、玩弄女人种种，令人发指。那么，谁能如此言之凿凿，又有谁能对这些内幕了如指掌呢？林铁军坚信，只有郁霏霏。

如果仅只是骚扰，林铁军也就算了，他自有摆平霏霏的招数。然而让林铁军想不到的是，廖也夫竟也参与了进来。那天廖也夫门都不敲，就大模大样地闯进林铁军办公室，得意中透露出小人得志。林铁军对老廖的突然到访自然非常吃惊。显然他们之间已剑拔弩张，尽管当众还做出虚与委蛇的姿态，但私底下早就恨不能将对方撕成碎片了。

对老廖来说，林铁军不仅剥光了他的所有职务，还褫夺了他拥有公车的权力。那种被掠夺的感觉就像是装进口袋里的钱，又被活生生地掏了出去。老廖又不是那种能够反刍的畜生，那种割心割肺的感觉，足以让小肚鸡肠的老廖痛不欲生了，以至好长一段时间颓废沮丧。

当然，老廖不是买不起车，如今社里的很多人都开着私家车上下班。但他就是咽不下这口气，觉得林铁军剥夺了他坐车的权力就等于是，剥夺了他的尊严。以这种方式让他在众人面前威风扫地，无疑是对他最大的羞辱。尽管他那时也想舍得一身剐，刚直不阿一回，但终究囿于是为了争取个人利益，而挺不起腰杆。

满腔怒火中，作为报复，老廖开始每天骑着自行车出现在大家面前，并故意将自行车靠在林铁军的汽车上。老廖的所作所为就如同早年的青皮，用自残的方式来威慑根本威慑不了的对方。他觉得这是对林铁军最直接的控诉，让人们看到这个野心家是怎样迫害知识分子的。他以现身说法来提醒那些不谙世事的人们，“文革”并没有结束，只要身边还有林铁军这种残酷无情的“造反派”。

但无论怎样郁闷、怎样恨不能千刀万剐了林铁军，老廖最终回天无力，只能委屈地做他的编辑室主任。所谓的能上能下，其实不过是冠冕堂皇的说辞，事实上，谁都很难接受这样的现实。一旦上了，怎么能下呢？偏偏老廖就是面对了这样的困局。所能想象的结果无非是，要么抗争，要么沉默，要么调走，此处不留爷，自有留爷处，就看老廖自己怎么选择了。

但到底老廖不是那种能够高举义旗的慷慨斗士，亦不可能做出任何惊天地泣鬼神的壮举。到头来只能委顿于辞书编辑室，以学问为名，独辟蹊径，从另一个层面来张扬自己两袖清风，人格高尚。只是社里的人们并不同情他，除了万末、未央这类他的死党。大家都觉得老廖其人并不高尚，只是因为被边缘化而令人惋惜罢了。大家还知道老廖硬撑着所谓的清高有多么可笑，其实谁都知道他心里到底有多少患得患失，更知道下了台的廖也夫从来就没有停止过窥测方向。他笃信三十年河东三十年河西，风水轮流转，于是他随时等待着东山再起的那一天。

或者就因为老廖的坚持，包括他“勉从虎穴暂栖身”的韬晦与意志。于是一封写着他名字的信件仿佛从天而降,匕首般武装了老廖寂寞已久的情怀。是的,老廖拆开了那封不知道封锁着什么内容的信件。那时候老廖能接到的信件已经很少了。老廖记得做副总编时,他的信多得只好让未央帮他打理,但此一时彼一时了,如今任何一封来信都会让老廖无比兴奋。

一开始老廖并不知来信的内容,薄薄的一张纸又能承载什么。他不会想到这封信将成为炸响出版社的一枚重磅炮弹。为此他紧紧攥着那封信,恨不能攥出水来。那一刻难以平复的心情,让他几乎窒息。他要把信上的每一个字都读出意义,读出那些足以将林铁军颠覆的鲜血和罪恶。

这封信无疑让老廖意识到,他时来运转的机会终于到了。

人怎么可能永远都走背字呢?

尽管老廖已熟稔了信中的每一个字,却还是弄不明白在林铁军和那封信之间,到底发生了什么。他只是依稀觉得这是一个女人的控诉,而这个女人不仅目睹了林铁军的种种劣迹,还被林铁军残忍地奸污过。这份指控显然不是来自众所周知的郁霏霏,莫非林铁军还有别的女人?想到这些廖也夫如获至宝,只要是能把林铁军拉下马的信息他都不会错过。于是他不假思索就把这封信的复印件转给了上级机关,他觉得这样做就等于是匿名举报了林铁军。

然而鬼使神差,廖也夫转走的那封信竟然原封不动地回到林铁军手上。廖也夫听说后略作思考,就急匆匆将那封信的原件交给了林铁军。那一刻甚至他自己都不知为什么要这样做，是为了讨好林铁军，还是为了要挟他？

廖也夫走进林铁军办公室，故意做出很谦卑的样子。他先是站在门口，欲言又止，意思可能是他想说的那些内容难以启齿。他低头走向林铁军，将举报信谦恭地递过去。然后默不做声地退后几步，以余光窥视林铁军看信时的表情。

林铁军不动声色地看着老廖。他当然知道老廖的葫芦里卖的什么药。对老廖这种近乎小儿科的举动，他不仅不生气，不紧张，反而愈加胸有成竹。他镇定地拉开抽屉，从容不迫地拿出了同样的信。

您坐吧。林铁军居高临下，看着猥琐的廖也夫。那么，您觉得信上的内容有意思吗？

这……

林铁军以攻为守的姿态让廖也夫突然之间无所适从。他变得愈加怯懦猥琐，无言以对。然而尽管如此，他心里想的依旧是，你小子这么虚张声势有用吗？只是话到嘴边，却变成了，那怎么可能有意思呢？您林社长堂堂正正，光明磊落，这举报信显然是无中生有的造谣中伤。

那么，您和我收到的这封信就毫无意义了吧？林铁军说过之后，随手将那两封信一道投进了碎纸机。纯粹是无稽之谈，您不这样看吧？我知道您已经复印了信上的内容，不过，您真的以为我会那么无耻吗？无论行贿受贿，还是横行霸道，您觉得我做得出那种丧尽天良的事情吗？强奸？您觉得我的生活中缺少女人吗？对于我这种位子上的人，即或有婚外情，在某种意义上，也是两相情愿。您大概也经历过这种阅尽春色的感觉吧，您当副总编的那会儿，不也很惬意吗？当然说这些一点儿意思都没有，您说呢？

我……廖也夫始终站在房门口，紧张地看着对面的林铁军。他突然说，其实社里的女同胞都很欣赏您，这是毋庸置疑的。只是那些居心叵测的女人……

您到底想要说什么？

我是说，那些贱人。她们除了巴结、邀宠，还会什么？老廖的脸颊仿佛充血。

您用不着这么义愤填膺。您所谓的贱人是谁呢？她们又怎么妨害您了？

廖也夫自知说漏了嘴，一时不知如何作答。

这么说吧，林铁军的语气强硬起来，您能告诉我制造并传播这些谣言的是谁吗？他为什么要写这种惑众的信？他企图达到的目的又是什么？您大概有所不知，不单单我们收到了这些检举信，甚至出版集团也收到了，足见此人之歹毒。您知道集团老总是怎么告诫我的吗？首先要查出究竟什么人想要整垮你，再弄清他为什么要与你为敌，而后，方能置之死地而后生。我觉得这种唯恐天下不乱的人，总不会是您这种斯文书生吧？

我怎么可能？老廖几乎退到门上，不然我就不会把举报信交给您了……

玩笑罢了。

接下来林铁军直言不讳，他认为郁霏霏最有嫌疑，当然也不排除有其他幕后推手。尤其霏霏在气头上,很容易和别有用心者沆瀣一气。哪怕我给了她发行科长,但离开社长办公室的落差还是让她很恼怒。我知道你们近来过从甚密。当然你们有着共同的志趣。只是检举信中那些花里胡哨的文字,您觉得,是霏霏那种人写得出来的吗?

廖也夫弄不清林铁军意在何为。只是紧张而胆怯地看着他。一脸的无辜与不幸,就仿佛林铁军在严刑拷打他。

看着老廖下作的表情,林铁军突然一股无名火起。你们到底想干什么?就算信不是您写的,却是您亲手送上去的。您以为我不知道是您干的?您不会不知道"要想人不知,除非己莫为"吧?但是,您干吗又把这封信交给我呢?是为了表示您凌驾于我之上?还是为了里外都留一手,保全您自己?

好吧,老廖突然挺直腰板,把信交上去是出于组织原则。

组织原则?那么把信交给我又是为什么?

你还没忘吧,老廖蓦地凛然正气,不不,你还是忘了,想想,就在你罢免了我所有职务的同时,你却加冕我为社里的纪检委书记。尽管在你看来这只是无足轻重的闲差,但在其位,当然就要谋其政,向上级机关履行我的职责……

想不到老廖还有这一招。林铁军显然被激怒了,我能任命您,就能废黜您。从此刻起,您就再不是什么纪检委书记了。

廖也夫怔怔地望着林铁军。在他的目光中可以清晰地看到,怒火是怎样一簇一簇地从心底燃烧起来,越烧越旺,甚至从眼眶里喷发出来。他当然再没有说什么,反抗,抑或告饶,不，都没有。他只是紧握着自己攥成拳头的手，一任太阳穴上的血管怦怦地跳。那一刻以老廖的绝望与愤怒，很可能不是因激愤而突发脑溢血，就是在和林铁军的肉搏中慷慨赴死。

然而，老廖竟什么也没做，只是咽了口唾沫，转身离去。

不过林铁军的威吓并没有泯灭老廖的斗志。在老廖坚持不懈的努力下，上级机关的调查组终于再度进驻四季出版社。当然上面也曾向林铁军知会，毕竟他还没有被免职。总之，老廖的破釜沉舟是林铁军逼出来的，这也是上边对林铁军不满意的地方。

老廖舍得一身剐的劲头，着实让林铁军惊出了好几身冷汗。调查最终以“查无实据”收摊，这也是双方妥协的结果。林铁军保住了他的乌纱帽，老廖则仍旧稳坐纪检委书记的位子。

其实此前集团也曾向老廖建议过，让他出任科技出版社副社长兼总编辑。但老廖“轴”起来谁的话也不听，竟莫名其妙地拒绝了升官发财的利诱，发誓就是死也要死在“四季”。老廖并且信誓旦旦，说他到底要看看林铁军究竟如何下场。

从此廖也夫像一枚炸弹，不离不弃地陪伴在林铁军身边。稍有风吹草动，就会有人将其引爆。而上面所以不再调离老廖，在某种意义上，也是对林铁军的不信任。想到这些林铁军不禁恼火，那他还用得着为出版社如此卖命吗？

有时候做爱之于他们就像犯罪

那时候万末还活着，但已被确诊为宫颈癌晚期。于是沈远借林铁军之名，将万末一行请来家中聚餐。

赴宴者中有廖也夫。那时候廖和林的关系还很默契，身为副总编辑的老廖很看好年轻有为的林铁军。老廖的属下皆为女宾，她们都是他精心挑选的。万末是他同窗之好，未央是他亲自调来的，刘和平在老社长授意下经他之手从新华书店挖过来，而年轻的霏霏供职于他麾下的辞书编辑室。所以沈远在家中看到的，据老廖洋洋自得地说，全都是出版社出类拔萃的女人。

这些人沈远过去从不曾见过。这归咎于她和林铁军在各自工作中始终保持的距离。这或者也是沈远这种独立女人特有的观念所致，于是他们的家庭也就慢慢形成了互不相扰的状态。如果不是林铁军几次在家中提到万末的癌症，也不会引发沈远在家中接待万末一行的念头。事实上沈远并不想认识林铁军的同事，她只是忘不了林铁军每每说起万末时那撕心裂肺的样子。所以她虽然不愿涉及林铁军的任何关系，但他对万末的那份心意，还是让她颇为触动。当然他们完全可以在酒店用餐，但无论怎样美味珍馐，终究不如在家庭气氛中度过美好而亲近的夜晚。那段时间刚好是出版社领导层新老交替的关键时刻，沈远自然明白和同事的交好，无疑有助于林铁军实现他梦寐以求的愿望。

事实上，沈远从来不屑于这种看上去就有所企图的交往，也不想把那么多时间和精力浪费在毫无意义的礼尚往来中。她一向我行我素，没有功利之心，终日沉浸在那种单纯宁静甚而寂寞的人文氛围中。她希望她的社会关系简单又简单，生活中只有她的学问，她的学生，她的林铁军和她的父母。然而自从一意孤行地嫁给林铁军，她和父母的联络就越来越少了。她知道父亲从骨子里就看不起林铁军，为此沈远很少回父母家，即或回家也几乎不和父亲说话，自然也就不能从父亲那里获得父爱了。她知道这是自己人生中最痛断肝肠的失落，但同时也是她作为一个独立的人的某种尊严。

伴随着她和林铁军的爱情，进而婚姻，她还失去了生命中最好的朋友康铮。她不记得康铮是怎么慢慢淡出她的视野的，总之，她突然发现自己再也看不到他了，甚至不再有他的任何消息。如此姐弟疏离也应该算在林铁军名下，可见他对沈远有着怎样的伤害。她记得康铮像父亲一样对林铁军印象恶劣，他说这个男人像匪徒一样抢走了沈家所有的珍宝。他认为林铁军就是那种不折不扣的势利小人，他先是利用沈依然为自己铺路搭桥，继而又将沈依然最钟爱的女儿窃为己有。他就是那种为达目的不择手段的人。他的出现让沈家仿佛被清洗了一般,这和纳粹的“水晶之夜”有什么不同。

大概就是这些比喻让沈远和康铮不再来往。当她最终做出和林铁军结婚的决定后,康铮潸然去国。尽管他那时在国内已被公认为最优秀的长笛演奏家,也曾录制很多唱片,但他就是一个转身,从此再不关心沈家的任何纠纷了,这或者也是沈远心中隐隐的痛。

几年后,康铮回国,带回更为显赫的桂冠。在美期间,他曾稳坐旧金山交响乐团首席长笛手的位子,也曾有多家音乐机构为他举办长笛演奏会。然而伴随着新人辈出,竞争残酷,他开始每况愈下,匆匆陨落。在美国杰出的交响乐团中,他的状态已岌岌可危,不知什么时候就会走人,亦不知还有别的什么乐团愿意聘用他。于是他开始研究国内的行情,最后的结论是,自己唯一的出路就是回到祖国。然后他开始在美国和中国间往来奔走,在中国卖美国的名气,在美国说中国的地位,如此,他的影响竟再度扶摇直上。

他回国后的第一个举动,就是高调举办了自己的长笛音乐会,让国内音乐界再度记起了他。伴随着演出越来越多,他待在国内的时间也越来越长,后来就干脆买了房子,不再四海为家。

伴随着光阴荏苒,往事如烟,康铮和沈远慢慢恢复了联系。毕竟,就算是他们没有了往日激情,至少那剪不断、理还乱的情分还在。何况,那么多音讯了无的荒芜岁月都过来了,康铮还怎么可能再去计较沈远和林铁军那掠夺性的婚姻呢?

是的,这就是沈远现在的生活。在这次聚会之前,她的社会交往基本上是单纯的。当廖也夫率领一干女人跨进家门时,她的大脑中竟瞬间一片空白。那一刻,她的第一个反应就是头晕目眩,紧接着一种难以招架的感觉,让她满心恐惧。她甚至将林铁军拉到卫生间,小声对他说,怎么所有的面孔都是陌生的？林铁军轻轻抱住她,你用不着这么紧张,这很正常,因为你从不想认识他们。那么,沈远问,我该说什么,做什么?林铁军看了她一眼就离开了。推门时说,你不是也有那么多学生吗,你也怕他们吗?

是的,她是有从本科生到研究生的一众学生,她也能毫厘不差地叫出他们每个人的名字。然而她的社交能力就止于和学生之间的那些教学相长了,她甚至疏于和系里教职员工的交往。

当然她最终还是走出了卫生间,勇敢地融入到客厅里摇曳的那些身影中。她和林铁军的那些同事说着应酬的话,她知道那些话扭过头来就会立刻被忘掉。以至于晚餐结束,她都没能将一些人的模样和他们的名字对应起来。当然廖也夫她是知道的,因为他是这些女人中唯一的男性。再就是万末让她印象深刻,她的样子,将永远镌刻在沈远的记忆中。

她记得万末寂寞而虚弱地靠在沙发上。是林铁军在她身后塞满了靠垫。他总是不停地走到她身边,在她耳边轻声问,想要什么?还好吧?而那个女人总是微笑着摇摇头,然后有气无力地说,你们不用管我。

她尽管苍白无力,却始终挣扎着,于是你才能在她的脸上看到绝望般的美丽和忧伤。她不仅苍白，并且透明，在她薄薄的皮肤下，仿佛能清晰地看到那轻轻跳动的血管中，怎样慢慢地流淌着那蓝色的血液。是的，这形销骨立的景象是沈远从未见过的，甚至她衰老的父母手臂上的那些青筋，都不及万末的蓝血白骨让人那么触目惊心。

那晚用餐时尽管大家谈笑风生，但那片忧郁的云团却始终在空气中往复盘旋。席间林铁军一直坐在万末身边，小心翼翼地照料着她的饮食。时而，他会在万末耳边说些什么，于是那女人发出会心的笑意。她对他亲近的样子既像母亲，又像是被他万千宠爱的情人。

这种似是而非的亲密关系，让沈远不禁生出些许焦虑。她知道这种亦母亲、亦情人的关系是可以自由转换的，只是她来不及想得更多，晚宴就结束了。她看着林铁军搀扶起万末离开餐厅。也许是因为万末的步履太艰辛了，林铁军不得不将她抱了起来。于是那病女人将枯枝一般的手臂缠绕在林铁军的脖子上。她缠着他的那种感觉让沈远不由得想到“枯藤老树昏鸦”。她于是转身不忍目睹这人生的悲凉，眼眶里竟至涌出几滴酸涩的眼泪。她不知林铁军是怎样将万末安放在沙发上的，他那种轻拿轻放，就像是对待一件易碎的玻璃器皿，抑或价值连城的艺术品。

沈远将自己关在厨房里。她觉得怎么也弄不清这些人相互之间的复杂关系。她有点愣怔地看着窗外。任水龙头在餐具上浇出“哗哗”的响声。直到林铁军推开厨房的门，问她，家里还有法国红酒吗？

不是喝过了吗?

但万末没喝。

她怎么能喝酒呢?她不要命了?

这时候大家已在客厅落座。但林铁军还是给万末斟了一杯红酒。那琼浆玉液闪烁着血一样的光泽,被林铁军高高举过头顶。他说万末是否能喝这杯酒,要大家决定。一些人开始劝说万末,尤其老廖不遗余力,甚至想夺过林铁军的酒杯。但万末说我知道我已奄奄待毙,但残生就不是人生了吗?你们这样对待我,万末惨淡地笑了笑,你们这样对待我,是对生命的歧视。

然后林铁军把酒杯交给万末。万末接过酒杯后立刻满面生辉。

好吧,尽情享受你璀璨的残生吧。老廖惆怅地转过身去。

林铁军再度坐到万末身边。甚至某种依偎的感觉。只是那时候沈远并不知道,万末曾生下过一个自己不曾看过一眼的儿子,而那个男孩又刚好和林铁军同年出生。

沈远坐在老廖身边,因除了老廖她几乎谁都不认识。尽管她从来没有见到过老廖,但知道当初做中学教员的老廖,也是父亲推荐给老社长的,所以也算是熟人。她端着茶杯和老廖搭讪,得知和他们坐在一起的年轻女人叫未央。沈远因为她的名字而记住了她,不过她知道这一定不是她的原名。但尽管她记住了未央这好听的名字,却没能记住那张平凡的脸。这至少说明未央的长相太过普通,不像万末那样能让人过目不忘。

是的，未央就安静地坐在老廖身边，默默无语。她那时看上去满身青涩。不是稚气未脱，而是未脱郊区的乡土气。尤其在优雅而高傲的沈远面前，就更是显得自惭形秽。当沈远问起她什么时，她总是谦卑地低头作答，从不敢直视沈远睿智的目光。

沈远当即就觉得这个女孩讳莫如深。看到她，就像是第一次见到林铁军的感觉。她记得初次看到林铁军，就立刻觉得这个咄咄逼人的年轻人，不是巴尔扎克小说中诱惑巴黎名媛的拉斯蒂涅，就是司汤达《红与黑》中靠女人不断往上爬的于连·索雷尔。林铁军确实像他们一样既英俊又有才华，也像他们那样来自贫苦的底层社会。他们需要更加倍地努力才能获得高人一等的生存，于是这类人总是有着极强的征服欲。当他们徘徊于都市的街道间，自然会难以抑制地失落和焦虑。他们是那种既向往城市、又被城市排斥的卑微者。

是的，沈远最初对林铁军得出的就是这样的结论，所以才很长时间一直鄙视这个不乏天才又急功近利的男人。她不知自己怎么会被这种男人征服，以至于不惜为了他而断绝和父母的关系。

那一刻，沈远对这个近乎于畏缩的乡下女孩，确实得出了她初遇林铁军时同样的印象。她觉得在未央和林铁军身上，一定存有着某种极为相似的内在联系。或者因为他们同样来自偏远的乡镇，或者，他们骨子里都有一种对城市生活的向往和憎恶，进而破坏的欲望。

不久后，沈远收到老廖寄来的未央诗集。诗集的名字竟然是《艺伎》。这是在美国生活多年的沈远都很难接受的书名。如此触目惊心,一看便知是为了哗众取宠。但翻开书页才知道并非空穴来风,《艺伎》确乎名副其实。诗文大多与艺和伎相关,既有对艺术的讴歌,对情爱的沉吟,但更多的还是对性交赤裸裸的描写。

沈远因此而记住了《艺伎》,却依旧没能记住未央的容貌。她觉得有些人的容貌,除非每天在一起的人才不会认错。一面之交就是一面之交。再说沈远也用不着非要记住林铁军的同事,除非万末那种让人镂骨铭心的女人。

不过沈远记住了客厅尽头的那个女孩,也能叫出她的名字郁霏霏。不单单是因为她漂亮,在沈远看来,更能吸引她的其实是她舞蹈演员的形体。所以沈远一直觉得,有时候妖娆的形体要比漂亮的脸蛋更具诱惑力。毕竟脸庞在人的身体中只占很小的部分,而身体却能招摇出女人所有的风情。想一个婀娜多姿的身体袅袅婷婷地向你走来。她扭动的屁股,摇摆的腰肢,如杨柳依依,微风拂面,如此,你怎么可能忘记霏霏的名字和霏霏的体态呢?当然,这种女孩很可能没有什么内涵,但你能指望一只花瓶深不可测吗?她只要花前月下、闭月羞花地坐在那里,就足以让人心荡神迷了。她记得霏霏一直在和发行科的那个女人低声说笑,直到曲终人散,她才站起来,默默跟在老廖身后。

那晚告别时,女宾们齐刷刷地站在老廖身后,听他向女主人表达诚挚的谢意。老廖洋洋洒洒地赞美了女主人的优雅,歌颂了丰盛的晚宴,尤其让万末拥有了这个美丽的夜晚。

他对沈远以及女宾们说着的时候，就仿佛银幕上风流倜傥的男主角。

然后他们一路喧哗着消失在夜色中，唯有林铁军开车将万末送回病房。留下来沈远在莫名的感觉中收拾杯盘狼藉，甚至连自己都难以理喻，她怎么能对林铁军的同事如此耐心。而她所以要这样做，难道仅仅是为了林铁军的前程吗？

待一切收拾停当，已是午夜。林铁军却一直没有回来，沈远也不曾给他打电话。她觉得，他不回来，必然有不回来的道理。于是她回到自己的书房，准备转天的课程。翻过几页讲义，却不知那些文字在述说什么。她这才意识到自己有些心猿意马了，不知道是因为那些女人，还是林铁军的迟迟不归。

于是她开始莫名其妙地检索那些女人，想知道她们中谁最可能成为林铁军的情人。当然这是种很不光明的猜想，但又有哪个女人不去猜想男人的外遇呢。是的，这是每个女人心中都会有的隐忧，哪怕沈远这种达观的女人，只是，她不会把这种不光彩的想法轻易暴露出来罢了。

当然，最不可能和林铁军牵上瓜葛的，就是发行科那个女人了。尽管老廖和林铁军都不遗余力地赞美她，如何老实能干，吃苦耐劳，但他们也就是说说罢了，谁会对这样的女人有想法呢。

但那个有着魔鬼般身材的郁霏霏就不同了。她虽胸无点墨，却能让男人魂不守舍。所以在沈远看来，这种女孩的外表，有时候就是她们的价值。尤其对男人来说，身体的交媾和是否深刻几乎毫无关系。就如同，大学里一些教授所以毅然离婚,不都是为了那些更年轻漂亮的女孩吗?

然而未央就不同了。自沈远第一眼看到她,就觉出她和林铁军是同类。尽管林铁军无数次说起,未央是廖也夫的铁杆心腹。否则老廖怎么会把一个乡下文化馆的女孩调进出版社,又怎么会不惜破坏社里的规矩强行为她出版诗集。社里对他们的传言从来就没有停止过,老廖至今每天都在未央的办公室吃午饭,似已约定俗成。未央这种滴水之恩,涌泉相报,已被传为美谈。所以他林铁军怎么可能是未央的同类呢?更不可能染指老廖的女人。何况这女人除了会写诗,既不漂亮也没有女人味,他怎么可能堕落到在这种女人身上发泄欲望呢?

尽管林铁军信誓旦旦,但沈远不再会相信他。是的,他们怎么可能不惺惺相惜?只是还没有觉悟罢了。他们同样来自苦难深重的底层,又同样不择手段地挤进了朝思暮想的出版社。为了这一天,在未央那里,是不惜以身体写作当作敲门砖;而林铁军,则不但以乡间知识分子的才华作为晋身的资本,还要以妻子书香门第的背景,作为继续向上攀爬的阶梯。他们有着类似的奋斗经历。在往上爬的路途上,同样充满了艰辛险阻和急功近利。如此一路拼搏下来,他们怎么可能不将对方视为知己?只是还不曾出现那个契机罢了。所以,尽管他们此时此刻分道扬镳,但不会永远失之交臂的。

直到有一天他们终于交汇,便会立刻水乳交融,情深意长。那时候林铁军就会提出离婚,沈远对此深信不疑。她当然不会因此而自怨自艾,她觉得任何变故都有其深刻的原因。

她这样想着就仿佛自己是个局外人。她不是不爱林铁军，而是，她知道她和林铁军从来就不是一路人。

进而她又将未央和霏霏做比较。她觉得对她危害最大的，依然是未央。林铁军可以一时冲动，和那个漂亮女孩逢场作戏。但一旦他真的拥有了未央，就不会像甩掉霏霏那般轻易了。她知道在未央故意谦卑的身段中，蕴含着可以毁灭一切的力量。

沈远这样想着不禁有些悲凉，在这寂静午夜，她也不知道自己怎么会想到这些。

夜深人静，沈远依旧等待着，仿佛就是为了让自己焦虑不安。是的，她看到林铁军怎样抱起万末，又怎样小心翼翼地让她平躺在汽车的后座上。看得出他做着这些的时候满心凄怆，一种此情只待成追忆的痛心疾首。她看着他照顾那女人时的殷勤不禁感动。她知道那确实是一幅很动人的景象。尽管这不久于人世的女人已形容枯槁，但当年的美丽和优雅依旧固执地悬在她脸上。

自从她听说万末得了癌症，能感觉到林铁军没有一天不是悲伤的。只是她那时还不曾见过那女人，见过后，她才知道林铁军为什么要痛断肝肠。

这样想着，窗外传来汽车声。她等着，却迟迟不见林铁军进来。她打开门，看见他依旧坐在汽车里。她站在门廊灰暗的灯光下，静静地望了他很久。

林铁军终于走进来。他抱住沈远哽咽着哭。他说我不该把她接出来，不该让她说那么多话，更不该纵容她喝酒。她在家里是那么高兴，一路上都在说你的晚宴多美好。可她一回到病房就不行了，直到情况好转我才回来。

沈远没见过林铁军如此伤心。她觉得她的肩背已被他的泪水洇湿了。然而却不知该怎样安慰他，亦不知这泪水是因为同事的不久于人世，还是他和万末之间难舍难弃的感情。直到林铁军平静下来，沈远才牵着他的手走进卧室。

然后他们回到温馨的午夜。在黑暗中无声地满足对方。沈远莫名地主动而热烈。后来她分析自己的激情，很可能是因为那一刻，她脑子里闪过的全都是晚宴中的女人。她想象着那些女人怎样取悦林铁军，而林铁军又会怎样风卷残云。

当然，霏霏那样的漂亮女孩，首先会裸露她青春的胴体，让周身的每一寸肌肤都是无敌的。然后伸展出舞姿般的绚烂，让收放自如的四肢缠绕他的欲望，让他在柔软和迷醉中迷失方向。

未央则不会轻易就范。所谓的尊严会让她扭扭捏捏。所以她必然要采取欲擒故纵的方式。她不会主动裸露自己凋零的身体。她只能凭靠那些迷惘而感伤的呓语，来麻醉林铁军正在丢失的灵魂。让他在似是而非的诱惑中，像乞灵宗教般臣服于她的指引。

是的，一定是一个特别的时刻。在黑暗里，甚至，恐惧中。她让他好像无意中碰触到她丰满的乳房。那荒芜已久的，欲望的疯狂。或者她早就策划好这一刻了，坚信奇迹总会发生。而这个周身上下充满欲望的身体，很可能会因为长期被忽略而烈火熊熊。

当万末终于被抢救过来，林铁军紧紧抓住了她的手。他将那瘦弱而枯槁的手指贴在嘴边，他显然已不堪回首曾畅游法兰克福的那些迷人往事了。他只记得，在路边的酒馆，万末怎样说起了她曾经有过儿子，却又永远地失去了他。她这样说着，很平静，没有眼泪和悲伤，就仿佛，在掀过去的人生的一页，无论爱与恨。

他于是安慰她，尽管他知道是多余的，但她却认真地倾听。然后她伸出冰凉的手，用指尖轻拂他的面颊。显然那是某种善意，却激发了一个年轻男人的魂不守舍。而那一刻，他们刚好醉意朦胧，于是本能变成了兽性。之前他们都不曾期许，却忽然之间，就到来了。酒精伴着悲怆的往事，还有晚风中微微的凉意。他们下意识地彼此亲近，拥抱时就像母子。但他们决意对年龄忽略不计，只要能给予对方爱的温暖。

这一切绝不是有所预谋，然而却一蹴而就地发生了。一种超越伦理的力量，那一刻他们唯有放纵。于是他们倾力去做，做得美好而热烈。尽管之后不约而同地想到，古希腊神话中那些乱伦的情节。但他们丝毫不怀耻辱和羞愧，以为那一刻依旧是壮丽的，因为那是生命的需要。

那么，那么沈远还剩下什么？是的，唯有她能让林铁军天经地义且周而复始地睡在她身边，也唯有她能够没有罪恶感地和他做爱。但他们的相互亲近却越来越少，甚至表现出某种保守。这和她大胆论述性爱的那些学术著作简直不能同日而语，于是她突然觉出自己想要的欲望，事实上已经伴随着她尖刻而放肆的文字流出她的身体了。

于是她的身体不再欲望，甚至变得没有了性别。她可以和林铁军一丝不挂地缠在一起，而不会生出任何想要对方的愿望。进而沈远慢慢觉出，在她和林铁军身体中，正在滋生出一种手足般的依恋。她觉得一定是林铁军也有了同样的感觉，他们才可能如此不约而同地放缓了做爱的频率，乃至于无。

伴随着身体的洁净，心灵的升华，沈远竟开始将做爱视为大逆不道。而一旦萌生了这种罪恶感，在他们少之又少的亲热中，又背负了更为复杂的道德因素。以至于做爱时沈远所感受到的，不再是欢愉，而是某种负罪感，某种不仁不义，出卖灵魂，某种，精神被劫掠的悲怆，甚至，某种对践踏尊严的悔恨。

于是，林铁军只好日复一日地，将做爱的对象伸展到沈远以外的地方。他知道只有在那些女人身上，才能找到那种愉悦而忘我的感觉。

那一刻他们都想俘获对方

林铁军越来越频繁地光顾未央工作室。作为出版社体制改革中最前沿的试点，社长当然要亲自督阵。这虽是一个领导者天经地义的责任，但在外人看来却是在扶持廖也夫的党羽，如此不计前嫌，一视同仁，让他不经意间显示出宽宏大度的气魄。

但让他觉得不舒服的是，在未央的工作室总能碰到廖也夫。无疑老廖是林铁军在社里最不愿见到的人，但他又不能把这个不识时务的家伙赶出去，更不想在老廖面前泄露他和未央的恋情。他深知老廖和未央的关系扑朔迷离，传言不断，但他宁可相信未央是清白的。他们所以能将忘年之交持续那么久，在某种意义上也就证明了二人只是君子之交。

老廖对林铁军的企图早已心明眼亮。他就像狡猾的老狐狸始终窥测着林铁军的动向。自从老社长退休，林铁军上任，廖也夫就被边缘化，不仅不能如愿以偿地捞到社长或总编一职，甚至连一个所谓的编委都只是徒有虚名。自林铁军上任后就再没有开过社委会，社里所有的方针大计只体现他一个人的意志。他想放任自流就放任自流，他想体制改革就体制改革，他想提拔谁就提拔谁，他想干掉谁就干掉谁，总之从容潇洒，如入无人之境。

事实上林铁军上任之初，老廖也想过要追随他，寄望于新上司能给他一官半职。为此他不计成本地将霏霏献给林铁军，而这个漂亮女孩也确实不辱使命，没有几天就成了林铁军须臾不可离开的红颜知己。关于霏霏，老廖最初的设想是，让她成为埋藏在林铁军身边的一个卧底，一个能对廖也夫未来起到至关重要作用的棋子。然而让老廖没有料到的是，没有几天，这个花枝招展的贱女人就假戏真做，卧底卧到了林铁军怀中，进而彻底粉碎了老廖的升迁梦。

伴随着林铁军的"一言堂"，自然不再把任何其他领导放在眼里，更不要说老廖这种无足轻重的角色了。他变得越来越自负，越来越跋扈，以至于社里人人自危，更不要说自由表述个人的意见了。于是人们想方设法地避开他，即或迎面碰上也只是送上笑脸而三缄其口。慢慢地出版社变得就像一座集中营，而林铁军就是那个不可一世的希特勒。很快，林铁军就蜕变成一个刚愎自用的官僚，泯灭了所谓知识分子的所有良知。这种由一个人统治的单位就像一块铁板，压得大家都透不过气来。于是人们私下里议论，一致认为这是"四季"有史以来最恐怖的时期。

于是当霏霏突然调离社长办公室，自然引出一阵大哗。人们首先猜测林社长和郁霏霏之间一定发生了什么，进而对他们的内讧和厮杀幸灾乐祸。随之郁霏霏成为众矢之的，那种天上地下的感觉可想而知。然后是兵败如山倒，破鼓乱人捶。紧接着又传出郁霏霏扬言举报林铁军的消息，一时间出版社沸沸扬扬。而这恰好是一些人“乐观其成”的景象，尤其是一直心怀不满的廖也夫。

接下来人们开始关注郁霏霏的行踪，看这个昔日“宠妃”怎样挑战林铁军。她真的和他上过床吗？抑或，她真的握有置林铁军于死地的证据吗？人们在静观其变的同时又充满期待，他们相信，郁霏霏是拿得出莱温斯基那条沾满了克林顿精液的裙子的。同样，只要郁霏霏有勇气，有作为，她就一定能把这个恶贯满盈的暴君拉下马。

人们都以为好戏就要开场了，于是寄望于枕戈待旦的郁霏霏。他们希望这场好戏演得越酣畅淋漓、越惊心动魄，进而，越致命越好。为此他们不惜早来晚走，生怕错过那个兵戎相见的时刻。甚而有好事者开始不怀好意地安慰霏霏，怂恿这个被抛弃的女孩揭发林铁军。只是霏霏尽管年少轻狂，却并非无知，她当然知道那些假惺惺的慰藉是为了什么。于是她愈加不温不火，少言寡语，特别生气的时候才会说，那你们干什么去了？以为靠我就能改变你们的命运吗？

尤其林铁军在法兰克福期间，人们愈加对霏霏狂轰滥炸。大致的意思是，你怎么能咽得下这口气呢？你为他鞍前马后，做牛做马，甚至不惜耽误自己的终身，到头来他一脚就把你踹到了发行科？典型的贬官发配，你又不是什么苏东坡、柳宗元，明月几时有，干吗要无端地惹来这身臊，值得吗？你若当断不断，说不定还会引火烧身呢！所以下手要及早啊，不然一旦林社长回来……

总之，林铁军远赴法兰克福期间，郁霏霏被那些幸灾乐祸者忽悠得几乎要爆炸。她当然知道那些人别有用心，也确实对林铁军的不仁不义怒火中烧。但她却始终我行我素，按兵不动，而是把电话打给了林铁军的妻子，这是任何人都不知道的。

当然，她们最终怎样达成的和解也人所不知，甚至远在法兰克福、终日忧心忡忡的林铁军都被蒙在鼓里。他只是比预期时间提前从德国回来，尽管依旧一副不可一世的样子，却还是在全社大会上宣布了郁霏霏升任发行科长的任命。如此怀柔之举，让所有甚嚣尘上的舆论一下子调转了方向。

无所遵循的人们愈加飞短流长，那嗡嗡嘤嘤的萦绕，就仿佛那首著名钢琴曲《野蜂狂舞》。但人们最终还是从蛛丝马迹中得出了结论，那就是，无论霏霏逼宫还是妥协，她的升迁，都坐实了她是握有林铁军把柄的。而以林铁军一向说一不二的铁腕性格，怎么可能心甘情愿地败给一个被他唾弃的女人呢？

林铁军不知沈远已为他摆平了这段恩怨。为此她不惜搬出老情人作为交换。如此优厚的条件，但凡有起码判断力的女人都不会拒绝，何况霏霏一看到康铮，就不可救药地喜欢上了这个优雅而深沉的长笛手。于是霏霏不再纠缠林铁军，毕竟她是那种拿得起、放得下的人。

如果沈远能及时将她的亡羊补牢告知林铁军，他或者就不必在众目睽睽下屈辱地宣布对郁霏霏的任命了。他当然知道此举无疑大大折损了他的威望,但为了自保,似乎也只能出此下策了。他知道小不忍则乱大谋,大丈夫能伸能屈,所以做出这样的选择。哪怕仅仅是为了避免多年的奋斗前功尽弃,也必须要忍下这“胯下之辱”。

只是他们夫妻所做的双重努力,却被无形中相互抵消了。在林铁军生死存亡的关头她不遗余力,可谓倾其所有。而她的只做不说,又让霏霏钻了空子。她在痛苦中所付出的这些,显然已满足甚至超出了霏霏的预期。林铁军干吗还要让那个已经偃旗息鼓并置身于爱情中的霏霏,去当什么发行科长呢?只是,在前往法兰克福的飞机上就开始不安的林铁军怎么可能知道,这颗他原以为必定会引爆的炸弹早已经被沈远清除。

郁霏霏想到了林铁军会提前回国,却想不到他会如此慷慨地让她晋升。她以为她和林铁军的恩怨已经摆平,却不知沈远并没有将她所做的补救告知林铁军,让人难以理解。大凡夫妻间出现如此事端女方都会歇斯底里,但沈远却选择了默默承受。她容忍并怂恿他在家中的至高无上,让他觉得任何事情在他们之间,都只是流水浮云。

总之,郁霏霏的晋升让出版社再度哗然,就连霏霏本人得知这个可笑的决定后都不禁哑然失笑。他脑子进水了吧?就为了证明此地无银三百两?她郁霏霏要什么发行科长呀?有了康铮,她已别无他求。对霏霏来说,她已经拥有了这个世界上最美好也最宝贵的东西。见面伊始就心心相印,她和康铮是那种真正意义上的一见钟情。原来爱情也可以是这样美好的，霏霏第一次觉出自己的幸运。由此她甚至感谢林铁军，如若没有他毅然决然地将她抛弃，她又怎么可能享受到人间的这番美景呢？

是的，她还要什么呢？

尽管霏霏眼下还在发行科，但她的魂魄，早就融进了康铮的长笛。所以，对林铁军，她只剩下了鄙夷，甚至怜悯。总之，无论是将她从办公室主任的位置上一脚踢开，还是落井下石地将她贬谪到发行科，抑或如此愚蠢地让她掌管社里的发行大权，对郁霏霏来说都无所谓了，她甚至都懒得怨恨他。

然而霏霏知道对她的提拔，于林铁军来说意义非凡。他所以如此，就是想证明他的勇气。而所谓的勇气又是什么呢，无非让大家窥见了他的恐惧。或者把他想象得更高尚一些，他的举动无疑证明了他是敢于否定自己的。他想告诉大家其实他并没有那么冷酷，他也是会忏悔，会改过的，所以不要对他失去希望。只是他反反复复的举动已不再能打动人心，甚至让人觉得可笑抑或可怜。

于是霏霏自然而然地联想到“神马都是浮云”、“哥只是个传说”这类真知灼见的网络用语。她觉得如此高妙的比喻简直就是至理名言，尤其用在她身上。总之，她不爱林铁军了，也不想再和他有任何瓜葛。不知道从什么时候起，霏霏有了一重很高的境界，她觉得自己有了长笛手后，就像凤凰涅槃，浴火重生了。

所以无论林铁军对她做什么，对郁霏霏来说都不再有意义。他不过是循着自己的思路,并且,他们很快就淡出了各自的视野,不再回头。既然有了林铁军的一纸诏书,郁霏霏自然在发行科独断专行。其实她和一门心思努力工作的刘和平没有什么恩怨,之所以将发行科搅得鸡犬不宁,不过是为了让林铁军晓得利害罢了。

林铁军表现出不想在未央工作室见到老廖的神情。于是大凡林铁军出现,老廖都会识时务地转身离开。但这样的感觉还是让林铁军不舒服,又不能对未央明说。只是隐讳地问着未央,你报答他的还不够吗?未央投过来质疑的目光,他便不再纠缠这个话题。为此他不想再频繁出入未央的办公室了,但看不到这个女人又让他魂不守舍。

既然已经有了电梯中那个惊心动魄的夜晚。

是的,为了那个不期而至的夜晚,林铁军不知付出了多少代价。他要快刀斩乱麻地革除旧爱,进而罗列出霏霏的诸多不是。诸如飞扬跋扈、心狠手辣,霏霏的罪行中就差草菅人命了,这让林铁军自己都觉得过分。但至少霏霏的自行其是,严重损害了他的形象,进而社里的工作也受到牵连,这是林铁军必须检讨的。

尽管调离霏霏有无懈可击的理由,却依旧不能小觑霏霏手中的那些把柄。自然他们之间的肉体关系首当其冲,这在社里已然是尽人皆知的秘密。单单是生活作风腐败就足以让林铁军名誉扫地了,而更加致命的是,过去和霏霏形影不离的那些岁月,他确曾接受过书商或印刷厂的某些好处。尽管这都是霏霏一手操办的,但她如若反戈一击,也足以让他身败名裂。

然而更加令人触目惊心的是，霏霏经手制作的那些刚刚出版的书籍，还来不及摆到新华书店的架子上就全都散了。这些书明眼人一看便知是出自低劣的乡下作坊。无论纸张、印刷、装订质量等等都极为糟糕，每一本看上去都像残次品。

自从出版社退出原本正规的印刷厂，改投民营，社里图书制作的质量就每况愈下。尽管大家对此有目共睹，却没有一个人敢于站出来说话。直到林铁军自己都看不下去了，叫来霏霏兴师问罪。这时候霏霏才眼泪汪汪地说，如果不在那边印了，他们会起诉社里违约……

如此林铁军只能咬碎牙往肚子里咽，由出版社花钱为几家乡镇印刷厂购置新设备。他本心并不想让社里的钱流进那些乡下小老板的腰包，但却挡不住那些流走的钱，又源源不断地回流到他的小金库。当然这也是霏霏经手的，但每一笔资金的流动林铁军都签过字。尽管他要求霏霏将这些钱另立账目，但最终还是巧立名目，不露痕迹地流进了林铁军的腰包。但林铁军并不需要这笔钱，便又转入霏霏购房的账号。所以无论林铁军怎样辩解，他知道自己最终难逃其咎。

事实上林铁军从没有动过这笔钱。他和沈远始终经济独立，所以沈远对林铁军的权钱交易一无所知。她只是觉得自林铁军升迁后，生活变得奢侈了很多。就仿佛出版社的经费都姓林，他可以任意支配并挥霍这笔不菲的资产。沈远对此虽有所察觉，却从未正式提醒过他。她或者觉得大家都是成人，既然林铁军能如此驾轻就熟地获得大位，自然也就用不着告诫。于是她忽略了每个人都会有的那个误区，更忘却了林铁军来自最贫瘠的乡村。她觉得自己对林铁军有着起码的信任，相信这个人不至于利令智昏到被一个女秘书和乡下那些暴发户牵着鼻子走吧。

当绝望中的霏霏最终亮出撒手锏，林铁军才蓦地觉出后背发凉。他所以如此莽撞地将霏霏调离，因为他确乎已经开始厌倦她。尤其对霏霏的拉大旗做虎皮极为反感，更受不了她自以为是的夸张和炫耀，甚至难以忍受她娇嗔做作的语调。但这些都不是林铁军决意离开霏霏的真正理由，他知道倘没有电梯中那个惊魂的夜晚，可能依旧会将这种噩梦般的日子继续下去。

他记得电梯之夜的那个清晨，郁霏霏怎样惊魂不定地推开办公室的门。她见到林铁军后紧紧抱住他，泪眼婆娑地诉说她和沈远是怎样度过这个可怕长夜的。当然，林铁军像平时一样亲吻了霏霏，尽管他已经没有了先前的激情。他只是轻描淡写地描述了电梯间的长夜，他不曾透露哪怕一丝一毫内心的幸福感。

郁霏霏紧张而焦虑的神情让林铁军自惭形秽。那一刻他抱住霏霏也是真诚的。霏霏的担心让他差点就供出了同在黑暗中的未央。他开始认真讲述昨夜的经历，几乎所有的细枝末节，甚至那种境遇下的所思所想，当然也包括想到霏霏。

林铁军记得霏霏当即找到大楼的管理部门，指责他们为什么没有定期维护电梯。无疑这是他们的失职，尤其被关在里面的是“四季”的老板。紧接着林铁军被困电梯间的遭遇被广泛传扬。始作俑者当然是和林铁军最为亲近的郁霏霏。她逢人便说社长被关在电梯里整整一夜的经历如何惊险，弄得所有人见到林社长后都要嘘寒问暖。有的甚至带着礼品前来慰问。更少不了霏霏联系的那些郊县印刷厂的老板前来为林社长压惊。一时间林铁军的办公室摆满鲜花，就仿佛主人已不幸逝去。

下班后林铁军来到未央办公室。他知道未央总是很晚回家，所以选择了这个时刻。事实上一整天林铁军都想见到她，甚至几次走过她门前，但最终还是走进了别人的办公室。他一整天都在回忆电梯中的诸般情景，他每时每刻都在想念那热烈的肌肤之欢。无论黑暗中无声的结合，还是晨光中的柔肠百结。他觉得自己已身陷其中，再也离不开那个女人。

但当他推开未央办公室的门，她冷漠的表情就仿佛什么都不曾发生过。她非但没有再现昨夜激情，甚至连请他坐下的客气话都没说。她只是伏案于她的书稿。在台灯下一行行校对那细小的文字。她专注的姿态和曾经的温柔判若两人，以至于林铁军一时疑惑，昨夜的情景是否幻觉？

但林铁军还是坚定地走向未央，关掉她桌前的那盏台灯。房间立刻陷入黑暗，窗外是一片浓暗的暮色。林铁军说，不管你是不是会后悔，但我已不会忘记昨夜的星辰，昨夜风。然后他不顾一切地抱住未央，他说他觉得他们昨夜的体温犹在，他说他看到未央脖颈上被亲吻过的印痕也还在。他说他依旧能感觉到她乳房的颤动，他说他不能拥有了她，又失去她。他说，不，你不能这样冷漠无情。他说他好不容易才找到她，你不能丢下我。既然我们已经拥有了那个长夜，他说着，将未央更紧地搂在胸前。

但未央悄无声息地挣脱了他。哪怕衣衫被撕破，手臂被扭伤。她只是紧紧地抱住自己，抱住自己的信念。她说忘了吧，那不是真的，风过不留痕。不不，林铁军步步紧逼，用身体挤压着墙角的这个女人。那情景仿佛就在眼前，你怎么能，如此轻而易举地，就将曾经的真实一笔勾销，不，你不能这样……

那么，你要我怎样呢？说我和你曾关在同一个电梯？说我和你在黑暗中不停地做爱？说我们在清晨的阳光里仍不能停止？说我们海誓山盟，决心彼此拥有？不不，霏霏已经把你的历险当作奇迹到处宣扬了，除了见不得人的那个浪漫的部分。你不会把我也卷进去吧？我知道你听不惯别人的指责，因为萦绕在你耳边的全都是谦卑而又蝇营狗苟的奉承。你这样，怎么能让我接近你？所以，你走吧，就当什么都不曾发生。

林铁军将未央牢牢抵在墙角。在她耳边低声说，听着，我无意向你解释什么，我只是向她们陈述了我的经历。

她们？

我妻子，还有……

郁霏霏？

是的，郁霏霏。林铁军对此并不讳言。是的，她们找了我整整一夜。她们为我担心，为我焦虑，这是人之常情，如果你连这都……

所以，回到你的世界去吧，你放开我。

别这样，未央，林铁军几乎在恳求，别把我再推回到那个可怕的世界。那是你从未看到过的肮脏世界，那里充满了污泥浊水和邪恶的眼泪。我再也不想看那些奴颜婢膝的嘴脸了。记得昨晚我就曾说过，有了你，我才意识到自己已堕落到何等地步。尽管我读过书，有过博士学位，当上社长，但我依旧是贫穷的。想想终日被那些奸佞小人包围着的感觉，想想高处不胜寒的那种被挟持的孤独，如果连你都不再理我……

我所以为你工作，是出于本分，或者说得再明白点，在“四季”，我只是为了养家糊口。

未央，求你，听我说。就算是，你已经忘记我曾经说过什么，但我对你的每一句话甚至每一个指责都铭记于心。我知道我已迷失方向，被权力和金钱所诱惑。但在宦海中沉浮真的不是我想要的人生。刚刚过去的夜晚我记住了你的话。尽管那么尖刻无情，却让我在黑暗中看到自己丑恶的嘴脸。只有和你对话，我才有了种尊严的感觉。在你身上得到的，不单单是黑暗中的勇敢，还有生命的觉醒，你知道吗？

是的，我知道我已无可救药，然而当霏霏花枝招展地进来，她那拿腔拿调的姿态，鸡零狗碎的事务……是的，那一刻，一种生理上的反感让我怒不可遏。于是我对她大声吼叫，告诉她这里是出版社，不是KTV。我怎么会被这么一群人包围着，而不曾自拔？我或者享受这种前呼后拥、一言九鼎的感觉？难道我需要以这种方式来证明我的人生？然后我就遇见了你，就听到了你说的那些真话。我这才意识到已经很久不读书了，甚至社里出版的书都只是看一个梗概……

所以，未央，是你唤醒了我。别走，别离开我，别丢下我，别让我再一次迷失在黑暗中。林铁军这样恳求着。他说他说的每一句话都发自肺腑。他这样说着眼圈都红了。他几乎想要跪下来……

那么，未央想说些什么，却难以启齿。

说吧，无论什么。

我是说，那么，霏霏呢？

霏霏和我们有什么关系？

未央用手指轻拂林铁军的脸。她触到他脸上冰凉的泪水。她说，我本不该介入你们的关系。我真的不想和你们有任何牵扯，你懂我的意思吗？对不起。未央挣脱了林铁军，转身离开。

就是说，你已经决心放弃我了？我就那么让你讨厌？在茫茫海上，航船即将倾覆的那一刻，我刚刚抓住一根稻草，刚刚觉得自己还有希望，你就，那么无情地夺走了这一切，任凭海浪掀过来，任凭灭顶之灾……

未央背过脸去，不想让林铁军看到她流泪。她说我不是冷酷的人，只是，你不是我喜欢的那种人。你身上没有温文尔雅的气质，更像是能冲锋陷阵的赳赳武夫，所以，你从来不曾进入我的视野……

因为老廖？

我所以对你失望，是因为你对爱情如此轻慢。

你说霏霏？

我读过你所有的历史著作。也欣赏你对旧日王朝独到深刻的见解。我只是惋惜你放弃了曾经那么执着的追求,所以……

等不到未央说完,林铁军就锁上了办公室的门。

他说,这个夜晚,我就指望你了。

你认为简·爱就不配得到爱

我又开始想念你了。那相思的苦。我知道你是爱我的。否则那气息怎么会一直温暖着我的身体。我不会忘记你给予我的那个瞬间。我不知该怎样描述我对你的爱。也不知是否有别的女人也享受过这种幸福无比的瞬间。如果你不能证实我们的关系我将不能原谅你。我所以辛辛苦苦,就为了你爱抚我的这一刻。当然你可以昧着良心,一笔抹杀那曾经的时刻。但我知道你是知道的。这是最后的通牒了,你知道,有时候,爱也是会转化为怨恨的。我将这难以忘怀的关系一直深埋心底。我甚至不能和你分享。但是你不能因此而践踏我。那些傲慢而低俗的女人就那么让你难以割舍吗?你认为简·爱那样的穷女人就不配得到罗切斯特先生的爱吗?

林铁军读着这封让他难以理喻的匿名信。他认为如此丑恶的敲诈只能是来自郁霏霏。毕竟是他把霏霏发配到了发行科。于是林铁军对霏霏耿耿于怀,尽管他已经很久没见过这个曾经不可一世的女人了。她自从调往发行科就再没有回来过。中层干部开会时，也都是刘和平前来应付。不过林铁军对此并不计较，他巴不得见不到这个让人头疼的女人呢。

林铁军并不知这个被他摒弃的女孩，已然投入到长笛手的怀抱。他们从最初的相互利用，到心心相印，只花费了令人不可思议的短暂时间。自康铮走上舞台的那个刹那，霏霏就认定了这个温文尔雅的男人。更不要说，她听着长笛曲时，怎样地热泪盈眶。而康铮在沈远的夜宴中第一次见到霏霏，也即刻惊为天人般对霏霏一往情深。之后他们的关系飞速发展，一发而不可收，以至于没过多久就进入了谈婚论嫁的阶段。

以霏霏扬言告发林铁军的邪恶，她显然不是康铮这类艺术家喜欢的类型。但康铮就仿佛吃错了药，固执地通知沈远，说他已经决定迎娶霏霏了。不知道康铮是怎么被俘获的，亦不知霏霏用了怎样的美人计。或者她真的迷上了康铮的长笛？抑或不想放弃那个可遇而不可求的美国梦？

不过以霏霏对林铁军事无巨细的照料，很快让清苦而孤独的艺术家感受到温暖和体贴，这对于霏霏可谓举手之劳。随之霏霏和康铮越来越如胶似漆，就像是一个人那样难以分割。艺术的相通让他们有了说不尽的共同语言，身体的交媾又让他们恍若前世今生。于是沈远为保护林铁军的权宜之计，很快就变成了滔滔滚滚的一江春水。如此假戏真做，沈远始料未及，这令她久久难以释怀。

只是林铁军并不知霏霏已将他抛至九霄云外。而霏霏从前所以屈就林铁军,是因为一直没有机会找到她的真爱。所以福兮祸兮,命中是有定数的。而霏霏接下来所要为之付出的,绝不是什么发行科,而是,她和康铮之间那铭心刻骨的爱。

让霏霏无比感动的是,康铮在知道了她和林铁军关系的背景下,并没有因此而鄙视她。而那时康铮所做的全部努力,其实都只是为了帮助沈远。于是摊牌时他们每个人都在明处,并且每个人的目的性都很明确。沈远不想因一个女孩的疯狂,让林铁军身陷牢狱之灾。为了安抚决意破釜沉舟的霏霏,她只好搬来康铮这个救兵。她知道自己在康铮心目中的地位,无论她遭遇怎样的难堪,康铮都会无条件地帮助她,哪怕赴汤蹈火。所以沈远才敢以康铮美国人的身份利诱霏霏;作为交换,霏霏放弃对林铁军的举报。其间没有什么可隐瞒的,尽管这桩交易很肮脏,却是他们不得不面对的现实。

康铮果然不负使命,几乎瞬间就让霏霏爱上了他。他显然超额完成了沈远的任务,但在迷茫一片的乱局中,竟由衷地同情起这个无辜并且不幸的女孩。他倾听霏霏和林铁军的来龙去脉,包括她为他做过的那些人工流产。他非但没有因此而看不起霏霏,反而更加同情她,进而怜爱她。于是他开始实践诺言,既然当初是这样许诺的。康铮的弄假成真让沈远很不情愿,尤其当康铮决定永远和霏霏在一起。一言既出,沈远便知道,康铮身上存留的士大夫色彩,无疑破碎了他们手足之间的联盟。

唯独林铁军对此一无所知,沈远也不会将这交易的底牌告诉他。她不想让林铁军知道她为他所做的这一切,只要霏霏不再纠缠他。但林铁军却始终将矛头对准郁霏霏,以为这个歇斯底里的女人什么都能干出来。他知道她会不遗余力地收拾他,随时随地发起攻击,包括写那种下三烂的匿名信。他知道偌大世界只有这一个女人能打倒他。他知道一旦霏霏行动起来,他就将大难临头,难以自保。因为在这个世界上只有他最知道,自己到底做了些什么。

于是林铁军开始失眠,有时候连吃两三片安眠药仍不能入睡。于是他开始在黑暗中谋划怎样对付郁霏霏。有时候恨她恨到恨不能亲手杀了她。而他想杀她又为了什么呢?无非是让自己更安全地活在这个世界上。但为了安全,只有杀人这一条路吗?是的,他不是没想过和霏霏重修旧好,他也确曾真心地喜欢过她。只是斗转星移,激情不再,尽管,她是他此生所经历过的最好的做爱者。他们难道不能像普通同事那样相安无事吗?

他当然不可能再和霏霏复合,但至少不像现在这样,只要一想到她就满心惊悸。他所以如此紧张焦躁,是因为不知道地雷已经排除。而沈远悄无声息地为他所做的这一切,反而加重了他的忧虑,让他愈加深陷恐惧而不能自拔。总之霏霏越是没有公开的动作,林铁军就越是惶恐不安。他觉得只要这个充满报复心的女人还在,他就不可能是安全的。这让他每时每刻神经紧绷,很多次觉得自己要崩溃了。

如此不尽如人意的状况下,林铁军身边只剩下未央。她就像他生命中最后的光亮,温暖并浸润着他晦暗的心。在她那里，他总是能感受到某种久违的照耀，让他惨淡的人生充满诗意。于是他第一次感受到有诗意陪伴的生活怎样惬意，哪怕，和未央做爱时，不像霏霏那样充满刺激。和未央亲近，他才知道，原来做爱也有高下之分。所以，哪怕他们鲜有高潮，也能体验到精神带给他们的无限欢愉。

在林铁军人生低谷的时刻，未央始终不离不弃。她所以坚守林铁军，在某种意义上，就意味着她在坚守自己的信念。所以林铁军坎坷一天，她就会矢志不渝地陪他一天。倘若有一天她背叛了林铁军，就等于是她已经背叛了自己。

自从上级调查组进驻出版社，那些或威胁或示爱的信件突然销声匿迹。不知道写信者是出于怜悯，还是不再想和林铁军较劲。然而调查组刚一撤离，这些信立刻纷至沓来。依旧是原先的那些疯话，下流的文字，连带混乱的想象，唯有栽赃林铁军的意图始终不变。

林铁军决意大举反击，既然调查组已肯定了社里的工作。他堂堂一社之主，雄风依旧，怎么能被写信的混蛋牵着走呢？于是他决定召开全社大会，打开窗户说亮话，看看到底是什么人在兴风作浪。

这一天，林铁军气宇轩昂地步入会场。依旧目空一切的架势。在沉默中凝视会场的每一张脸，以此来威慑那些做贼心虚者。然后他坐在高靠背的扶手椅上。从口袋里掏出那张信纸大声朗读。他一字不差地向所有人公布了信的内容，他没有省略任何色情淫秽的段落，也没有跳过那些咄咄逼人的胁迫。

我又开始想念你了。那相思的苦。我知道你是爱我的。否则那气息怎么会一直温暖着我的身体。我不会忘记你给予我的那个瞬间。我不知该怎样描述我对你的爱。也不知是否有别的女人也享受过这种幸福无比的瞬间。如果你不能证实我们的关系我将不能原谅你。我所以辛辛苦苦,就为了你爱抚我的这一刻。当然你可以昧着良心,一笔抹杀那曾经的时刻。但我知道你是知道的。这是最后的通牒了,你知道,有时候,爱也是会转化为怨恨的。我将这难以忘怀的关系一直深埋心底。我甚至不能和你分享。但是你不能因此而践踏我。那些傲慢而低俗的女人就那么让你难以割舍吗?你认为简·爱那样的穷女人就不配得到罗切斯特先生的爱吗?

谁说简·爱就不配得到爱?小说中的简·爱不是回到主人身边了吗?关键是你的行为,是不是值得我去爱?林铁军说过之后愤然离开。

直到林铁军背影消失,会场中始终鸦雀无声。梦一般地,大家都不知发生了什么。紧接着,人们像开锅一般地沸腾起来,又像成群的苍蝇在空中嗡嗡盘旋。

事实上此前大家并不了解举报信的事,只知道调查组前来,一定是社里出了问题。于是大多数人心中窃喜,因为他们受够了林铁军的独裁。不久前郁霏霏的工作变动,就已经点燃了这场战火。只是不知最后鹿死谁手,所以人们一直期待着最后的悬念。现在又有了所谓求爱信事件,其中的人物关系就更加复杂,于是大家更期待这场好看的戏了。

只是他们作为普通员工,并不知道上面到底出了什么事。不过也不妨大胆想象,小心求证,从来就没有不透风的墙。于是他们沿着林社长的思路,认定能写出这种信的,恐怕只有霏霏那种恬不知耻的女人。毕竟只有她和社长有那种关系,也毕竟……人们开始左右张望,前后搜寻,最后刘和平向大家证实,郁霏霏确实没出席这次会议。

于是人们一边倒地将匿名者指向郁霏霏。她和社长所以交恶,是因为林铁军毫不留情地"清君侧"。这种被抛弃的现实让她感到了痛,她痛了,才会以各种下作的方式不停地报复林铁军。不过反过来想想,也是人之常情。霏霏鞍前马后为他干了这么久,以至连身体都搭进去了。如此当牛做马,转过身就被一脚踢开,这过山车般的大起大落,换了谁都受不了,尤其霏霏那种自以为是的女人。别说写几封举报信了,就是杀了那为富不仁的东西也不为过。这么说来,人们反倒同情起霏霏了,进而支持她揭竿而起的义举。

另有一些人绞尽脑汁,像哥德巴赫那样猜想那个匿名者。甚至果断地排除了霏霏,认为她如此聪明狡黠,怎么可能以这种方式作践林铁军。就算她被逼无奈也不会出此下策,何况林铁军还补偿性地给了她科长呢。总之,在这些人的印象中,霏霏好像已度过了那个绝望狂躁的危险期。离开社里的权力阶层后,她仿佛变了一个人。人们偶尔看到她,都觉得她更漂亮也更温柔了,似乎被某种幸福的光圈环绕着。显然她已经接受了眼下的局面,无心再和林铁军鱼死网破。所以他们一致认为,那种信绝不是霏霏写的,但那个写信人又会是谁呢?

改革的目的当然就是革除异己

在某种意义上，改革就是要清除异己；在某种意义上，改革又像是情敌决斗。自从林铁军走马上任，他就开始了对异己分子的防范。不知道为什么，他要将老廖当作革除的对象，谁都不知道他为什么要那样做。他恨他？容不下他？还是不喜欢他？甚至连自己都不曾意识到和女人相关。他只是看不惯这个所谓的学者，不费吹灰之力就将出版社那些学问、姿色、能力均出众的女人尽揽麾下。

他知道在那些女人心目中，廖也夫就是风流儒雅的谦谦君子。尽管他胆小又没有担当，但多年来副总编辑的职位，还是让他备受瞩目。于是女人们趋之若鹜，而趋之若鹜者均为社里的精英女性。其中既包括林铁军爱慕的万末，亦包括才华横溢的女诗人未央。她们都是老廖名副其实的“铁杆”，无论在什么样的状况下，都会毫不犹豫地站在老廖一边。

自从林铁军进入总编室，让他最不能容忍的是，老廖没完没了地骚扰万末，而她却始终不厌其烦。对这个虚伪的男人她从不敷衍，甚而由衷地视为知己。那时的林铁军不知他们由来已久的渊源，但就是觉得万末不该和老廖这种人过从甚密。在总编室，他们总是默契配合，相互信任，从万末的眼神中就可窥见她对老廖的心悦诚服。这种莫名其妙的关系，让林铁军一直很不舒服。有很多次，林铁军恨得牙痒痒的，甚至差点当面质询老廖，你家里不是有老婆吗？

让林铁军看不惯的还有那个自以为是的未央。她一天到晚神经兮兮凡人不理，仿佛真是名媛才女。她特立独行，穿着古怪，每时每刻都戴着帽子，以至于人们很难看到她的庐山真面目。大家都知道她是老廖亲自调来的，自然对老廖的旨意言听计从。

尽管郁霏霏得以进入出版社是老社长的关系，但由于老廖分管辞书编辑室，便又将这个乖巧而漂亮的女孩收入囊中。霏霏如开心果般对那伙老学究组成的团体服务得风生水起，自然对主管领导老廖愈加鞍前马后。以至于很长一段时间，她根本就不知道什么林铁军，或者根本就不屑于认识林铁军这种人。

这些女人就这样杨柳依依地环绕在老廖身边，甚至发行科那个大字不识几个的刘和平，都将老廖奉若神明。林铁军被升为分管发行的副社长后，刘和平每每到社里来，还是习惯性地先拜老廖。这女人二二乎乎的，总是把刚刚从老廖那边讨来的主意，原封不动地转告给林铁军，并且表示她一定会按照廖总编的指示去做云云。她一口一个廖总编，把林铁军当什么啦？而这些都是让林铁军不爽的地方，他不知这个女人到底是脑子缺根弦呢，还是秉承老廖的旨意故意向他示威。

总之，和女人相关的林林总总，让林铁军烦透了这个廖也夫。他尤其讨厌老廖那种自以为是的良好感觉，就仿佛老社长以下就是他廖也夫的天下了。于是林铁军不知哪儿来的斗志，决意在老社长退休之前摆平这一切。

尽管老社长即将卸任的那些日子里，不断传来老廖接班的消息，却从不曾动摇林铁军的意志。有呼声就意味着有市场吗？有民意就代表着有可能吗？林铁军就是抓住了老廖此刻志在必得的心态，怂恿他呈现出一种急功近利的态势，令上边不满。于是曾经的大好局面，很可能转瞬之间就土崩瓦解。

倘若老廖没有在老社长退休之前，就让自己继任的声势风起云涌，或许还引不起林铁军的警觉，更不会让老社长都有了警觉。于是林铁军决心放手一搏，而这些动作，事实上得到了老社长的首肯。他知道唯有老社长鼎力相助，他才有可能拥有未来。既然老社长已经把副社长给了他，何不借群雄争霸的乱局，乘势而为，更上一层楼呢？于是他开始上下奔走，左右出击，将这次试水当作检验自己实力的舞台。

他当然不是一时头脑发热，而是信心满满地有备而来。当他决定和廖也夫一争雌雄，就已经将自己和廖也夫做了认真的比照，并得出自己并不是完全没有胜算的结论。尽管老廖有深厚的人脉及丰富的出版经验，但作为青年才俊的林铁军，赶上不久前刚刚下发关于大力培养年轻干部的文件。这对于年长的老廖，不啻为一道难以逾越的门槛；而对于林铁军则如沐春风，仿佛这文件是专门为他颁布的。是的，青春就是未来，这已是年过半百的廖也夫等迟暮之辈无法抗衡的。是的，青春就是实力，这也是任何衰老而腐朽的势力所不能阻挡的。于是林铁军在这场新老之间的较量中，看到了朝霞一般的希望。

进而，他又将自己的能力及学问和老廖比对，单单是他读书读到了博士，先就胜了老廖一筹。尽管他没有渊博的家学，却拥有学贯中西的妻子。老廖不过大学本科，且入学后不久就"文化革命"了。而老廖同样说不上什么书香门第，他甚至来自比林铁军更加偏远的乡村。这一干条件、背景他都胜老廖一筹，唯一不敌老廖的，是他的资历。于是在尘埃落定前，林铁军就已然春风得意，即使尚不知究竟花落谁家。

由此，林铁军开始不动声色地"活动"。从基层到管理层，从出版社到出版局，从单位到社会，只要有用的部门和人员都不会错过。那一段，他极为苛刻地要求自己，哪怕最细小的环节都要尽善尽美。

当然，老社长是林铁军要啃的第一块骨头，尽管他老人家已经给了他尚方宝剑。但世事难料，一旦失误，谁也救不了他。所以要格外谨慎，无论怎样的场合。老社长尽管已知道林铁军和沈依然不睦，但沈远是林铁军妻子的这个现实又不能否认。老社长坦言就是因为沈远，林铁军才得以享受他和沈依然翁婿以及师生关系带来的照顾和好处。尽管他们已疏于往来，但为了女儿，沈依然明知林铁军势利，也不再轻易评判他。如此，林铁军才能在老社长的庇护下步步高升，直到一路走向出版社的大位。

林铁军因此在家中备了丰盛的酒宴，沈远作为女主人亲自下厨，以显示这个家庭美好的诚意。在这个关键时刻举办如此家宴，谁都知道是为了什么。以沈远的孤傲清高，她怎么能容忍如此愚蠢的举动？不知道林铁军究竟是怎么说服的她，以至于让这位知识分子家庭出身又学贯中西的女人，从容就范。

晚宴上不仅请来老社长，还请来了沈远称之为阿姨的老社长妻子。席间他们只叙友谊，别无他话。在这种世交的关系中，他们当然会时不时地提到沈依然。沈远对与父亲相关的话题从不参与，而林铁军则不遗余力地讴歌导师的人品和学问。说到和导师疏离时不禁潸然泪下，他说他所有的过错就是爱上了沈远，他希望有一天导师能理解他。

尽管林铁军没再说下去，但他的潜台词依旧萦绕于心。这是林铁军对沈依然最大的怨恨，也是他认为沈依然最言行不一的地方。他记得导师曾到处弘扬他是他最才华横溢的弟子。为什么，当他只是学生时，就是导师最器重的爱徒？为什么，他一旦爱上了导师的女儿，就成了十恶不赦的伪君子？于是他开始怀疑导师真的欣赏他吗？尽管他没有当着任何人谴责过导师的虚伪。他知道唯有庸常之辈才会将人分成三六九等，他只是不能理解导师这种有着丰厚学养和高尚情操的人，怎么会如此嫌贫爱富？他不是不断告诫我们，人生来平等吗？为什么，他会那么在乎女儿嫁给了一个乡下人？

这些内心独白，他一个字也不会说出来。他只是一个劲儿地谦卑而感恩地颂扬恩师的德高望重。他说有这样的岳父，是他毕生的骄傲。总之，在期待升迁的晚宴上，林铁军用足了并不在场的沈依然的影响力。

这融洽而美好的晚宴显然达到了预期效果，离开时，老社长已明确表示他会积极举荐年轻人。这和林铁军不断向老社长灌输年轻就是未来的概念不无关系，他甚至多次以沈依然为例，说导师就是喜欢和我们这些年轻人在一起。导师常说，我们就是他的力量，他的翅膀，他的梦想，甚至期冀于我们为他养老送终。林铁军虽然没有明说日后他会怎样关照老社长退休后的生活，但是他已经让老社长感觉到，只要林铁军在，他就老有所依了。于是老社长如沐春风，也许是多喝了几杯，告别时信誓旦旦，说，有沈远在这里，我还有什么可说的。

如此千回百转，林铁军终于如愿以偿。当上级来人在全社大会上宣布任命时，全场一片哗然。人们都以为廖也夫接替老社长的位置已毫无悬念，而老廖也做出接收大员的姿态，以为唾手可得。在人们看来，这对于老廖可谓实至名归，毕竟他辛辛苦苦在社里摸爬滚打了几十年，媳妇也该熬成婆了。然而谁都想不到，竟横刀杀出个程咬金。谁知道林铁军是个什么东西？他何德何能，竟能坐上社长兼总编辑的宝座，转眼就成了出版社所有人的上司。这小子怎么看都不像当领导的料，既没有工作资历，也不曾编过哪怕一本好书。他唯一能胜过老廖的无非是多读了几年书，或者还有事实上早已名存实亡的翁婿关系。总之,这个谁也不曾在意的年轻人就这样蓦地脱颖而出,让所有人一时之间哑口无言。

林铁军到底是怎么戴上这顶乌纱帽的,一段时间内成为社里最具争议的话题。显然沈依然本人并不具备这种呼风唤雨的能力。他一介书生,两袖清风,并且已和女儿断绝了来往。那么这个林铁军到底还有什么秘密武器,以至于轻而易举就颠覆了老廖的社长梦。

事实上,关键就在即将易主的这几个月,然而这几个月并没有看到林铁军"活动"。或者就是因为没有"活动"而迷惑了老廖,于是大家一致认为,有时候姜并不一定是老的辣。

伴随着廖也夫的美梦彻底破灭,出版社以林铁军成为新一任社长,迅速完成了核心层的更迭。尽管依旧保留了老廖副总编辑的职务,但他还是很快就被边缘化了。自从林铁军上任就再没有开过编委会,于是所谓的副总编也就名存实亡了。

然而更让廖也夫寒心的是,原先老廖组阁中的那些大小兄弟,竟一夜之间全都转投了林铁军。就算是老廖能理解他们,唯有巴结新主子才会有出头之日,但也不至于远远地看到老廖就落荒而逃啊,仿佛弱势的老廖反而成了洪水猛兽。

在所有的这些不愉快中,唯一让老廖欣慰的是身边这些温暖的女人。他所以没有一蹶不振,或者就因为她们始终不渝地环绕着他。这是他经营多年所余不多的财富。如今也只有她们不畏强暴,敢于在如此恶劣的环境下依旧和他风雨同舟。在老廖最沮丧的时候,是她们形影不离地安慰他,不离不弃地鼓励他，让他在遭到如此重创的时刻，看到未来的光明和希望。

是的，老廖为此而无比欣慰，因她们没有算计，没有野心，更不曾追名逐利。她们一如既往地坚守着跟老廖的友谊，无论他是不是当上“四季”的社长。

大权在握的林铁军可谓大功告成，紧接着便大刀阔斧地调整各个编辑室，包括更换原先的部门领导。随之老廖的亲信统统被整肃，几乎片甲不留，无论他们做出怎样摇尾乞怜的姿态。一时间社里噤若寒蝉，人人自危，以为是来了一场重新洗牌的政治运动。

即或如此，林铁军还是不放过老廖。上任伊始，就开始对老廖主管的部门进行“调研”。之后便很快成立了一个新的机构，负责图书的生产和销售。这就等于剥夺了老廖副总编的权力，无形中让他沦为辞书编辑室这一个部门的负责人。

很快，人们就对这个没什么资历的年轻人刮目相看，觉得干掉那些占据要津的庸常之辈也没有什么不好。而林铁军提出“不拘一格降人才”的主张，愈加颠覆了以往论资排辈的用人原则，为年轻人创造了自由发展的机会。如此地震一般的换血风声鹤唳，毕竟一朝天子一朝臣，人们都知道，鸡蛋不能往石头上撞的生存法则。

随后林铁军果断地提拔了一批年轻人，后来这些人成了林铁军核心力量的中坚。同时林铁军又建立了多个由个人领衔的出版人工作室，未央即是其中之一，这足以说明林铁军在选择人才上没有偏见。

如此过程中，老廖愈加困难重重，不得不为自己寻找出路。他知道摆在他面前的只有两条路，要么顶着，要么投降。以林铁军咄咄逼人之势，顶着，老廖只能死路一条。而投降，也许会丢掉做人的尊严，被他人诟病，却无疑是一条生路。于是老廖痛苦而决绝地选择了后者。君子报仇，十年不晚，他老廖怎么能不深谙这做人的道理呢?

既然老廖看出了林铁军对他必欲置于死地，以绝后患，对此他当然不能等闲视之。即或是死签，也要死里逃生。于是他开始针对林铁军的癖好，美其名曰工作需要，很快将霏霏献给林铁军，惹得编撰辞书的那些老先生义愤填膺。但廖也夫已经顾不上这些了，郁霏霏已是他得以自保的最后武器。他知道这招棋可谓一箭双雕，不仅能取悦林铁军，还能在他身边埋伏上一位漂亮的女间谍。老廖想到此不禁得意扬扬，就等着哪一天霏霏真的得手，再看这出版社到底是谁的天下。

不久后这剂猛药就发生了效力，多少证明了老廖的谋略还是具有杀伤力的。很快郁霏霏就成了林铁军须臾不可离开的人，没有多久又成了林铁军发泄情欲的枕边人。幸好郁霏霏尽管爱上了林铁军，却没有因此而把老廖抛在一边。她是那种知道怎样左右逢源的女孩，所以也曾在林铁军耳边看似漫不经心地转达过老廖的悔意，只是林铁军不予理睬罢了。

然后老廖又开始打未央的主意，他看准了林铁军新官上任的急功近利。林铁军在全社大会上几次提到，要全力以赴地编出能获得国家图书奖的书籍。而社里能编出这种高品位图书的编辑寥寥无几,未央是其中最具实力的。于是在老廖的督战下,不到一年,未央编辑的《新文学大系》便斩获了国家图书奖,这当然也跟老廖不断奔走于上层出版机构有关。这个奖无疑为林铁军挣足了面子,让他上任伊始就收获了如此突出的政绩。而未央所以不遗余力地做这部书,当然不是为了什么林铁军,只为了帮助风雨飘摇中的廖也夫。

尽管出书及申报期间,未央也曾和林铁军有过工作接触,但最终还是不喜欢林铁军这个人。她觉得他太武断,太市侩,太急功近利,又太刚愎自用。所以《新文学大系》一经完成,她就再没有找过林铁军。尽管林铁军兑现了承诺,发给她一笔高额奖金,但未央还是从心底里看不起他。

不久后林铁军一纸任命,将未央提升为文学编辑室主任,立刻引来出版社一片骚动,人们甚至开始质疑未央的为人。但未央依旧我行我素,既对林铁军伸出的橄榄枝不屑一顾,又对人们近乎邪恶的议论置若罔闻。私下里她对林铁军这套改革的小把戏始终嗤之以鼻,以为那不过是林铁军为标榜自己的一个噱头。所以无论林铁军给她多高的职务,多重的奖金,都不能触动她为人的底线。她就是这样一个不以物喜,不以己悲的淡定女人。云起云散,任人评说。

这期间又发生了老廖为未央出版诗集的事,一时间闹得沸沸扬扬。老廖凭借着未央获奖和随之的名声鹊起,由辞书编辑室将未央近年来的诗歌编辑出版。这其实一直是老廖的一个愿望,毕竟自从他认识未央以来,就一直在读她的诗。他觉得未央的诗作一点不比她出版过的那些诗人的诗歌差,甚至强过许多。只是因为她在出版社工作,不便出版自己的诗集罢了。

老廖的此番动作,招致出版社上上下下各种攻讦。诸如公器私用,以权谋私等等,更有好事者对未央极尽诋毁,说一个没什么资历的小编辑尚可在社里出版诗集,那么那些在出版社工作了几十年的老编辑又该如何对待?他们中哪个不是才华横溢,学养深厚,又哪个没有资格出版一本自己的书?

对于编辑到底能不能在社里出书,人们众说纷纭,莫衷一是。直到社长林铁军亲自出马,力挺老廖,才平息了这场所谓酸葡萄的出书风波。林社长大张旗鼓地宣扬出版社就应该人才济济,这应该看成是我们的财富和骄傲。如果连我们自己都看不起自己,出版社还有什么前途。他又说当年的鲁迅、胡适、徐志摩乃至郭沫若等一干大师,也都曾有过做编辑的经历。只有他们自己的写作水平高,才能编出那些一流的作品。所以,从今往后,社里的每一个编辑包括热爱文学的工作人员,只要你们的作品达到出版水准,社里都会开绿灯。林铁军进而号召大家向未央学习,工作之余,努力创作,对编辑来说,这也是一个相辅相成的过程。今后,你们的作品,也可以成为工作考核的指标。

林铁军描绘的这番景象,让编辑们半天回不过神来。尽管林铁军说的这些好像在支持老廖,但醉翁之意却是那本《未央诗集》。只是未央对此毫不买账,她认为林铁军提倡什么跟她毫无关系。她不过是他嘴里的一个幌子而已,而所谓的政客通常都会借题发挥,借以邀买人心。看透了这一点,未央就更是我行我素，桀骜不驯。她始终认为编书是自己安身立命的本分，绝不是为了谁，更无需取悦谁。

总之，破天荒的，林铁军和老廖站在了同一条战线上。他们全都支持未央，尽管，他们支持的用心不一样。这一事件对身处窘境的廖也夫来说，不啻是一次重整旗鼓的机会。从中他仿佛看到了某种希望，哪怕是不确定的，甚至渺茫的。他于是有了种即将出山的侥幸心理，并按捺不住地对未央说，他觉得过不了多久就能官复原职。所以他过去做的那些都不是无用功，包括霏霏的调职，未央的获奖，老廖说，我就像老农种田，不会总是颗粒无收吧。从此廖也夫莫名其妙地抱上了热火罐，而未央所以不忍说破，是因为她觉得这样，至少能暂时缓解老廖失意的心态。

没过多久，老廖果然就遭遇了他此生最难以接受的厄运。其变化之快，仿佛话音刚落，他就被一脚踢出了编委会。在罢黜老廖副总编的全社大会上，老廖毫无准备。于是他愤怒、绝望以至失态，在全社职工面前颜面丢尽。

在革除老廖副总编职务的同时，戏剧性的是，林铁军又高调任命他为社里的纪检委书记。这让在场的每个人都很愕然，进而啼笑皆非。坐在人群中的老廖更是哭笑不得，谁都知道他一直是做业务的，对出版社的各个编室了如指掌，对出版流程及图书推广更是烂熟于心。总之，老廖对图书出版有着极为丰富的经验，几乎是社里不可或缺的人才。怎么能想象做了一辈子出版的专业人员，去当什么纪检委官员，这不是开玩笑吗？或者这就是林铁军改革的目的，以这种明升暗降的方式，将一生致力于出版事业的老廖彻底边缘化。

无论啼笑皆非也好，哭笑不得也罢，老廖就是被毫不留情地打进了冷宫。在宣布老廖任免的同时，要求他立刻搬出辞书编辑室，迁至远离所有业务部门的另一个楼层，和那些财会、总务一类的行政人员在一起。听起来，这个纪检委书记的头衔可谓风光，但对于老廖这种文绉绉的戴着金丝眼镜的知识分子来说，则怎么看都不像是他应该有的身份。于是老廖心里就像是被打碎的五味瓶，愁肠百结。尽管没有被一撸到底，甚至在某些人看来是升迁了，去掉了“副”字，但在这种几乎是与人为敌的职务中，他老廖的生命还有什么价值呢？

老廖很多天回不过神来。坐在空荡荡的纪检委办公室里，不禁悲从中来。他认为他的有意义的生命就此完结，剩下的就是苟延残喘了。他一生出书，将书视为生命，所以，剥夺了他出书的权利，就等于是剥夺了他的生命，宣判了他的死刑。于是在未来的日子里，老廖就像是靠呼吸机维持生命的植物人，活着，却已经死了。此时此刻，老廖就是这种感觉，他对于自己的未来已不抱任何希望，甚至不再相信还有起死回生的那一天。

沮丧过后，是老廖从胸腔中升腾的一团对林铁军疯狂的仇恨。是的，他使用了疯狂这个字眼，是因为此时此刻已经没有任何字眼能代表他心中仇恨的程度了。他于是悬梁刺股，默默盟誓，只要活着，就不放弃以血还血，以牙还牙。他甚至以一种近乎迷信的方式，求签诅咒林铁军不得好死。如果说此前廖也夫对林铁军还留有一丝幻想的话，那么到了此刻，他就已经像恐怖分子那样想要杀人了。哪怕人肉炸弹式的同归于尽。

老廖的怒不可遏像蚕食一般遍布了他的肌体和内脏。这种仇恨就像是老廖身体中那个无时不在的伴侣。他声言从头到尾、从上到下,周身的每一个细胞都浸满了这种仇恨。开始时老廖的愤怒几乎难以控制,觉得自己每一刻都有可能推开林铁军办公室的门,毫不留情地杀了他。但慢慢地,仇恨平复下来,变得沉静。但却更具品质和张力,也更具杀伤力了。

当老廖终于接受了纪检委书记这份闲差,内心的恨意竟升华到悠然自得的境界。于是他开始游戏般地为林铁军设置各种毁灭之路,构思中,老廖第一次感觉到那种从未有过的快意与愉悦,并慢慢体会到“君子报仇,十年不晚”的深邃内涵。

闲差中的老廖开始从容镇定地做壁上观,在察言观色中将他纪检委书记的工作,不露痕迹地链接到林铁军的交往与账目中。慢慢地,老廖对自己的职务有了突飞猛进的好感,就仿佛这是上天赐给他的利器, 让他不紧不慢地以子之矛,攻子之盾。

这其间,老廖没有中断和霏霏的联系,即便她已经和林铁军睡过。他对霏霏从来网开一面,他始终认为霏霏是霏霏,林铁军是林铁军。在霏霏与林铁军的关系中,当然霏霏是受害者。所以只要有人受害,就意味着,一定要有人为罪恶埋单。所以,迟早林铁军会在劫难逃。

老廖所以维系和霏霏的关系,并不单单是为了让她做眼线。如今的权谋之争和从前大不一样了，老廖即或想从霏霏那里获取情报，也不会那么急功近利。他知道情报的获得需要潜移默化的氛围，是从不经意间的谈话中传递出来的。比如林社长和谁吃了晚餐，比如林社长明天要见什么人，比如林社长去了哪个编辑室，又比如出版社要派谁参加哪个国家的书展，诸如此类。这些信息是自然流淌出来的，是那种说者无心，听者有意的算计。总之，老廖在不动声色中获取蛛丝马迹，然后将它们拼接起来，还原成连贯的真相。

由此老廖不费吹灰之力，就将郁霏霏无意间透露的只言片语，绘就成一幅有关林铁军的关系图。在这个图谱中，既有财务的进账和出账，亦有林铁军不断更换的人际交往。既有郁霏霏昂贵的首饰和服装，亦有让廖也夫眼前一亮的，霏霏名下高额的房产。总之，从这个利益集团的关系网中，廖也夫终于成功地推衍出林铁军犯罪的轨迹。无疑这让老廖无比兴奋，只是到底什么时候揭锅，他还没有想好。

于是他不断告诫自己，既然已胜券在握，更要谨言慎行。他知道迟早有一天，林铁军会被钉在社里的耻辱柱上，所以，他不着急，他有的是时间，他可以等。他要一直等到林铁军末日来临。否则，怎么能证明姜还是老的辣呢？

从此廖也夫箭在弦上。但每每见到林铁军依然点头哈腰，仿佛奴才。显然他是要麻痹那个自负的林铁军，但也知道对方不会放松对他的警惕。后来老廖听说林铁军曾想通过上面把他调走，但不知什么原因最终未能得逞。待到最终收网那一天，他老廖怎么可以不在场呢？

伴随着林铁军收受贿赂的数额越来越大，连老廖这种专门负责盯着他的人都开始害怕。从几百，几千，几万，到几十万，上百万……如此明目张胆，肆无忌惮，让老廖的后脖颈都麻了，这是老廖那个时代的人想都不敢想的。

后来在纪检委的一次会议上老廖才听说，原来官员受贿的额度是和年龄成反比的。越是年轻的，胆子越大；越是胆大的，装进腰包的金额也越大。这些年轻的腐败者几乎没有敬畏之心，更不要说道德操守。对他们来说，做事拿钱，天经地义。不拿钱才不正常呢，所以谁都不想当白痴。而老廖这个年龄段的腐败分子就保守许多，毕竟旧时教育的淫威还在。所以尽管他们贪心十足，但行动起来，就瞻前顾后、畏手畏脚了，觉得对不起天地良心。既然有了这样的结论，老廖对林铁军的狮子大张口也就不那么惊愕了。

几天来右眼一直在跳

新华书店突然打来电话,通知出版社,说发行科发生了血案。他们已在第一时间报警,但事件此刻仍没有平息。社长办公室立刻将消息报告林铁军,他听说后对身边人说,不知道为什么,几天来我的右眼一直在跳。跳得他不胜其烦,以为不祥之兆。想不到今天竟被证实了。只是发行科到底发生了什么,谁也说不清,林铁军所做的就是立刻打发人过去了解情况。

人走后,林铁军的右眼依旧跳个不停,他于是给刘和平打电话。刘和平的座机始终响着,手机开着却没人接听。紧接着他又把电话打给郁霏霏,在如此紧急的情况下,他已经顾不上什么恩怨了。然而霏霏的电话竟然关机,林铁军大骂着扔掉电话。他又给赶赴发行科的副社长打电话,副社长则因为堵车还在半路上。其间只有新华书店不断打来催促的电话,但他们还是说不清到底发生了什么。

于是林铁军再也坐不住了,跳上汽车,要求司机不去管那些红绿灯。不论罚多少都在所不惜,只要以最快的速度赶到发行科。林铁军一路无话,心里揣摩着,会不会是郁霏霏和刘和平大打出手呢?就算是互不买账,但据说她们之间已不再剑拔弩张,为此他还特别奖励了刘和平,觉得把科长的位子给了霏霏是亏欠了她。他已经最大限度地安抚了刘和平,记得刘和平还曾信誓旦旦,保证不再和霏霏争名夺利。

一路上,林铁军的心一直在嗓子眼儿上跳。不单单是紧张,简直是一种近乎恐怖的恐惧。他让随行者不停地和新华书店联系,而电话那边说,所能看到的,只是窗外警察已封锁了现场。具体情况他们也不知道……

林铁军被人簇拥着走上五楼。走廊里鲜红的血迹触目惊心。林铁军曾兴利除弊改革出版社,又大刀阔斧地调整了复杂的人事关系。在社里,他什么样的风雨没见过,但就是没见过员工身上流出来的血,没遇到过自己的地盘被警方封锁。林铁军走过血迹斑斑的走廊。他还从未经历过如此血腥的场面,他不停地告诫自己一定要冷静。

林铁军走进刘和平办公室才看到真正的血。那惨不忍睹的景象让他本能地闭上眼睛。一摊一摊地,地上和墙上,黏糊糊地,汪着,说明血案在这里发生。而此刻房间已经被警方控制,他们说已经抓到了罪犯,此刻就关押在警车里。

到底发生了什么?林铁军逼问身边的人。他们却面面相觑,对发生并已结束的事件一无所知。

到底是怎么回事?郁霏霏呢?刘和平呢?谁能告诉我到底发生了什么?

你是谁？

旁边的人立刻介绍，这是我们林社长。

哦，警察说，凶手是你们的一个科长。

科长？郁霏霏？她疯了？她到底想要干什么？林铁军惊讶不已地看着墙上的血迹，她是想制造恐怖事端来报复我？这是林铁军本能的反应。

被捅伤的两个人已送往医院。警察又说。

有生命危险吗？

不知道。

什么不知道？怎么可能不知道呢？林铁军突然喊叫起来，那是我的员工，我要知道他们到底怎样了。

你吼什么？警察不屑地看着林铁军，你的员工，你怎么不把他们看好呢？出了这种事，就没有你的责任吗？你这叫渎职，懂吗？还大呼小叫地……

不知道触动了林铁军哪根筋，他竟然冲过去指着警察的鼻子，显然对方的风凉话激怒了他，你们他妈的什么东西？用得着你们在这儿指手画脚吗？

你别动，警察退后一步，掏出手枪对着林铁军，你知道什么叫袭警吗？还社长呢！谁乐意给你这种人擦屁股，你再动，再动，就连你也一块儿送进去。

工作人员拼命拉开林铁军，然后向警察赔不是。警察转身离开现场，临走前特别警告，不要破坏现场。明白的话，就趁早离开这间屋子，否则谁也承担不起责任。

随行者将林铁军带到新华书店的会议室，让他在这里安静一会儿。他坐下，又起来，在会议室不停地来回踱步。然后大声呵斥，你们把那个刘和平立刻给我叫来。从案发现场回来的人面面相觑，林铁军愈加歇斯底里。我早就跟刘和平说过，别跟霏霏计较。不要让矛盾激化，相互配合一下嘛，怎么就做不到？刘和平答应得好好的，说让我放心。这下好了，我倒是放心了，可公安局不会善罢甘休。就知道迟早会有这一天，她郁霏霏怎么可能是省油的灯？林铁军滔滔不绝，一脑门官司，然后突然停下来，问，到底是谁受伤了？

社长，发行科一位副科长站出来说，伤者不是咱们社的。

不是咱们社的？林铁军顿时喜出望外，甚至不再有刚才的悲怆与焦虑。仿佛别的受害者就不值得同情了，那么，是谁？

好像是新华书店雇来的一个清洁工。

郁霏霏连一个清洁工都不肯放过？她到底想要报复谁？

社长，并不是郁科长……

她总是颐指气使，飞扬跋扈，用这八个字形容她不为过吧？她想做什么就做什么，从不把别人放在眼里，好像全世界都得簇拥着她。在我的概念中，不，古今中外历来如此，有大坏者，必定有大恶……

社长，副科长再度打断林铁军的话，社长，您错怪郁科长了，其实她已经很多天没来上班了，所以今天的事和她毫无关系……

哦，所以给她打电话一直关机，刘和平怎么不报告？

郁科长回家探望父母……

那么……林铁军陡然放松下来，就是说行凶者不是咱们社的人啦？这就千恩万谢了，走，咱们去看看刘和平他们。

社长，副科长满面愁容地挡住林铁军，社长，是和平姐伤人了。刚才，警方已经把她带走了，副科长说到这里不禁哽咽。

刘和平？林铁军再度警觉起来，怎么可能是刘和平呢？你们拿我耍着玩儿吧？

不不，社长，这是真的。副科长言之凿凿，就是和平姐用刀子捅了那个清洁工……

林铁军顿时神情严峻，刘和平？不不，绝不可能。她是社里最老实本分也最任劳任怨的，这是大家的公认，不不，怎么可能是刘和平？

副科长心情沉痛地讲述了事件的来龙去脉。他说证据确凿，有目击者，并且和平姐自己也供认不讳。她对警察说，那一刻她自己都不知道发了什么神经，脑子里一片血红就是想自杀。那时清洁女工刚好进来，看到和平姐已经割破了自己的手腕。于是清洁工抢夺和平姐手里的刀，她们相处得一直很好。但不知为什么和平姐突然被激怒了。她说谁也别想左右她，然后就开始猛刺那个清洁工……

你们是亲眼看到的吗？林铁军满脸狐疑，不敢相信。行凶者绝不可能是刘和平。

紧接着清洁女工跑了出来，在走廊里歇斯底里地大声喊叫。那绝望的喊叫声我们全都听到了，于是大家都拥到了走廊上。然后就看见和平姐举着血淋淋的裁纸刀，追出来。清洁工逃命时几次摔倒。她身上的鲜血染红了走廊。和平姐的手臂也一直在滴着血。我们都不知道究竟发生了什么,直到一个小伙子扑过去紧紧抱住了和平姐。

但和平姐就是不肯放下手里的刀。将刀锋指向身边的每一个人。她喊叫着,别过来,你们谁都别过来,别逼我。她说我已经仁至义尽,再也熬不下去了。活着,有什么意思。你们看到了吧,她就是多管闲事,不许我死,才让我更加痛苦。当然,报警,立刻报警。对了,还要叫救护车,通知林社长。

是的,那一刻,和平姐就是这么说的。她还说,他为什么要那么残忍,那么不负责任,否则霏霏怎么可能远赴他国?和平姐泪流满面地告诉我们,其实郁科长很可怜的,你们谁都不许欺负她。接下来和平姐又大声抱怨,那个人,他从来就没有保护过任何人。但是,但是你可能拒绝他吗?霏霏能吗?不不,别过来,听到了吗?反正我已经在地狱了。还有,知道什么叫珊瑚吗?听说过眼睛里会流出红色的眼泪吗?红色的眼泪滴进大海就凝固成了红珊瑚,不过,这只是个悲哀传说……

然后警察就抓住了和平姐。她几乎是束手就擒的,不曾反抗。清洁工也在第一时刻被送上救护车。小伙子是轻伤,在抢夺和平姐手中刀子时被割破了手指。

林铁军看着副科长的嘴唇上下动着,却已经听不到他在说些什么了。他径直顺着自己的思路,突然发难,郁霏霏作为中层干部,出门不请假,你们为什么不通知我?

我们,和平姐觉得郁科长反正要走了。再说,她不在,和平姐才能放手工作，我想，和平姐也是为了成全郁科长吧……

什么逻辑？谁成全谁？出了事就没有那么简单了，谁都难逃其咎。不知和刘和平说过多少遍了，不要针尖对麦芒，她也保证过。

是的，和平姐就是按您指示做的，她一直和郁科长友好相处，甚至成了朋友，否则和平姐也不会当着大伙，说郁科长怎样不幸可怜……

好啦好啦，副社长截断了副科长的话，对林铁军说，社长，您还是先回社里吧，我们在这里盯着。

医院那边呢？

已派人去守护了。听说清洁工和那个年轻人都无大碍。

无大碍是什么意思？林铁军毫不含糊。

就是说，没有生命危险。已经及时进行了缝合手术，接下来静养就是了。

那么赔偿方案呢？

刚刚派人把支票送到医院。

我是说赔偿。

哦，赔偿，我们会尽快和伤员家属协商，然后再向您汇报。

好吧，林铁军心力交瘁地站起来。走到门口，又停住脚步。他依旧忧心忡忡，若有所思。停了很久，才转过头来，那么，刘和平呢？你们打算怎么办？林铁军说着这些时神色凝重。

看来，副社长小心翼翼地回答，看来她只能先被押进拘留所了。

就不能想想办法先把她接出来？林铁军看着副社长，就没有别的门路了？

社长，据我所知，把她接出来的可能性几近于无……

我当然知道。林铁军愤愤地，好像在生自己的气。然后一字一句郑重地说，刘和平是社里难得的好人。就算她没有能力，也不曾有半点懈怠，你们说呢？现在她这样的人越来越少了。出这种事，我们也有责任，是社里对她关心不够。

放心吧，社长，我们一定和警方积极沟通，争取变通的渠道。

至少要为她找最好的律师。她怎么可能蓄意谋杀呢？她只是一时糊涂，偶然发作……林铁军说着眼前一亮，是啊，她那么压抑，又独自一人，很难说没有患上抑郁症，这不是就能帮她解脱了吗？你们就按照这个思路去斡旋，好不好，对我们自己的员工必须网开一面。尤其刘和平这种对社里有过贡献的员工，一定要千方百计地拯救她，如果需要，我可以出面。

林铁军出门后再度看到走廊上的血迹。如此惨烈的感觉让林铁军不堪回首，甚至某种痛不欲生。尽管他已知道在这场搏斗中，没人会死，但他还是转身对副社长强调，你们要尽快安排我去医院和拘留所。

林铁军交办的事项当天就开始进行。他先后探望了病床上的清洁女工和社里的那个年轻人，并分头送上一万元慰问金。

年轻人的手臂和三个手指需要缝合。他说那一刻他只有一个念头，就是一定要夺下和平姐手里的刀。他知道和平姐绝不会伤害他，因为她对他们这些年轻人总是特别好。尽管她有时很难理解他们的想法，却从来都无条件地支持他们。所以他才会不顾生死地抢夺和平姐的刀，他知道唯有夺过她的凶器才能挽救她。他说他们看着和平姐满身是血的时候都哭了。那血有清洁工的，也有和平姐自己的。他们不知道为什么会发生这种事，更想不到这种事竟发生在和平姐身上。年轻人说着不禁眼眶湿润。

林铁军当天就收到发行科的联名信，呼吁公安部门尽快释放刘和平。他们说这次事件，纯属一时冲动。平日里刘和平对科里的每一个人都非常友爱。这封信显然发自发行科每个工作人员的肺腑，也从而坚定了林铁军一定要救出刘和平的决心。

经多方疏通，林铁军终于得以前往拘留所。他觉得必须亲自探望刘和平，让他的职工在绝望的时刻，感受到组织的关切和温暖。但尽管社里已协调好拘留所的警官，但他们见到林铁军时还是一副公事公办的架势，并冷冰冰地告诫林铁军，对这样的杀人犯，你们最好少说话。

林铁军笑了笑，说这只是偶然事件。

什么叫偶然？偶然就是铁证如山的必然。

刘和平确实是个好同志，她很早就入党，并且获得过省劳动模范的荣誉。

无论嫌疑人有多少荣誉,最终法律面前人人平等。她是不是持刀行凶啦?哪怕杀人未遂也罪不容恕。

就是说,你们不让我看人了?

恐怕只有如此了。案子没结。并且这个女人一直不配合。

我们只有见到她,才能说服她和你们配合。否则,也没法和家属交代!

那就和我们没关系了。

林铁军和拘留所警官相持不下,无论怎样争取都无济于事。直到林铁军给公安局的一位朋友打了电话,几经辗转,才迎来一个更高级别的警官前来接待。

这位警官依然坚持对此案性质的判定,然后将林铁军一行带到拘留所的诊疗室。他向林铁军解释为什么不要接触刘和平,因为这个满身是血的女犯人一被带进拘留所,就笃定一句话也不说。事实上,我一看到她的眼神,就知道她是得病了。

精神抑郁?林铁军脱口而出。

这也是我的第一反应。警官说,一开始她的症状并不明显。他见过的那些精神病杀人犯,大多是歇斯底里的。而这个女犯却总是默默坐在墙角。时而眼睛里会闪出狂躁的光。显然她已经不能控制自己,但她还是在尽力控制着,不想让自己看上去像个疯子。后来她开始语无伦次,癔症的特征便表现了出来。紧接着她开始大喊大叫,哭笑无常,甚至开始伤害自己。我们立刻将她转到单独监室,并为她穿上精神病人的那种衣服,这样就不会伤到自己了。所以在那场血案中,应当说她伤人害己的行为都不是主观故意,而是突然爆发的精神病所致。

但她好端端地,怎么能得这种病?她从来安分守己,待人亲和,还是我们社里的中层干部。

越是这样的人越容易出事。而她的压力很可能来自于,她总想让自己做得更好。她的未婚,独居,无疑更加剧了她的孤独感。于是什么样的苦恼都只能自己承担,所以,哪怕是一个小小的烦恼,都会导致最终的崩溃。

那么,您认为我们是不是应该看望她?

她现在正在发作期,尽管已经开始用药,但精神依旧很不稳定。一旦发病,她可以去杀清洁工,同样也可以杀了您,所以我建议,最好还是不要刺激她。

但,我们还是想看看她。林铁军态度异常坚决。他希望对方理解他作为社长的心情。

此刻看望她,应该说对她毫无补益。不过您如果非要坚持的话,我们只好给她戴上手铐脚镣。但那会让她更沮丧。通常这种病人都有更强烈的自尊心。

那么,哪怕在监室门外看看她?

拘留所终于网开一面。一行人跟随警医走进拘留所后院。在狭窄而昏暗的通道上,看不到外面的阳光。警医带他们停留在走廊尽头的房门前, 打开房门上那个小小的窗口,让林铁军透过铁栏杆朝里看。

在昏暗的禁闭室,林铁军很久才看清楚躲在墙角的刘和平。她穿着不会伤害到自己的精神病号服,低着头,像雕像一般，很久很久都不曾有哪怕一丝的动静。后来她好像意识到什么，抬起头，却将身体蜷缩得更紧。于是林铁军看到了她向窗外凝视的眼神。只是眼睛里的光亮一闪而过，紧接着就熄灭了，仿佛整个生命都陷入了黑暗。之后她不再抬头，也不再看身边的任何物体。警医关上铁栏外的窗口，林铁军一行心情压抑地转身离开。

但紧接着禁闭室发出狂叫声，仿佛心有灵犀，尽管刘和平什么也没看到。但是她显然感觉到了什么，于是愈加高声喊叫，所有人都听到了她近乎绝望的呐喊。

我做到了，为了你，一个拥抱。我做到了，为了你，一个拥抱……

然而没有人能听懂她的意思。只是在离去时满心悲怆。林铁军不知不觉加快脚步，仿佛在逃离这片伤心之地。

离开前林铁军再度咨询警医，如果刘和平真的是精神病，那么，她还会被起诉判刑吗?

警医说以我的判断，这种人十之八九不会被判刑。她的病状已非常明显，是那种典型的抑郁强迫症。

那么，她还可以回单位工作吗?

这就很难说了，因人而异。不久后，我们会把她送进精神病院，在警方监控下接受治疗。不过那是种近乎酷刑的治疗，女人一般很难承受。据我的经验，这种病人通常会在医院住很久。有些人能恢复正常，但她这种有过伤害史的患者就很难说了。即或出院，也要在警方的严格监控下。

不久后，刘和平果然被送到公安部门属下的安定医院。

那是郊外一处僻静的所在，整座医院被乡野茂密的丛林掩映着。在那里，刘和平显然接受过人们在电影中看到过的那种治疗。这是林铁军在后来的某一天亲眼看到的。他当时几乎不敢相信自己的眼睛。

他一度成为她们的人质

摆弄和女人之间的关系，对林铁军来说可谓轻车熟路。但不知为什么，有一天，他突然觉得自己成了她们的人质。身边的几乎每一个女人，之于他，都到了挟天子以令诸侯的地步。她们都有各自不同的要求，尽管有些是正当的，但他还是觉出了身心的疲惫。这种被搅在红颜祸水中的感觉就仿佛灾难，到头来除了伤痕累累，还剩下什么？

这种无形的压力首先来自沈远。多年来由她控制的家庭生活可谓一潭死水。作为不坐班的家庭主妇，她本该让这座“围城”充满温馨，但她就是只关心学问，仿佛不食人间烟火。林铁军以为这就是他们结婚数年，为什么一直没有孩子的原因所在。从他们第一次在一起时，她就表现出那种因高傲和矜持所导致的性冷淡。在夫妻的交往中，她总是言简意赅，没有废话，就仿佛她撰写的那些简洁而隽永的学术文章。然而在男女关系中怎么可能没有废话呢？然后便是井水不犯河水，各行其是，当然也就确立了各自间始终保持的独立性。

伴随着这种充满疏离感的家庭关系，他们的房事也随之越来越少。林铁军当然不是那种一门心思拈花惹草的男人，他是爱沈远的，而这种爱，也不是什么人都能拥有的。但沈远四十岁起就开始了更年期。或者是故意做出更年期的样子？总之床榻之上，她对性事表现出极端的反感，甚至厌恶，这就让林铁军无计可施了。毕竟他的年龄远比沈远年轻许多，难道让他也提前进入更年期吗？他再高尚，再清静无为，再服从沈远寡淡的生活，也不能继续忍受这种闲置的苦刑了。他毕竟没有被阉割，没有更年期，周身充满旺盛的生命力。他怎么才能让随时随地都可能蓬勃起来的欲望，有一个激情荡漾的释放之地呢？

于是在一个风清月朗的夜晚，林铁军不顾一切地强暴了自己的妻子。那一刻，他已经什么都顾不上了，只想排泄掉自己的欲望。他不再温文尔雅，仁义礼智信，而是果敢地剥开了沈远那层一直飘拂在他们之间的虚伪面纱，让沈远直面这赤裸裸的爱。他先是撕扯开沈远的睡衣，像野兽一样啃咬她的身体。他不是咬着玩的，而是，真的让这个不停退避的女人遍体鳞伤。但凡他能够攻击到的地方，他都毫不迟疑。他亲吻她的嘴唇，蹂躏她的乳房，冲击她的阴道。她让他一往无前的进击，直到占满她欲望的通道。总之，一切他想做的，他都做到了，那一刻他已无所顾忌。

此前他们尽管各睡各的，但始终是在一张床上。伸出手就能碰触到对方，于是肌肤之亲始终存留着。但不记得什么时候起，沈远突然提出要赶一部书稿。如此日以继夜的那段日子,她干脆就睡在了自己的书房。美其名曰,是为了不影响林铁军的休息。然而久而久之,他们竟慢慢习惯了这种不相互打扰的睡眠方式。如此一夜一夜地触摸不到对方的身体,慢慢地,他们的夫妻关系便也形同虚设。

是这种不温不火不冷不热的现状,逼迫林铁军不得不“红杏出墙”。他甚至将此作为对沈远的某种报复。在性的层面上,他们的关系几乎彻底破裂。但却始终保持了性以外的,他们都认为坚不可摧的夫妻关系。于是无论林铁军怎样花街柳巷,沈远都是他心中永恒的女人。这一点在林铁军的意识中牢不可破,即是说,无论林铁军在外面有多少红颜知己,他最终都是属于沈远的。

沈远对于林铁军来说,就像是唐太宗的长孙皇后。即或是皇上的甘露殿挤满后宫粉黛,但让皇上俯首帖耳的,却只皇后一人。这或者也在某种意义上说明了,没有身体的爱,并不等于就没有了精神的爱。而直到长孙皇后溘然辞世,唐太宗才觉出永别皇后的切肤之痛。

沈远觉出了林铁军的移情别恋,但觉得这对于男人来说天经地义。作为妻子,她只能听之任之,任其恣肆,这是沈远早就领悟到的道理。一个成熟的男人,并且正值生命中最为璀璨的时刻,当然能吸引女人,何况他还握有了被某些女人所格外属意的权力。作为这样一个春风得意的青年才俊,政坛翘楚,自然会被身边的女人所吸引。伴随着林铁军的风生水起,越来越多的女人甘愿成为他狩猎的目标。那些有姿色的,风度优雅的,不一而足。就算林铁军没什么魅力,他也能像吸铁石般,将那些女人牢牢吸附在自己身边。

尽管林铁军已感受不到家中的温暖,但沈远依旧是他一生的女人。他发誓无论发生什么都不会离开妻子,他做到了,因为他爱这个长孙皇后般母仪天下的女人,始终爱。所以他才能无论被哪个女人勾魂摄魄,都不会动摇哪怕一丝一毫的家庭观念。直到那晚,他和未央被关在黑暗中整整一夜,他才第一次让离婚这个词汇从他的脑子里跳了出来,哪怕只是一闪念。但就是这电光石火的一闪念让他从此寝食不安。他不相信自己会真的和沈远离婚。他告诉自己这确实只是一闪念,冥冥中,他并不知离婚之于他其实已经来不及了。

自从和未央有了难舍难分的情愫,事实上他又维系了一段和霏霏之间的肉体关系。他不能将昨天的最爱突然抛弃,至少这也曾经是他的选择。尽管他越来越不能忍受霏霏的小人得志(他自己又何尝不是如此),但心里,他还是很难一下子就将这个女孩赶走。他依旧会在某个约定的时刻前往霏霏家,不过那已经不是她原先的小屋了。那时候他甘愿冒着风险为霏霏买房,感觉中这里也是他林铁军名正言顺的家。房子的装修也是他一手操办的,尽管房产最终被归在霏霏名下。

于是他们在这个新家中为所欲为,以此来补偿沈远不愿意和他配合的那个部分。而霏霏刚好是这方面的高手,能助推林铁军最大限度地释放生命的能量。但林铁军却始终不曾答应霏霏离婚的请求,他说他没有理由和妻子离婚,因为沈远是他毕生的女人。

后来他不再能忍受霏霏的俗不可耐，他这才发现讨厌一个人，有时候并不是从讨厌身体开始的。他最先讨厌霏霏是从她的声音开始的。而由声音传递的话语，对他来说，就像是周身起满了鸡皮疙瘩。总之，他不再能忍受霏霏的扭捏作态，那种恶浊的心理感受，足以说明他对霏霏已经忍无可忍了。

林铁军日复一日的冷漠应付，霏霏不是没有察觉。她知道什么叫嫌恶的表情，亦知道什么是反感的信号，进而洞察了林铁军准备逃跑的企图。她坚信，他和她上床越来越少的原因绝不是沈远。她本能地觉出，林铁军一定是又爱上了什么别的女人，否则不会如此决绝。但无论霏霏动用怎样的侦察手段，却最终不曾探出蛛丝马迹。

越是怀疑，霏霏就越是抓住林铁军不放。以工作之名，霏霏不断巧立名目，频繁安排林社长必须出席的各种应酬，或宴请合作伙伴，或被合作伙伴宴请之类。而这些不得不出席的活动让林铁军不胜其烦。他知道这是霏霏故意安排的，这样她就能时时刻刻和他在一起了。甚至宴会后的那些空档霏霏也不放过，不是邀约林社长陪客户练歌，就是找外地小妹洗脚。然后，她就会名正言顺地要求林铁军把她送回家，进而送上楼。而那时酒精过度的林铁军就不得不就范了。下车时，霏霏只需说“明天”两个字，司机就知道社长要在这里过夜了。

霏霏在占有林铁军方面极为霸道，她从来就没有顾忌过沈远的感受。尽管在沈远家这已不是秘密，但沈远却从来不曾当面质疑，或者她觉得这种事说出来有失尊严。于是霏霏愈加变本加厉，不把沈远放在眼里。在她的观念中林铁军就是她的，事实上外界也早就将他们的关系约定俗成了。

但无论怎样维持着和霏霏的苟延残喘，林铁军还是近乎疼痛地牵念未央。尽管他知道那女人近在咫尺，却始终没有那种唾手可得的感觉。他知道他们之间的关系是倾心的，是任何肉体所不能企及的。于是和霏霏在一起时变得心不在焉，甚至做爱时眼前晃动的也是未央。

这种在女人之间往来穿梭的日子让林铁军疲惫不堪。有一次，他竟然赶场般地应付他的各种女人。清晨，他爬出未央的帷幄。午后，在未央的工作室侃侃而谈。深夜，直奔霏霏的安乐窝……那一阵，他真的不知道自己是什么人了，就像终日沉迷于后宫的风流皇帝。只是皇帝这样做是天经地义的，皇帝也不用像他这样四处奔走。而他的风花雪月，偷鸡摸狗，最终只能让他成为欲望的奴隶。

他知道，霏霏越是觉出他的貌合神离，就越是要不顾一切地拴住他。进而像侦探一般追踪他的行迹，将他原本自由的环境化作乌有，更不要说在社里和未央见面了。但他依旧不放过任何与未央亲近的机会，哪怕一声问候，一个眼神。哪怕很小的缝隙，他都会爬进去。

在女人的如此纠缠中他开始力不从心，一度觉得自己就像她们的人质。就仿佛她们每个人都在用望远镜观察他的行止，转过头又让放大镜将他哪怕最微小的动作无限夸张。

后来林铁军再不想这样奔波了。尽管他一直觉得俘获女人是男人生命中最有趣也最值得骄傲的壮举。是的，他忽然觉得这一切没意思了，心有余而力不足，于是决定走出这个被女人划定的怪圈。

他所以如此，是因为未央的出现，当一个男人觉得他终于找到了他的女人。当然，他可能依旧不会离开妻子，这是他曾经的许诺，不能言而无信。但未央的出现，还是多多少少动摇了他谎言一般的坚守。总之，他此刻只需在霏霏和未央中做出选择。只是这选择不像选择物品那样简单，而是在选择一种生命的状态，甚至未来的人生。他知道尽管他要求自己做出选择，但事实上已无需选择了。电梯里的，那长夜，就已经为他做出选择了。是的，他不能没有未央，绝不能，他的生命中就只剩下这个善解人意的女人了。

接下来他要认真去做的，就是怎样摆平霏霏，进而甩掉她。他知道要抛弃一个女人总是要付出代价。再好再平和的女人也会因此而怨愤，进而不遗余力地诋毁她们曾经爱过的男人。当然，也会有通达抑或称之为狡诈的女人，一旦意识到大势已去便不再纠缠，而是将仇恨转化为对财富的掠夺。在林铁军看来，郁霏霏显然兼而有之。她尽管没有太高的文化，却天然心思缜密，否则她怎么可能轻而易举就将一笔一笔的外快划入林铁军的银行卡，又怎么能将林铁军名下的房产，神不知鬼不觉地转到自己的名下。

林铁军就是因为看到了霏霏的贪婪，进而将他们的分手想象得简单而轻松。在最后阶段，他开始不露痕迹地在霏霏生日、抑或别的什么纪念日，送给她昂贵的钻石首饰和高级化妆品。他的慷慨让郁霏霏愈加警觉，她当然知道赠予的背后是何等用心。她知道这就意味着，他要抛弃她了。不过这只是林铁军的一厢情愿，霏霏是轻而易举就能打发的吗？

林铁军觉得他已仁至义尽，甚至什么都不再给霏霏就能扯平。这些年来，他已经给她太多了，无论是自己的，还是公家的。也无论提级还是加薪，包括她的房子，都是他奉送的。想到这些，他甚至觉得自己太过慷慨了，沈远得到过这些吗？万末得到过这些吗？更不要说一向简朴低调的未央，她就像简·爱那样过着自己清贫宁静的生活，从不抱怨。

是的，作为一个男人，一个占有过女人的男人，一个想抛弃女人的男人，他林铁军做得还不够好吗？有多少男人能像他这样，在分手时如此慷慨大方。但即或如此，林铁军依旧不敢期待霏霏的通情达理。因为通情达理这几个字，根本就不是为霏霏这样的女人创造的。她怎可能通情达理呢，更不要说善解人意。当林铁军最终不得不摊牌，霏霏竟冷冷地说，我什么也不要，只要狗日的你。

后来霏霏所以扬言举报林铁军，是因为她觉得这个男人太不是东西了。他所以不停地给她送礼物，并不是为了爱她而是为了摆脱她。他所以送给她昂贵的礼物，就为了让她拍拍屁股走人。所以她觉得这浑蛋的城府太深了，而他的铺垫，也太他妈的算计了。

然而以霏霏的聪慧她不可能中计，也不会轻而易举改变自己的生活态度。于是当上级机关的调查组突然进驻出版社，一时间关于林铁军有问题的传言再度甚嚣尘上。林铁军则适时利用了这个机会，说此刻摆脱他们的关系，无疑是对霏霏最好的保护。但一向哥们义气的霏霏怎么可能临阵脱逃？她说她做不出那种背信弃义的勾当。所谓的忠诚就是一荣俱荣，一损俱损；她就是要和他同生共死，哪怕遗臭万年。霏霏不知道调查组究竟是例行公事，还是上面真的要收拾林铁军。事实上调查的结论早就通知林铁军了，只是霏霏被蒙在鼓里，如惊弓之鸟般为他担惊受怕。

这个浑蛋！

当霏霏终于看清林铁军的面目，一度，像撞笼的野兽般歇斯底里。尽管她恨透了这个虚伪的男人，却还是莫名其妙地不想离开他。她先是以哀兵之态恳求林铁军回心转意，但当她意识到不可能复合后，便将性格中残忍的部分展露了出来。她不仅扬言举报林铁军，还发誓要彻底毁了他，包括家庭。她不仅要斩尽杀绝，还要同归于尽。那时候，她竟然固执地认为，就是死，也要和林铁军死在一起。

或者这就是被林铁军认为的人质的日子。他没有自由，提心吊胆，每天都被霏霏挟持着。那时候，他觉得自己就像被女人操控的吊线木偶，又不能向任何人倾诉他的苦衷和绝望。在那段苦不堪言的日子里，他觉得自己几乎崩溃了。

小爱神射出的箭让真相大白

林铁军开始不定期地探望刘和平。这一直是他心中的一份纠结。他甚至觉得刘和平是为了他才精神失常的，所以他才要频频光顾这家郊外的精神病院。他觉得这里比监狱还要可怕。刘和平的病情始终不稳定，每次探视后他都会觉得心里很难受。那种透彻心扉的绝望感始终萦绕于心。

他所以坚持前来，因为刘和平是个从来不向任何领导邀宠的女人。她工作起来兢兢业业、一丝不苟，完成了林铁军交办的所有任务，包括和郁霏霏搞好团结。

刘和平始终觉得，既然自己的工作关乎社里的经济命脉，就应鞠躬尽瘁，死而后已。只是她意识不到，她的冲锋陷阵是在为林铁军一个人堵枪眼。她一直由衷佩服林社长的魄力，进而对他生出某种既莫名其妙又难以割舍的爱戴。久而久之，她竟白日梦般将林铁军视作梦中情人，并从不讳言她是林社长最坚定的“粉丝”。这种一厢情愿的仰慕之情当然无可厚非。每个人都可以有他们暗恋的目标，就像影迷追求那些他们根本就不可能碰触的银幕偶像。

于是刘和平就像那些痴迷者,将这种对林社长的眷恋深埋心底。她当然知道这份感情是不切实际的。她于是将这份惆怅催生为更加勤奋努力地工作。她觉得唯有这种化悲伤为力量的意志才能让她释然。然而这份单相思日积月累,无从释放,反而让刘和平内心淤积的爱意越来越深重。

不过林铁军从未蔑视这个臆想狂的女人,他甚至觉得,如果自己之前就知道刘和平的想法,他或许会真满足她的要求。他觉得和一个长期追随他并信任他的女人做一次爱,并不是什么牺牲。毕竟在林铁军最焦头烂额的时候她曾经帮助过他。她从来心目中只有工作,以至荒疏了自己的爱情和婚姻。林铁军进而联想到,如果他能够让她拥有她想要的,说不定她就不会发病了。

尽管刘和平的发病和林铁军没有直接关系,但他总是觉得自己什么地方有愧于她。或者他不该将霏霏发配到原本平静的发行科,让刘和平在突如其来的挤对中,丧失了原本平衡稳定的心性。总之,无论刘和平怎样的心态,也无论她是否遗传了家族精神疾病的基因,他林铁军都有不可推卸的责任。所以他是怀了自咎进而自赎的愿望,来补偿刘和平的。

林铁军最初探望刘和平的时候,她的病情没有任何改观。她总是默不作声地蜷缩在病房的角落,偶尔会突然爆发出怪异的笑声,听起来让人毛骨悚然。有时候她也会绝望地哭泣,伴随着拼命晃动玻璃窗上的铁栏杆。总之,她经常处在一种妄想狂的紊乱状况,所以医院里始终不曾对她放松警惕。医生说，他们弄不清究竟是什么刺激了她，以至伤人伤己，病入膏肓。

透过玻璃隔断，刘和平显然认出了林铁军。她开始不顾一切地往玻璃墙上靠，甚至伸出手臂想要抓住林铁军的手。当迎头撞上冰冷的玻璃墙后，才意识到自己已无法接近现实。但她却没有放弃，哪怕在玻璃墙后面也要拼命地诉说。然而她发出的声音却含糊不清，医生说那是药物所致，慢慢会有所改观的。总之，她想要表达的意志力极为顽强，哪怕思维混乱，吐字不清。

林铁军似乎听懂了什么，诸如，我做到了。为了你。一个拥抱。是的，我做到了，做到了……一如歌曲中的复歌般往复循环。这类字眼，不仅在她杀人时不断重复，在看守所时也曾反复再现。或许别人听不懂她说的到底是什么，但林铁军从一开始就明白她为什么要这么说。是的，他曾经拜托刘和平，他说就算是为了我。所以你要尽力改善你和霏霏间水火不容的关系。他说我相信你，你能做到的，请答应我，他甚至满怀寄托地拉住刘和平的手。不久后，他就知道刘和平果然做到了，因为很快就传来了她和郁霏霏尽释前嫌的消息，发行科也因此而恢复了往日的平静。

他于是更加坚信刘和平只要是为了他，无论怎样受尽苦难，都会忍气吞声。所以林铁军从心底感谢这个女人。他知道刘和平为此做出了怎样的努力和让步，更知道她为什么要那样做。但是，倘若没有那个兴之所至的拥抱，他还会像今大这样满怀愧疚吗？

是的，这就是林铁军所以常来这里的原因。没有刘和平主动和霏霏和解，说不定那个狗急跳墙的霏霏早就破釜沉舟了。所以稳住郁霏霏就等于是，给了林铁军一条通往明天的路，让他能继续如鱼得水地经营他的出版社。这所有的一切都是刘和平一人担当的。一个人的坚忍，一个人的眼泪，甚至，一个人的疯狂。所以，无论这精神病院怎样令人毛骨悚然，林铁军都会锲而不舍地来探望她。

伴随着治疗的深入，刘和平变得不那么危险了。后来林铁军再见到她，她已无需再穿那种重症精神病患者特殊的病号服了。但她依旧不能走出玻璃房子，只能像犯人一样通过电话和探视者交流。她变得清醒而有条理，在林铁军面前格外拘谨，仿佛又回到了原先那种上下级的关系中。每每林铁军前来探视，她都极为温顺地坐在他对面。那种平和而安详的感觉，就仿佛她是上帝的羔羊。她不敢抬起头直视玻璃墙外的林铁军，她甚至为自己的病症而满怀羞辱和愧疚。无论林铁军和她说什么，她都好像没听见似的，仿佛丧失了语言的能力。但是她却始终不渝地看着林铁军，直到他站起来做出要走的样子。她才会突然贴在玻璃墙上，让林铁军透过隔断慰藉她。

林铁军便这样完成了一次次探视。他觉得这种什么也不说的感觉反而更简单，也更轻松。然而当一次探视结束，刘和平被医护人员带走的那一刻，她却突然返身回来，冲向玻璃墙外的林铁军。这是她唯一的一次拿起电话，慷慨激昂地对着话筒大喊大叫。那形状，就仿佛即将走上刑场的死囚犯，临行刑前拼命为自己申辩着什么。

刘和平突然的举动引来一片慌乱。几个医护人员立刻将她死死抓住。但她却毫不妥协地奋力挣扎,并求助般望着玻璃窗外的林铁军。在林铁军的示意下,医护人员终于让刘和平回到探视的位子上。她于是慢慢安静下来,先是满怀悲愤地看着林铁军,然后拿起电话,轻轻地说,被煎熬的心里,只有思念和叹息。然后她放下电话,顺从地离开探视室,再没有回头。

林铁军坐在医院走廊的长椅上,满心凄楚。他觉得他似乎感觉到了刘和平被煎熬的痛苦。是的,只有,忧思绵绵,声声叹息。林铁军不能确定他所理解的是不是刘和平的本意。但刘和平离去时的身影确实让他无限悲伤。他觉得她的短语就像歌声般飘散在她无助的身后。那绕梁三日的惆怅,一直徘徊于林铁军的脑海,像针刺一般刺痛着他的灵魂。

回家的路上,他始终不能平复,甚至眼睛都湿润了,觉得这女人好可怜。他拼命回忆着刘和平到底说了些什么,或者她想传递怎样的信息。但他却是什么都不记得了,耳边回响的唯有她悲凉的语调。

那以后,大凡探视即将结束,刘和平都会在最后的时刻蹦出来几句莫名其妙的诗句。诸如,尽管绳索捆缚了我的双手,但心中依然跳荡着自由的火焰。又比如,用你非凡目光映出的这个身影,究竟是生命,还是死亡。抑或,没有你的光辉,世界将一片黑暗。为什么,你要平息我风景般的欲望?不,我愿深陷那无情的罗网,你,甚至不肯倾听我的忧伤。我以为看到了一个潘多拉,致命的利箭从他的眼睛里射出。而我眼中流出的却是鲜血,滴落到大海中就成了破碎的红珊瑚。自从失去那束光的照射,犹如漫漫黑夜中的漂泊。就这样在希望中消磨时辰,用日夜交替遮挡无尽的忧伤……

这些被刘和平念诵出来的话语,每一次都成了探视中隽永的尾声。慢慢地,林铁军适应了刘和平这种近乎于仪式般的告别。他只是不知道她是从哪儿得来的这些近乎于做作的语句。他知道这是她在直抒胸臆,坦诚她充满了诗意的失意。

后来他不再被精神病院困扰,尽管那里的环境没有丝毫改善。医院对病人的管理比监狱还要严酷,监狱里是那些曾经肆意行凶的罪犯,而形形色色的疯子对生命的危害,同样不能掉以轻心。他们尽管是病人,却和罪犯一样拥有疯狂的杀伤力;他们尽管无辜,却也在灵魂深处藏匿着罪恶。所以林铁军探望刘和平,某种意义上,就等于在探望一个罪犯。幸好,他已慢慢习惯了探视后的自我调整,知道该怎样将刘和平从他的脑海中暂时清除出去。

他独自开车行驶在郊外荒野中。无意间,脑子里猛地跳出了“你射出的究竟是生命,还是死亡。”如此听来,刘和平的诗句似乎就没有那么愚蠢了。活着,还是死亡。是生,还是死,这莎士比亚的永恒格言。他突然觉得刘和平的暗喻其实非常有意思。射出的到底是什么呢?他竟然循着刘和平的追问思考起来,射出的到底是爱神的箭,还是欲望的精液?他进而反思自己为什么总是将所有的意象都归结为性,或者就因为他从来没有真正像样地发泄过。所以他才会把刘和平所谓爱神的箭，当作了激情中欲望的喷射。那么，刘和平到底是怎么获得这种意象的？这会是她那种疯女人写得出来的吗？或者，这些不知从何而来的诗句已在她胸中沉淀良久。“你射出的究竟是生命，还是死亡。”林铁军突然觉得他熟悉这句话，只是不知道在什么地方读到过。

是的，在哪儿呢？林铁军突然一个急刹车，将汽车停靠在公路边上。他几乎不敢想象为什么，他会突然想到了这个诗句。“你射出的究竟是生命，还是死亡。”他在后视镜中看到自己的脸，看到额头上正慢慢洇出的细碎的潮湿。是的，他恍然大悟，仿佛一下子什么全都明白了。

这个下午，林铁军没有匆匆忙忙赶往未央家，尽管他整个星期都在盼着这一刻。但他此刻宁愿放弃未央，放弃翻江倒海的欲望。是的，是的，他终于幡然醒悟，就差将这恐怖的一幕落到现实了。

然后他开足马力，风驰电掣。匆匆赶往办公室。假期中整座出版大楼寂静一片，他甚至能听到自己的心跳声。他用钥匙开门时手在发抖。抽屉的钥匙半天插不进锁孔。他甚至以为自己带错了钥匙。直到终于打开抽屉，他才擦掉额头的汗水。

他坐在桌前，心依旧怦怦地跳。他开始翻找那些匿名信。他知道那些邪恶的信件在什么地方。他轻而易举就找到了它们。一些信干脆还没有开封。这说明他对那些恶意的指控是多么反感。他不记得这些信是什么时候戛然而止的。此刻才发现，最后的匿名信竟然止于刘和平被关进拘留所。

于是他心有余悸地打开那些信，他一行一行地读着，一个字一个字地比对着，那让人难以理喻的无耻和邪恶。是的，一下子他所有的记忆都回来了。刘和平在玻璃幕墙后像颂歌一般背诵的那些诗句，都可以在这些信中找到同样的文字。那所有的语句，所有晦暗的提示，此前他怎么就没有想到呢？

他再次阅读这些信时，不禁周身寒战。一个最最不可能的人，大家心目中的好人，一个几乎不可能想到的人，她，竟然能在社里掀起如此轩然大波。是的，她始终在控制着他，让他顺着她的意志走。那些信让他紧张害怕，绝望变态，甚至召开了那个让他至今想起来都无地自容的全社大会。在会上，他竟然还恬不知耻地宣读那封充满色情的匿名信。他至今不知道自己当时是怎么想的。是为了敲山震虎，还是证明襟怀磊落？总之，他一直觉得自己被什么人牵着走，却不知左右着他的那个人到底是谁。甚至此时此刻，他依旧被笼罩在她的阴影下。他坚信，这个女人一定会因此而沾沾自喜，享受着那种老鼠戏弄猫的邪恶与快慰。妈的，他怎么能那么轻易就被这女人骗过了呢？而她，想要达到的目的又是什么？

林铁军越想越觉得不可思议。他如此高智商的一个男人，竟然被一个卖书的女人给涮了。他只要一想到那些信，就从头到脚地不舒服。尤其当真相大白的这一刻，就更是恨不能把那个疯女人撕成碎片。是的，他怎么能咽得下这口恶气？

震怒中，他想都没想就发动了汽车。跑出很远，都不知道自己到底在往哪儿开。但很快他就让自己镇定下来，坚信冤有头，债有主；不是不报，只是时候未到罢了。他再不能任这个女人随意凌辱了。他发誓要将她送上法庭。而她，这个被毒汁浸泡的女人，将再不能逍遥法外了。一路上他始终超速行驶，好像只有速度才能发泄他的仇恨。

他知道这将是他最后一次来精神病院。他无法判断这女人是自己疯了，还是想把他逼疯。他气急败坏地走进探视室，但探视的时间早已结束。他于是不顾一切冲进病房，将阻拦的保安远远抛在身后。

他知道刘和平的病房在哪一层，从拘留所送她进精神病院的那天他也在场。那时候他所以来是为了仁至义尽，他觉得他对她有着某种愧疚。他把她一个人丢在被捆绑的床上，心里很不好受，待医生为她注射了大剂量的安定剂后，他看着她睡着后才悄然离开。离开时，他还透过门上的玻璃窗又看了她很久。他觉得在这偏远的荒郊野岭，她就像孤儿。

他轻而易举就找到了刘和平的病房。他并不想接近那个邪恶的女人。他只要，把她写过的那些肮脏的信件一张张地展示在玻璃窗上，让她看到就足够了。

于是，他这样做了，并做得很痛快。他先是引诱那女人走过来，暗示她靠近他贴在玻璃窗上的那张脸。紧接着他把那一张张她亲自操刀的匿名信铺展在玻璃窗上，然后他看到她睁大了眼睛……

那女人看到第一封匿名信时目光是游移的，仿佛不知道究竟发生了什么。当第二封信透过玻璃映进女人的眼睛，她的表情就变了。她变得紧张而恐惧，带着某种恨意。到了第三封信，她脸上的表情开始扭曲，某种不甘，抑或痛苦，总之，不再轻松。然后是第四封、第五封，她开始平静而冷漠，仿佛一切都无所谓了。紧接着，她的脸上竟露出笑意，进而骄横。对她来说，反正一切都败露了，于是她转身而去。

她不再理会林铁军继续展开的那些信件。但哪怕她不再看，林铁军也要意志坚定地将她的那些罪行一览无遗地展示出来。他所以誓不罢休，在某种意义上，已经不是在声讨刘和平，而是惩罚自己了。

当林铁军终于把他想做的这一切做完。当那些浸满毒汁的信件撒满病房悠长的走廊。林铁军依旧不能平复心中的仇恨，而复仇的方式，就是长久地逼视着玻璃窗里那个始终背对着他的女人。

当他终于被赶来的医护和保安团团围住，他知道他可以离开了。但就在他即将转身的一刻，他简直不敢相信自己的眼睛。那女人，转过头来的时候，竟然是一张血肉模糊的脸。那一刻他真的被吓坏了，拔腿就跑，但还是听到了身后传来的狂叫声。他想不到刘和平竟然用这样的方式惩罚他。他不再知道，这个女人到底是不是真的疯了。

那之后林铁军再没有去过精神病院。他所见到的刘和平最后的影像，对他来说就像是一场挥之不去的噩梦。甚至很长一段时间影响到他的工作，他的情绪，他的睡眠，甚至他和未央的做爱。那血肉模糊的影像就像电影，循环往复地在他眼前不间断地播放，蚕食着他不堪一击的神经。

但林铁军从未对任何人说起过这段可怕的经历。甚至未央也不知他何以变得如此脆弱。或者因为她和林铁军惺惺相惜的时候正值他的衰落期，所以她只能以此刻的状态，来经营他们深邃而不幸的爱情。

不久后新华书店拆迁移至新址，发行科终于回到出版社的怀抱。搬家前同事为刘和平收拾办公室，不得不撬开她层层上锁的抽屉。想不到竟意外发现了诸多匿名信，有些是草稿，有些是封好而尚未寄出的。其中每一封都是写给林铁军的，不仅对林社长极尽诋毁，还对他充满了猥亵的妄想。对此他们不敢轻举妄动，只得通知社里。林铁军立刻责成办公室前往处理，收走了刘和平抽屉里的所有信件。

人们这才恍然大悟，原来刘和平如此心肠。所以林铁军当众宣读那封匿名信不久，刘和平就难以控制地精神分裂了。她不仅苛刻地伤害自己，更加残忍地伤及他人。于是大家反复猜度，刘和平所以做出如此骇人听闻的举动，也许就为了让林铁军注意她。如今她彻底崩溃，毁掉了自己。以如此常人难料的方式，成了这个事件中最邪恶也最无辜的受害者。

当然，林铁军当众朗读匿名信，无疑是导致她崩溃的直接诱因。以她正常人的尊严，怎么能忍受这个既爱且恨的男人当众羞辱她呢？不错，在出版社这种知识分子扎堆的环境里，她当然懂得做人必须收束，且一直被谦卑的感觉所约束。事实上她读过的书，一点也不比那些大学毕业的硕士、博士少。何况发行工作更需要她了解图书市场，所以别人可以不读，或想读什么就读什么，但唯独她，社里出版的每一本书，她几乎全都通读过。没有谁能像她那样把读书当作自己的工作需要,所以在某种意义上,她比那些自以为是的编辑的知识面其实宽阔许多, 只是天生的死心眼让她飞扬不起来罢了。她不能像霏霏那样,尽管识字不多,却能将所谓的事业经营得风生水起,让人不能小觑。而刘和平将永远只是社里的小人物,无论她做了多少工作,为出版社赚了多少钱,都将不会成为社领导的宠儿。

是的,就因为林铁军当众宣读了她的信而刺激了她。据发行科的同事回忆,那之后,她就一直失眠,以至于出事前,她已经三天三夜没睡过觉了,或者这才导致了她不可遏制的狂躁。被警察带走前,她一直都在说对不起。说她并不想伤害那个无辜的清洁工。但阴差阳错,仿佛箭在弦上,那时候她已经控制不了自己的行为了。

于是同情刘和平的人,私底下为她扼腕叹息。觉得她才是真正的不幸者。她招谁惹谁了,却被无端地挟持在各种恩怨和各种人际关系的夹缝中。她本来可以远离矛盾,好好地活着,快乐地工作,却落得要在可怕的精神病院度过余生。

社里由专人先后甄别了刘和平的所有草稿,又请专业人员进行了笔迹鉴定, 并将电脑中刘和平删除的部分重新恢复。最终的结论是,林铁军受到的那些中伤和诽谤,均系刘和平一人所为。而她突发精神病的诱因,经医院鉴定,很可能是被当众羞辱所致。

林铁军面无表情地听着那些煞有介事者的汇报。他们当然不知道林铁军早就洞悉了这所有的一切, 并决定不了了之。只是搬迁让这一尘封的旧事重提,他只好顺水推舟,让那些心腹去为他洗净满身尘埃。

所以,在听取汇报时他始终一言不发。当听到最后的请示,这些草稿和信件怎么处理?林铁军想都没想,就摆了摆手,意思大概是任它去吧。

工作人员立即打开碎纸机,当着林铁军的面,一张一张地碎掉了刘和平那些歪歪扭扭的文字。在碎纸机终于停下来的时候,他们又发现了一本很薄的小册子。工作人员再度打开碎纸机,准备将这小册子也碎掉时,林铁军突然喊停。说把那本书拿过来。一本叫作《小爱神》的小册子。

这也是刘和平的吗?林铁军问。

也是在她抽屉里找到的。不知道哪家出版社出的。好像是盗版书,竟然只卖6块钱?

林铁军接过那本小册子,我倒想看看这到底是一本怎样的书,毒害了这个可怜的女人。

下班后,林铁军开始翻阅这本让刘和平爱不释手的《小爱神》。这是文艺复兴时期英国诗人埃德蒙·斯宾塞的一本十四行诗集。是献给他的情人(后来成为他的妻子)伊丽莎白·博伊尔的诗歌集,表达他对她永恒的爱慕之情。诗人把爱情比作法庭、比作战斗、比作暴风雨,比作病痛,又比作宗教崇拜。他同时希望他的爱之诗歌能成为最高的道德教育手段,用美德和善行塑造高贵而纯洁的情操,在现实中创造梦幻的世界……

是的,《小爱神》,这本被刘和平读破的书。只是这种书对林铁军这样的男人没有任何吸引力。这些既做作又夸张的词语和意象，只有进入刘和平那种女人的心中才会具有震撼力。

接下来的这些诗句下面,刘和平刻意画出了红色的铅笔道。

是的,“用你非凡的目光映出的这个身影,你射出的究竟是生命,还是死亡？”

是的,“在希望中消磨不尽的岁月,用日夜交替遮挡我的忧伤。”

是的,“自从我失去那束光的照耀，就犹如在地狱中漂泊”。

…………

林铁军读着这些诗句,仿佛被鞭笞了一般,他立刻将手中的《小爱神》丢进了那个闪着红灯的碎纸机。但他突然又想把那本书抽回来时,《小爱神》已经化作纸屑。而他最后闪过的关于刘和平的念头,竟然是,这个疯女人可能真的爱他。

未央小心翼翼地叩响了廖也夫的门

未央小心翼翼地叩响了廖也夫的门。而此前她从来都是推门而入。这是唯有他们之间才有的某种随便,已经很多年了,她一直把老廖当作父亲一般的长者。她不记得从什么时候起改变了这长久以来的习惯,亦不知她已经多久没进过老廖的办公室了。甚至在走廊或电梯间偶尔遇到也显得格外生分,只是礼节性的点点头,浅浅地笑过,就各往东西了。事实上对这种变化彼此早已心照不宣,只不过谁都不想捅破那层窗户纸罢了。或者他们都觉得,拘住这面子就不会彻底决裂。而老廖,将一如既往地与未央心心相印,无论她做了怎样的蠢事,他都会对她网开一面。

如今在出版社,知老廖者,只剩下未央了。她当然知道老廖是那种看上去谦和坦荡、君子风度,但骨子里却蝇营狗苟、患得患失的人。他总是牢骚满腹,怀才不遇,觉得整个世界都欠他的。深厚而饱满的文学修养非但没给他宽阔的胸怀,反而铸就了他永远不知满足的欲望。而他这种典型的乡村知识分子习性，极大地制约了他人生的发展。

这一次并不是未央要找老廖，而是老廖主动打电话让她过来。但其实未央早就想找老廖谈谈了，她觉得他们之间不能总是这样冷战，尤其在这种几乎生死存亡的时刻。她想把那层尽人皆知的薄纱拨开，开宗明义，无论老廖能否接受，但那就是未央的选择。她知道倘若她喜欢的那个男人不是林铁军，而是别的什么人，老廖肯定早就把她的爱情当作自己的荣耀了。

是的，她不是没想过要求助于老廖，她也不是不知道林铁军正在接受上级机关的调查。她能够感觉到此次调查对林铁军来说可能凶多吉少，而社里唯一参与其中的，只有作为纪检委书记的廖也夫，而老廖，又恰恰和林铁军有着不共戴天的私人恩怨。所以单单是老廖，就已经让林铁军前景堪忧了，更不要说，倘若老廖无中生有，公报私仇。在林铁军的问题上，他是绝不可能秉持公正的。

未央还记得他们此前交好时，但凡见到老廖，他没有一次不是在声讨林铁军。他总是滔滔不绝地罗列出林铁军的各种缺陷，以至于未央对此都烂熟于心。大家都知道林铁军对老廖不公平，毕竟他做了一辈子业务，却被莫名其妙打进远离专业的政治冷宫。林铁军的独断专行、小人得志，从郁霏霏身上就可见一斑。那时候不仅老廖义愤填膺，社里的几乎每一个人都怒火中烧。甚至私下里有人把林铁军比喻为纳粹，让忍无可忍的民众生活在暗无天日的集中营。总之，林铁军的罪状伴随着他的各种举动与日俱增，而首当其冲的老廖就成了那个最先受到迫害的人。

但曾几何时,一切全都翻盘了。对未央来说,老廖不再是正义之师的代表,而是要将她的男人送进黑牢的刽子手。甚而老廖连未央都视为不可饶恕的敌人,从此不再正眼看她,也绝不主动和她打招呼。

一度,未央因失了老廖的友谊而万分苦恼。她知道失去老廖就意味着,失去了出版社大多数的朋友和同事。她知道即使老廖被打进十八层地狱,他也能在地狱里笼络起无数和林铁军对峙的同僚。于是她左右彷徨,举棋不定,在爱情和友情之间做艰难选择。但最终还是爱情战胜了友情,这是她作为女人本能的取向。她知道古今中外莫不如此,既然情愿为爱而死,她就绝不会再走回头路。

她小心翼翼地叩响老廖的门。她听到老廖说“请进”。那声音冷冰冰的,没有任何色彩,她不知是不是所有的纪检委书记都是这样发音的。然后就看到和老廖声音一样的冷冰冰的脸。那一刻她觉得已经不认识这个人了。她面对老廖时甚至有些紧张,以为自己不是在出版社,而是在某个被告席上。

你以为纸里能包得住火?老廖一副凛然正气,这座大楼里没有不透风的墙。

未央站在房子中央,廖也夫甚至没让她坐下来。就是说,你把我当作罪犯了?

我只是对你的鉴赏力颇感失望,你难道不知道他是什么人吗?

他要做什么人,是他的选择。未央变得坚定起来。

你在与狼共舞,却迷途不返。能告诉我,他到底给了你什么吗?

爱。

爱算什么东西,你已经不是那个乡下来的小女孩了。

你以为我忘了我的出身?

你如此执迷不悟,真让我难以理喻。迟早他也会把你拖下水的,你不想在这场你死我活的争斗中被淹没吧?

这是我自己的选择,与你无关,甚至和他也无关。

你还是不愿放弃那可怜的浪漫?这里是战场,没有风花雪月。所有的争斗都是关于政治的,爱情不过是导火索,而你,不想成为刘和平那样的替罪羊吧?

我只是我自己。从来都是。

说吧,你到底想怎么拯救自己?是一意孤行,还是和组织配合?

如果我不想配合呢?

就是说,你想成全你高尚的人格?你的奢求也太过分了吧。未央,你要知道,一旦他罪名成立,第一个曝光的就是你。谁都知道腐败分子的情妇会有什么下场……

未央忍不住一个微笑,你觉得我有那么崇高吗?然后平静地说,随你吧。

老廖反而坐不住了,冲过来将未央狠狠按在沙发上。然后声色俱厉地吼叫着,你到底是疯了还是傻了?干吗要和林铁军那个浑蛋搅在一起?他是什么人你还不知道吗?到底是什么蒙住了你的双眼?你没听说上面在调查他吗?你不至于孤陋寡闻到这种地步吧?他根本就不像他说的那么清白。他手上不知有多少算不清的账。郁霏霏跟着他不知倒腾过多少见不得人的勾当,可人家拍拍屁股就走了,摆脱了,成美国人了。你怎么还这么傻,好端端地非要搭上他的船?甚至不惜毁了自己的清白?为什么偏偏在这个节骨眼儿上,要跟着他往火坑里跳?你就那么死心眼吗?我这是爱之深,恨之切。

就是说,你让我现在就离开他?

事实上,已经晚了。你根本就不该染这一水。

那还有什么好说的。

是的,我本不该和你说这些,是看在老同事的……

面子上。我知道。

我本不该向你透露这些。

好吧,就算你没说,我也没听到。

都什么时候了,你还如此执迷不悟?当然,也有网开一面的可能。可能的话,你能否……

我知道你想让我说什么,但不可能。我也不想置你于不义之地,既然你们有那么严格的纪律。另外,我不会在一个人最艰难的时候落井下石,对谁都是一样。你说过,那就是我行事的风格。所以谢了。未央站起来。

就是说,你要一条道儿走到黑了?

我已经有了他的孩子。

什么?廖也夫瘫坐在椅子上。

他并不知道。我也不打算告诉他。

你,老廖不停地摇头,未央啊未央,你真是疯了。

所以只有你一个人知道我的秘密。但我希望你保守这个秘密,看在曾经老朋友的分上。你知道我从来都是这样,只做我自己想做的事。尽管我知道无论怎样努力都已无济于事,但我只能跟着我的心意走下去。我不想说,他那些见不得人的勾当我一概不知。我觉得这样说就等于是背叛。我喜欢他是因为他这个人。你不觉得我们在一起后他有了变化吗?他不是那种冥顽不化的人,他渴望我能重塑他的人生。他问我,你为什么不早点儿来?他知道我来的时候已经晚了。即或是已经没有了未来,他还是希望在所余不多的时间里有所改变。所以他开始阅读我喜欢的那些诗人。他说他这样做完全是为了我。其实这也是我所致力的,将他变回一个学者,变回一个有思想、有道德的人。但做到这一切谈何容易。他已经在欲海中沉浮了那么久。之前曾经发生过什么,是我不能改变的,可惜那已经是他生命的一部分了。

你呀……老廖几乎说不出话来。

我无意在此为他求情。我知道谁也帮不了他。他已被蛀虫蚕食得千疮百孔。就算我愿意为他去死也是徒劳。当然你更不可能看在我们友谊的分上,放他一马。所以我不再企望为他脱罪。我知道那是无望的奢求。我能做的只是在最后的时刻,始终不渝地陪在他身边。让他像一个拥有爱情和幸福的人那样走向终局。或者这就是命运,注定了的,我无怨无悔。

未央说罢转身离去。她变得从容而镇定，脸上绽放出玫瑰色的光芒，仿佛她是天下最幸福的女人。

空荡荡的房子里，只留下满心凄楚的廖也夫。

直到他突然收到婚礼请柬

林铁军始终不知道霏霏和康铮的事,直到突然收到他们婚礼的请柬。他难以置信地看着沈远,他们? 真是太荒唐了,他们怎么可能走到一起? 是的,连沈远都觉得不可思议,他们会这么快就步入婚姻殿堂。

沈远这才轻描淡写地回述了那段经历。说霏霏打来电话,你又在法兰克福,只有康铮可以依靠,于是就带霏霏去听了他的音乐会。

林铁军撕碎手中请柬,什么乱七八糟的,你为什么不告诉我?

我只是不想看到两败俱伤,这样做,对你和霏霏都有好处。

好处? 你又能改变什么呢? 要是我知道你早就摆平了郁霏霏,怎么还可能提拔她当科长呢? 这可真是一报还一报。

霏霏确实不再闹了。沈远平静地说,这样做也是为了你。

为了我? 惹来的麻烦更大了。倘没有霏霏在发行科飞扬跋扈，也不会有刘和平哭哭啼啼地来告状。当然就更不会有她的想入非非，写来那些不着边际的匿名信，导致上面对我的调查……算啦算啦，这一切都是我自找的，是我咎由自取行了吧。

林铁军所以不再恋战，因为他知道在那种情形下，沈远确实在帮他。

尽管林铁军撕掉请柬，沈远仍旧在恳求他。我们还是去参加婚礼吧。毕竟康铮是我的表弟……

要去你去，反正我不去。

到底生米已做成熟饭，时过境迁了……

时过境迁？针对我的调查至今没结束，那个刘和平随时会逃离疯人院，能说是时过境迁吗？出版社想要整垮我的人中，郁霏霏最歹毒，我怎么可能参加这种女人的追悼会？

追悼会？你脑子短路了吧？

但无论怎样心存芥蒂，林铁军还是和妻子一道出现在霏霏和康铮的婚礼上。他尽管一百个不情愿，却只能耐着性子坐在沈远身边。如果康铮不是沈远的表弟，如果他们之间没有那么深沉的手足之亲，他林铁军怎么可能出现在这种场合？

是的，他恨透了这个把他拉下水后又反戈一击的郁霏霏。他看到这个把自己装扮成天仙模样且满脸幸福的女人就觉得恶心。他不知这个女人到底是怎么摆脱阴影的，亦不知在沈远的补救下，她是否真的就既往不咎了。但是他肯定不会因此而掉以轻心，他将随时随地对这个女人保持警惕。他知道郁霏霏所以搅乱发行科正常的秩序，其实就是为了发泄对他的怨愤。幸好刘和平通情达理，不惜丧失人格地屈就郁霏霏。于是林铁军才会对刘和平满怀感激，进而对她的不幸唏嘘不已。

林铁军不知道郁霏霏和康铮是怎么走到一起的。沈远也从未对他说起过。沈远只知道霏霏的名字在这个家庭中出现得越少越好，她不想让林铁军觉得头顶总悬着一把剑。

婚礼进入夫妻对拜的环节。主持人要求他们供述相爱的过程。康铮木讷地站在那里满脸通红，霏霏则紧紧抓住康铮的手说，为了他，我愿意改掉我的所有恶习……

在沈远看来，康铮所以能接纳霏霏，除了在艺术方面的共同语言，还因为霏霏一上来就将她和林铁军之间的关系毫无隐瞒地坦承出来，让康铮为此而唏嘘不已。那时候，尽管康铮知道这是沈远为拯救林铁军的权宜之计，但还是不可救药地爱上了霏霏。于是他毫不迟疑地将这个吃尽苦头的女孩接了过来，希望她能在他悠扬的长笛曲中一泯恩仇。

康铮想不到这个工于心计的女孩，竟也能被他的音乐感动得热泪盈眶。霏霏说不知道从什么时候起，她就再没有被感动过了。她变得冷酷而贪婪，疯狂地攫取林铁军。偶尔她也会想起自己曾跳过斯特拉文斯基的《春之祭》，那时候在舞台上也曾满心激荡。但是不再有了，那所有的纯真。以至于林铁军送上昂贵的钻戒时，她都不曾有哪怕一丝一毫的感动，甚至连惊喜都没有。她只是觉得这是应得的，那是自己以身体付出的代价。

之后霏霏不断去听音乐会，只要舞台上有康铮的演奏。霏霏的痴迷让康铮恐惧,他其实并不喜欢这种孤注一掷的表达。他希望女孩恬静自然,淡泊如水,他不想让自己的生活变得浓郁而热烈,更难以消受那种撼天动地的激情。但为什么每每看到在剧场外等候的霏霏,他又总是情不自禁地眼前一亮呢?

他们很快就跨越了那个相互牵制的阶段。在康铮前往另一座城市演出的剧场外,想不到,他竟也看到霏霏捧着一束粉红色玫瑰,出人意料地坚守在夜晚的寒冷中。于是康铮想都没想,就把这个带给他意外和惊喜的女孩抱在怀中。当晚他谢绝了记者采访和观众见面会。只带着霏霏一个人,在一家很小的餐馆吃夜宵。他说这个晚上,另外的城市,能见到你,真是喜出望外。

然后午夜到来,霏霏说她已在网上订好旅社,就在火车站附近。康铮说火车站旁边的旅社怎么能住呢?然后在他下榻的五星级酒店为霏霏订了房间。尽管霏霏反复强调,对她来说,什么样的酒店都无所谓,只要能听到康铮的长笛曲,只要,能感受到旋律间那诱人的气息。

郁霏霏所以走进康铮的套房，并不是因为康铮的邀请，而是要亲手将这束鲜花插进花瓶。待这束粉红玫瑰在漂亮的玻璃花瓶里烂漫绽放,郁霏霏确实做出了要走的样子。只是离开时满怀眷恋地说,为什么你的演奏总是让我泪流满面?

然后在霏霏握住门把手的那一刻,康铮突然提议,不想再喝点什么吗?咖啡?红茶?或者威士忌?

郁霏霏立刻爽快地留下来，或者她就等着被康铮邀请的这一刻了。她生怕她已经爱上的这个男人在这个夜晚，不收留她。但幸好，她对这个男人的判断是准确的。于是她落落大方地坐在沙发上。看康铮笨手笨脚地折腾那些饮料时，她便女主人般地接过了那一切。她煮咖啡，泡红茶，这些对她来说可谓举手之劳。然后落座于离康铮很远的那个茶几前。而那束粉红色的玫瑰花就在她身后，那种花面相映的迷惘，让康铮顿时心潮激荡。

他们开始彻夜交谈，仿佛有说不完的话。康铮不是那种立刻就能上床的男人，于是他的做爱之旅始于他开始叙述自己漫长的履历。他说他曾经怎样从小就喜欢长笛，又曾，怎样跟随父母远赴美国。他解释自己为什么要回国发展，又为什么至今形影相吊、孤身一人……

他说得紧张而僵硬，一听便知不擅言辞。尤其拿他和总是振振有词的林铁军相比，他的语言之贫乏，甚至不如一个中学生。但他的每一句话都是真实的，没有水分的。而不擅言辞，对于一个艺术家来说是缺陷吗？而霏霏喜欢康铮的恰恰就是这一点。她知道，他只要一进入长笛的世界，就立刻会光彩照人。是的，只要他将长笛靠在嘴边，就能让他的乐曲发出欲望般的喘息。她喜欢他就那样木讷地站在舞台中央，在灯光的扫射下沉醉在亨德尔、巴赫、海顿、莫扎特以及勃拉姆兹的旋律中。是的，这就是他的人生，永远和长笛相伴。他说他希望有一天能成为永恒的朗博尔，那个，他终其一生都难以企及的梦想……

他终于费力地说完了他想说的那些话。他想要知无不言，言无不尽，却选择在最后一刻，忽略掉他和沈远之间那曾经唇齿相依的关系。是的，他唯独没有对霏霏说出他和沈远的心心相印。没有说出他们就像《呼啸山庄》的凯瑟琳和希斯克利夫。他永远记得凯瑟琳说出的那段最感人肺腑的表白，那也是沈远让他听到的：

> 如果其他的一切都毁了而他留了下来，我将继续生活下去；如果其他的一切都留下来而却把他给毁了，整个宇宙就会变成一个陌生的地方，我就也不再是它的一部分了。

康铮说完他该说的或隐去不说的，然后，枯坐那里。沉默中，他也不知道接下来还该做些什么。在午夜又有了几分醉意的迷惘中，他开始默默欣赏花束旁的女孩。他于是想到马奈晚年的那些静物，尤其《水晶花瓶中的石竹和铁线莲》。他于是觉得霏霏就像是马奈的静物，那瓶中的水，水中的花。

然后，康铮问，那么，你呢？你难道不想说点什么？

那些不愉快的经历？

随便你，无论什么，只要你想说的。

那么，霏霏在身后的暖光中显得无限柔和，她说，我认为，我的一生充满悖论。

康铮对霏霏如此深邃的表述极为愕然，想不到这个被沈远认为没文化的女孩，竟能说出这样的道理。

什么事情在我的身上，最终都会转化成不堪的结局。所以无论什么，我都只能听之任之，直到最后悲剧呈现，这就是我的命运。

康铮愈加意外地看着霏霏，那一刻，他似乎已经感受不到霏霏在那束暖光下的美丽和柔和了。

我喜欢开门见山，霏霏说，我知道沈远于你意味了什么。也知道这是她不得已的交换。她这样做，无非是为了保全她衣冠禽兽的丈夫。想不到，她会用诱骗的那一套来安抚我。但是，我能够相信她的谎言吗？你真的能带我去美国吗，抑或许诺我们的婚姻？甚至，你真能喜欢上我这种连妓女都不如的贱货吗？这所有的疑问。是的，不是沈远想入非非，就是我连起码的判断力都没有。我当然知道这所有的一切都是骗人的。而她真正的目的就是保全她丈夫。不幸的是，你便无形中成了她的诱饵，或者你心甘情愿为她这样做。只要她挥动起尚方宝剑，你就会无条件地任她当枪使。她做得那么好那么仁至义尽，我还能说什么？只能是乖乖地坠入她为我们编织的陷阱。于是我看清了自己的处境，其实我并不想如此下作地出卖她丈夫。否则我也不会在第一时间把电话打给沈远，我就是想给他、也给我自己一个回旋的余地。

康铮迷惘在霏霏的暖光中，他觉得他还从不曾见过头脑这么清晰的女孩。

我知道她爱林铁军，她才能为了这个男人不惜收留他的小情人。我做过人工流产后，是沈远把我接到她家的，你能想象吗？你的表姐是那种情愿忍辱负重的人吗？但她就是那么慷慨大度地收留了我。然后她小心翼翼地照顾我，一丝不苟地呵护我。知道在这样的关系中是种怎样的感受吗？是的，就仿佛回到了旧朝后宫，而她，就像是母仪天下的皇后，容忍并喜爱所有被皇上宠幸的年轻女人。这就是沈远，林铁军的女人。我甚至觉得她比她丈夫还要可怕。一个能够将丈夫的情人摆布得如此妥帖的女人，她定然有超人的智慧和襟怀。她能够将一切麻烦化解在她的运筹帷幄中，要拥有怎样的雄才大略，才能做得好这单女人间的生意？所以我一直觉得在她身上，始终残存着某种后宫遗风。

然后霏霏瞬间停顿，紧接着又将话题转移到林铁军。她简洁而真切地叙述了他们之间的关系，尽管，她并不想向康铮表白什么。在述说他们往昔的岁月时，霏霏不曾有一丝的情感色彩。就像在说着别人的故事，就像，她和林铁军没有任何的关系。

从她惊鸿一瞥般走进林铁军办公室，到被毫无缘由地踢出权力中心，霏霏没有隐瞒任何情节，甚至那些至关重要的细节。她所描述的，只是她做了什么，怎么做的，为什么要那样做，唯一不涉及她的心情。她不停地说着，不停地抽丝剥茧，掰开揉碎。不停地挖掘着，那些正在被她慢慢遗忘的罪恶，就仿佛，她如若不把这些罪恶呈现出来就不能解脱似的。她说她承认有时候自己不仅是林铁军的帮凶，而且是很多事件的始作俑者和主谋，所以她不能把所有罪责都推到林铁军一个人身上，这是起码的道德。

霏霏越说越慷慨，以至难以自控。她说她不指望谁能帮助她，也不会为自己内心的丑陋而寻求解脱。她一边说，一边无情地诅咒自己。她背对着长笛手，说，你唾弃我吧。在我遇到你以前的那些日子里，我确实，就像一个妓女般的第三者……

就在这一刻，康铮果断地走向霏霏，将她抱在怀中，紧紧地。这一刻，他知道他不是在拥抱一个荡妇抑或别人的情人，而是，在拥抱透明花瓶中马奈精心交织的根茎，拥抱，那绚烂而又美丽的石竹和铁线莲。

康铮显然被霏霏冷漠而痛苦的诉说震惊了，心中充满对林铁军的仇恨。他毫不犹豫就相信了霏霏是无辜的，因为他亲身经历过林铁军这个势利小人，是怎样厚颜无耻又急功近利地抢走了他生命一般的沈远。

相互之间的开诚布公，奠定了他们情感的基础。这基础无疑是建立在互信互爱、彼此包容的前提下的。当他们满怀悲情、一发而不可收地紧紧拥抱对方的一刻，事实上，他们就已经谁也离不开谁了。

那晚，就像霏霏不动声色的话语一般，他们也不动声色地完成了第一次肌肤之亲。之于康铮，他已经很久没有和女人亲近了，并不是因为没有机会，而是他对这类情事总是格外谨慎，不想因一时冲动导致无妄之灾。所以，这个夜晚，他是把霏霏当作未来的妻子来享用的。他睡了她，就意味着，他已经决定向这个女孩求婚了。

而霏霏作为一个曾经受尽凌辱的女孩，此刻她所需要的，莫过于一个男人的抚慰了。她于是全身心地投身到康铮的热情中，让她那已经暗淡的生命重新燃烧。她顺从着他们身体的意愿，那一刻，她并没有寄望于康铮会给她婚姻。她依旧认为沈远提出的那些所谓的交换条件，就像天方夜谭。什么婚姻啦，移居海外啦，拿美国护照啦之类，她怎么能相信这些画饼充饥的虚妄呢。

然而，她最终还是轻而易举地得到了这个婚姻，当有一天，康铮将那枚结婚戒指戴在她的手指上，她双手捧着那个精美的首饰盒不知哭了多久。她觉得能找到康铮这样的男人，简直是上天的恩赐。面对如此完美的婚姻，她就是死，也死而无憾了。

霏霏记得，当康铮鼓起勇气将这个消息告诉沈远时，她看到了，沈远先是惊异，转而冷漠，接下来冷酷无情的表情。显然，她已经意识到自己导演的剧情偏离了走向，而这个生米已做成熟饭的既定事实，更让她难以接受。于是霏霏和康铮在那一刻，就成了沈远眼中最最邪恶的背叛者。

她于是把康铮带进她的书房反复盘问。这是你真实的愿望吗？那女人绝不像你想象的那么单纯。你并不了解她和林铁军到底是一种怎样的关系。她缠上你是因为在你身上，她看到了利益。这女孩绝不是等闲之辈，而你有能力驾驭她吗？你不要这么匆匆忙忙就决定什么。你认识她甚至还不到一个月。你会让自己陷入麻烦中的，那时就谁也救不了你了。

然而沈远的苦口婆心、痛心疾首一如过眼云烟，他们的婚礼将如期举行。于是，沈远只好做回雍容大度的皇后，对这对新人格外关照。她甚至亲自为霏霏定制婚纱，并说服林铁军出席他们的婚礼。

林铁军面无表情地坐在主宾席上。不得不站起来接受出版社员工的频频敬酒。那场面就仿佛林铁军是霏霏的长辈。不过通过这盛大婚礼,他也确实成了郁霏霏的亲属。于是这种关系的转换,让林社长和霏霏的传言不攻自破。林社长如若真的和霏霏纠缠不清,她又怎么可能如此幸福地嫁给长笛手呢?

坐在林铁军身边的沈远始终不能消停。她作为婆家人要前后照应,悉心关注婚礼中的每一个细节。她尽管不长于此道,却不得不应付,于是抓来未央陪伴焦躁不安的林铁军。她甚至有点狡黠地对未央说,他听说他们结婚很不高兴。若不是我几番恳求,他根本就不会来。你看他脸色多难看啊,就拜托你了。

有未央陪在林铁军身边果然就不一样了。只是未央参不透沈远为什么要让她来。看上去,仿佛随意之举,没什么设计,但未央就是觉得其中有种别样的味道。

林铁军对这喧闹无聊的婚礼已忍无可忍。如果不是未央如一阵清风突然拂来,他已经决定拂袖而去了。未央的到来顿时柔和了林铁军脸上僵硬的线条,他于是开始在未央耳边轻声低语。他说他多么想她,想要她,就在此刻。然后风趣地调侃,为什么这个婚礼不是我们的。紧接着未央就在桌布下感受到那不动声色的欲望。然后他几乎恳求地对她说,跟我走吧,现在就走。我的车就在地下停车场。你知道我已经等不及了,求你,我们走吧,哪怕做完再回来……

却蓦地一个阴阳怪气的声音突然出现在林铁军和未央中间。他站在他们身后显然已经很久了。他说，我看你们一直忙着没敢打扰，我是来敬酒的，恭喜你们……

林铁军头也不回。

我知道这是你的家事，但霏霏也是我的同事。是霏霏请我来的，见证她的新生。她或者就是想让你知道，在她的身后，同情她比巴结你的人要多得多。这些年霏霏跟着你没有功劳也有苦劳。你却如此落井下石，令人感慨万千哪！好啦，不管怎么说，今天是霏霏最幸福的日子。你看她穿着白色婚纱不像天使吗？只是未央，你难道不想找到自己的幸福吗？还是像刘和平那样为着白日梦而葬送一生？

廖也夫说过之后，头也不回地转身离去。留下他说过的每一句话，让林铁军像吃了苍蝇般说不出的恶心。他怎么可能被这种小人捉弄呢，他恨恨地说，真他妈的想揍扁他。说着竟站起来四处寻找廖也夫。未央不顾一切地按住他，她不想林铁军和老廖的矛盾白热化，更不想因为那些闲言碎语，让林铁军不顾脸面，大打出手。她知道对林铁军来说这是段难熬的时光，但无论怎样，不能让霏霏的婚礼节外生枝。

就在未央和林铁军暗中较劲时，康铮带着霏霏来敬酒。如此尴尬中，林铁军只和康铮碰了杯，看都没看霏霏就拂袖而去。未央看着林铁军气哼哼的背影紧张起来。她在霏霏耳边轻声说，刚才老廖胡言乱语，让他很不高兴。不过你们一定要快快乐乐的，千万别在意。

说着未央走出喧闹的婚礼大厅。一开始她还尽力保持镇定的姿态,但走着走着就跑了起来。她四处张望,却不见林铁军的踪影。走廊里唯有端着盘子往来穿梭的侍者。她忽然想到林铁军曾提起地下停车场。她于是立刻乘坐电梯下到最底层。电梯中只有她一个人。她于是想起曾那么触目惊心的电梯故障。

她走出电梯后一片茫然。如此浩大的停车场让她到哪儿去找他。于是她紧张起来,想到好莱坞那些惊悚片就是在这种地方发生的。她正想离开,却蓦地,一辆黑色轿车悄然来到她身边。

接下来的情节更像警匪片。一个人推开车门,将她一把抓进车中,那一刻汽车甚至还在行驶中。他抱住她的身体便开始拼命亲吻。像吸血鬼般咬破她的嘴唇,吸食她的血液。片刻之间,他就让她的身体布满青紫的印痕,他说,他已经无处可逃,这你是知道的。然后他恳求她,有一天,如果你能够出于道义让我彻底解脱……

她们都坚信自己是爱他的

像一团风，夹带着漫天的雪。在风雪中，她追逐着她的亲人。她依偎在康铮温暖的臂弯中，那已经是她唯一的依靠了。她知道从此那啃噬于心的烦恼就没有了。她也再不会被那些午夜的电话吵醒了。她于是彻底解脱了，解脱了吗？或者她说她爱这个男人，但有人会相信吗？

没有人知道汽车是怎么翻到沟里的。一个偶然的过客在高速公路上，偶然地发现了那辆翻落在路边草丛中的汽车，于是他急急忙忙地打了那个电话。交警说，人被拽出来时已周身冰凉，没了气息。是的，该做的他们都做了，却还是没能挽回他的生命。让他们觉得不解的是，在这场事故中，死者身上竟没有一处伤痕。经法医初步鉴定，死者很可能在事故发生之前就已经死亡了。然而更蹊跷的是，那辆翻进草丛的汽车竟没有任何损伤，仿佛是有人故意开进沟里的，拖出来后，立刻就能继续行驶。

远远地，沈远就看到了那个出事的地点。在手电筒交织的光束间，天空竟再度飞扬起漫天飞雪。那雪花洋洋洒洒，毫无顾忌，仿佛天空是舞台，黑夜是背景，而它们，就是那恣意妄为的雪的精灵。

不知不觉中，沈远突然昏倒在康铮怀中。是的，这毕竟是她从不曾经历过的亲人的死亡。她甚至也不曾经历过昏厥，不曾体验过这种丢失了意识的瞬间。但那一刻她知道自己还活着，哪怕生命中只剩下了气息。她觉得她还是听到了什么。什么呢？长笛手演奏时那欲望般的喘息声？那是她后来才慢慢回忆起来的。她记得在康铮的怀抱中，她只想回到他们的从前。

她知道她只是呈现出昏倒的姿势，而她的心里一直是明白的。是的，她立刻就猜到了，为什么午夜的电话会响个不停。当她在飘飘落雪中感觉到眼泪流下来，就意味着她已经接受这个现实。即是说，她知道她的丈夫从此就没有了。

她记得她曾经诅咒过他的死。就这样和他的情妇一道死在高速公路上。但她并不是真的要他死，她只是烦透了那些不断打来的讨爱的电话。她怎么可能真的要他死呢？她知道无论怎样花街柳巷，他最终都会回家的。他们始终深深地爱着对方，也都曾誓言不离不弃。而这一次，她觉得是他在求死，他一定已经对他的人生不抱任何希望。

她不记得自己是怎样走进暴风雪的。亦不知她怎么能承受如此凛冽的寒风。她只是依偎在康铮身边艰难前行。是的，她说她不去殡仪馆，她只想在他出事的地方最后看到他。

她后来知道，事发的地点离她家并不远。她不知他为何要星夜返回。说好了他要去另一座城市出差,或者他根本就没离开过这座城市?

他骗她?但是他干吗要骗她呢?

是的,她对他的风流艳遇从来不闻不问,她的原则是,只要他能将她储存在他的生命中。她不闻不问是因为她相信他。她相信他是因为他只是风流,不曾背叛。她一直觉得男人和别的女人做爱并不是背叛。所以她喜欢她的男人,也能被她以外的女人喜欢。她觉得或许如此才能证明,她的男人才是真正有魅力的。

她远远就看到了躺在雪地里的那个僵硬的人。那时候他的身上已落满雪花。如果不是有人及时报警,他肯定早就被这突如其来的大雪掩埋了。是的,她一直渴望这场雪,她记得也曾对他说起过。她说她已经等得不耐烦了,因为冬天已经到来很久了。她期望有一天他们能一道去赏雪。只需在皑皑白雪中不停地走。他记得他也曾答应过她,说迟早这场冬雪会不期而至。但当她终于迎来了这场雪,想不到却已物是人非。

当她贴近他的脸,她就不再流泪了。因为她知道那是他抱定的信念,盼望中的冬雪才会不期而至。于是他选择了在风雪中完结,在莽莽苍苍中将自己交付出去。她觉得他躺在雪中的样子很安详,紧闭的双眼,仿佛睡梦中。她于是如他一般心满意足,因为他终于获得了解脱。她想这或者就是他的福分,于是顿觉平静与欣慰。她便是以这种心态面对亲人死亡的。然后她任由那些陌生人处置他的尸体。因为她知道从这一刻起，他就不再是她的人了。

她郑重地告知出版社，她不会参加他的葬礼。她不管别人怎么说，但她坚信自己是爱他的。

没有人愿意相信这是事实。但人们此刻确实在为这个曾经生龙活虎的男人守灵。在这里，每个人都很悲伤，甚至伤痛欲绝。尤其那些穿上黑衣的女人，一个个如丧考妣。她们眼睛红肿，神情惨淡，仿佛正在上演一幕令人匪夷所思的悲剧。

没有人知道为什么，林铁军的妻子坚持不来追悼会。那女人意志坚定，毫不妥协，她说她已经为她的男人送过行了。她还说，她讨厌这种送葬的仪式，更不想在不相干的人们面前哭丧着脸。她说她有自己哀悼的方式，她不想让她的悲痛落入俗套。

然而为林铁军守灵的怎么会是不相干的人？他们都是追随林铁军多年的朋友和同事。他们曾敬仰他，屈从他，爱他或恨他，却一律走狗样地鞍前马后，尤其那些漂亮的女人。于是他毫无征兆的突然死亡，让几乎每个人都猝不及防。

凄凄黑夜，这里却灯火通明。为什么他死了，会议室布置的吊唁厅却张灯结彩。人们出出进进，惋惜伴随着眼泪。角落里却有人露出狡黠的笑，这是人间常态。有爱，就必然的，会有恨。

于是，熬着，那不眠的夜。望那根本就望不到的铜雀台。

廖也夫心思复杂地站在祭台中央。他说，我们在这里缅怀林社长，让我不由得想起枭雄曹操。我们不论曹操是否奸雄，但他建造的铜雀台确实很令人向往。最早的铜雀台建于

“建安十五年,冬。”铜雀台亦称铜爵台。因为古时候人们喜欢“爵”这种饮酒的器皿,于是便以“爵”的形状,为建安帝王建造了祭台。其中亦有逝者冥府依然有酒的意味。建安所建铜雀台,在今天河北临漳西南的古邺城西北隅。只是栉风沐雨,台基大部已被冲毁,不复往日辉煌。

史书上说,曹操曾遗命葬己于邺之西岗。死后妾伎,也就是古代以歌舞为业的那些女子,在铜雀台早晚供食,每月初一、十五奏乐歌唱,诸子在歌声中瞻望曹操陵墓。后人悲其意而为之咏也。总之,曹操死后,诸子和后宫们齐聚雀台,歌之舞之,遥望陵墓,倾尽了他们对主子的怀念……

老廖说完得意地环视众人,尤为关注那些悲伤的女人。目光中难抑心中窃喜,然后无比感叹地对大家说,可惜我既不是妾伎,亦非诸子。说完大摇大摆地走出灵堂。仿佛死去的那人和他毫无关系。他走到门口时不禁高声慨叹,可惜他不是吾皇曹操啊!

于是到了这个悲伤的上午。人们纷纷前来向林铁军做最后的告别。大厅里弥漫着悲伤的哀乐,时而能听到压抑的啜泣声。

出版社没有让林铁军的葬礼流于形式。每一道程序都尽善尽美。其场面之大,可谓极尽哀荣。大家悄无声息地为林铁军轮流默哀,唯有一袭黑裙的未央镇定自若,看不出她怎样痛断肝肠。她只是将那些哀悼的诗句和挽联悬挂在追悼厅的墙壁上,然后静静地站在角落里。

沈远果然没出现在追悼会上。她坚持她已经在大雪中和他道过别了。她觉得那才是最真实的葬礼，让漫天飞雪见证他们从此生死两茫茫。

接下来进入调查阶段。为此出版局成立了调查组，由保卫处长充任调查组长。毕竟一个人死了，总要有他的死因。经法医检验林铁军的血液中不含酒精，但汽车怎么会莫名其妙地翻进雪沟？在一项项事故排查中，不断有新的人为因素加入进来，于是事情变得愈加扑朔迷离。最终的结论无非是，要么自杀，要么他杀，要么纯属交通事故。

当期望已久的死亡报告终于出炉，让好事之徒无比失望。林铁军怎么可能好端端地就死了呢？并且是死于一场毫无征兆的交通事故。于是人们不相信这个难以自圆其说的结论，一个人的死，尤其林铁军的死，怎么可能是一起交通事故就能解释的呢？

于是调查组长开始一个一个环节地向人们解释。首先，他们在林铁军的汽车里确实没有发现打斗的痕迹，林铁军本人身上也没有任何创伤，哪怕瘀痕。验尸证明，导致他死亡的原因来自汽车翻转时的撞击。撞击后颅内大面积出血，所以当即毙命，即是说，他确实死于交通事故。

结论有了，但人们的质疑之声依旧此起彼伏。调查组只好再度分析案情，尤其对林铁军的汽车仔细勘查后，才发现车上的刹车装置确实有人为破坏的痕迹，这就让原本普通的交通事故变得扑朔迷离起来。

于是调查组开始梳理林铁军背后复杂的人际关系。而这些怀疑的线索大多是廖也夫同志提供的。老廖身为纪检委书记,秉持正义,在整个调查的过程中始终积极配合,可谓鞠躬尽瘁。进而调查组先后走访了众多当事人,诸如林铁军的妻子,林铁军的同事,以及,林铁军的前后情人。在与这些人的交谈中,调查组抽丝剥茧,层层推进,似乎接近了正在慢慢浮出水面的真相。

调查组得知,在林铁军死前的那个晚上,他曾对妻子谎称外出开会。但事实上,他却和一个女人一道出现在郊外一家五星级酒店里。前台服务员立刻就认出了他们,并指出他们已不是第一次来这里了。服务员所以能认出他们,是因为那个女的总是戴着压得很低的帽子,以至于基本上看不到她的脸。而她的装束也总是格外鲜艳,看上去就像西南地区的少数民族。

服务员知道他们是开车来的。因为他们事先就打电话通知门童预定了车位。入住后,他们曾在楼下的咖啡厅坐了一阵,好像在等什么人。但最终什么人也没等到,然后就上楼回他们的房间了。大概是半夜一点左右他们相继离去。没错,服务员说,我记得他们退房的时间,因为很少有人会在午夜离开酒店。女人坐在大厅里,仿佛给什么人打电话。然后男人看了一眼女人,甚至没打招呼就离开了。接下来就听到酒店外好像起了什么争执。我们都听到了,那女人肯定也听到了,但她没有出去,只一如既往地坐在那里。我们看不到她的脸,当然也不可能看到脸上的表情。很快外面的争吵就结束了,因为我们听到了汽车离开时风驰电掣的响声。那个女的?哦,我们不记得她是什么时候离开的,总之,大堂里很快就空无一人了。

接下来调查组又询问了郁霏霏。她淡定从容地回答了每一个提问。她承认林铁军汽车里那些陈旧的划痕是她所为,不过那已经是很早以前的事了。那时候她不能忍受林铁军将她无情抛弃,更不能容忍因此而失去了尊严。于是她在汽车里和林铁军大打出手,但这种过激的情绪很快就释然了。霏霏说,这要感谢林铁军的妻子沈远,因为没有她牵线搭桥,我也不可能找到现在的幸福。然后霏霏嫣然一笑,我早就把这些看得很淡了。你们不知道我已经辞职了吧?老廖没告诉你们?是的,即或我有一千个要将林铁军千刀万剐的理由,但我已经追随我丈夫信奉基督教了。耶稣说,爱你的敌人,我就释然了,自然也就不再怨恨。当一个人拥有了内心的完美和平和,你们觉得他还会去杀人吗?

老廖提供的嫌疑人名单中,还有被困厄在精神病院的刘和平。经调查,他们发现,在刘和平住进郊外精神病院的最初阶段,林铁军经常去看望她。这条线索,让调查组立刻警觉起来,意识到其中必有隐情。于是他们前往医院,但一个令人不安的消息是,不久前刘和平利用一次探视的机会逃走了。医生说,那时候她脸上的抓伤还没有完全愈合,而每每即将痊愈的时候,她就会再一次抓伤自己。她似乎把这种自残的行为当作对某人的惩罚,医生说这是典型的自我强迫症。她显然一直盼望林铁军来探望她,但自从她抓伤自己后,他就再也没有出现过。于是她变得抑郁狂躁,焦虑不安,进而更加疯狂地摧残自己。调查组拿出林铁军的照片,医院认定过去常来的那个男人就是这个人。但自从林铁军不再前来,医生想了想说,后来又有人来探视过她,探视者是个女的。她说她想把病人接回家,但被我们拒绝了。因为以病人现在的状况,是绝不能放归社会的,否则贻害无穷。然而两天后,刘和平就莫名其妙地失踪了,我们立刻通知了警方。

然后是林铁军的遗孀。那个优雅而悲伤的女人。她自始至终一言不发,无论调查人员怎样循循善诱:您觉得到底是什么导致了林铁军的死亡?林铁军走马灯似地更换情妇是否令您苦不堪言?您无论怎样宽容大度似乎都不能阻止他猎取红颜知己的步伐,以至于把情人接到家中向您示威。作为妻子,您怎么可能容忍这样的羞辱?您难道就不会为了捍卫自己的尊严铤而走险吗?您觉得家庭的悲剧,究竟是因为林铁军的道德败坏,还是您冷若冰霜的姿态所致?总之,在调查组的质询中,沈远始终坚守着缄默。

鉴于沈远拒不合作的态度,调查组只好将矛头转向沈远的亲属。又一次,他们再度来到康铮和霏霏的新家。霏霏说我已经和你们说过了,我怎么可能杀人呢。不错,我是从骨子里恨透了他,所以感谢那个杀了他的人。你们还想听什么?

调查组和颜悦色,说这一次我们不是来调查你的,而是你的丈夫。霏霏惊愕地睁大眼睛,康铮?不,绝不可能。

于是调查组拿出康铮和沈远接吻的照片。是在林铁军抽屉里发现的。林铁军显然早就知道康铮和他老婆的暧昧。他或者也曾被你们的关系困扰,甚至威胁过你,这难道不是你杀害林铁军的理由吗？

等等，等等，霏霏睁大惊恐的眼睛，望着康铮，这到底是怎么回事？

调查组的人说，你们不仅是堂姐弟，更是灵肉相依的恋人。据我们所知，你们的肉体关系始终就没有停止过……

不不，这绝不可能，霏霏无望地看着康铮，你告诉他们，不是这样的……

只要堂姐不快活，你就如芒在背。你的痛甚至比沈远的痛，还要痛。所以，你怎么可能对沈远的不幸听之任之，又怎么可能在沈远绝望的时刻袖手旁观呢？你当然会拔刀相助，哪怕杀人，显然，你也恨透了那个给沈远带来无尽苦难的浑蛋。

康铮，你看着我，这时霏霏已泪流满面。这所有的一切都是为了她？她在你心中就那么重要吗？霏霏拼命地捶打康铮，我是你妻子，你知道吗？可你们为什么还要欺骗我？

康铮始终沉默不语。

调查组离开后他也离开了家。

然后调查组移师沈远的父母家。那时沈远的母亲已罹患阿尔斯海默症，严重老年痴呆。但沈远的父亲沈依然依旧精神矍铄，承担着照料妻子的日常事务。一提到林铁军，这位一向儒雅的老人就情绪失控。他说这个小人死了，真是大快人心事，当弹冠而相庆矣。你们说死于什么？车祸？那也是天意。自从他骗走了我的女儿，我就每天在心里诅咒他。沈依然仰天长叹，为什么杀了那小人的，不是我？

结果是，任何被调查过的人似乎都有嫌疑，而他们杀人的动机也都无懈可击。其中每个人都对林铁军充满怨愤，无论苦不堪言的沈远，满腔激愤的康铮，铤而走险的霏霏，还是将林铁军恨之入骨的刘和平，甚而决心救女儿出苦海的沈依然。是的，这所有的人，都必欲将林铁军置于死地，方可解心头之恨。

调查组长缜密而细致地汇报着，抬起头，仿佛突然看到了对面的廖也夫。他问老廖对他们的调查是否满意，然后将目光直逼这个看似平静、却心中荡漾无限欣喜的廖也夫。然后他和颜悦色地问老廖，您知道我们选择调查对象的原则是什么吗？就是，究竟谁能在死者的死亡中获取最大利益。

所以，老廖自鸣得意地回答，我提供的那些线索，其实就是依照这一原则选取的。譬如，林铁军死了，沈远就成了家中所有财产的受益者；譬如，林铁军死了，郁霏霏贪污的款项就将一笔勾销；再譬如……

再譬如，调查组长接过老廖的话头，有职工反映，您和林铁军之间的恩怨，已到剑拔弩张的地步。他剥夺了您的一切，几乎将您置于死地，所以您恨他。那么，您难道就不会将这种仇恨转化为杀机吗？

我？廖也夫一抹自信的冷笑，根本不把调查组长放在眼里。此时此刻，他的愉悦感早就超越了内心的恐惧，所以他无所畏惧，亦不曾躲闪。他甚至坦言，即或如您所说，我有动机，但我和你们先前调查过的那些人可谓大同小异。除霏霏外，我们大都是知识分子，所以行文做事总会格外谨慎。我们是被“文革”吓怕了的老式文人，就算我举得起屠刀，也未必真的敢杀人。至于您刚才说的，在死人身上获利，我早就到了退休年龄，不可能有任何上级机构再任命我了，所以您说，我又能从中得到什么呢？

如此疑点重重，最终没有结论。案子只好被暂时搁置，因为调查组始终没能找到那个逃跑的刘和平，亦不知林铁军从酒店离开时，到底和外面的什么人发生了冲突。

于是这宗离奇的死亡，最终仍旧以交通事故结案。如果说非要在这起事故中找出肇事者的话，那么这个肇事者就是林铁军。是的，杀害了林铁军的那个人很可能就是他自己。或许他那时已参透了自己的罪大恶极，罪不容恕，便决心以这种自我了结的方式，让那些曾经和他有过深深浅浅关系的人，尤其那些女人，最终因为他的死而得到解脱。

总之，调查组长津津有味说出的，就像一个饶有兴致的侦探故事，最大化地满足了人们的好奇心。又过了一段时间，林社长的生生死死便自然而然地，在人们的话语和印象中渐渐稀释了。

收束了美丽的羽毛

他什么也没有给她留下。他说这样做是为了爱她。他为他们选择了约会的酒店。那是郊外一处优雅的所在。他们没说到生或者死。那只是莎士比亚的永恒思考。他们都不是哈姆雷特那种优柔寡断的人。他们都不会彷徨,也都有着坚强的意志。

在那间很小很诱人的房间里，他们先是很矜持地对坐着。在这个陌生的环境中,他们也仿佛刚刚认识。他们矜持着自己的那份冷静,甚至不敢看对方的眼睛。

沉默了很久男人才说,我对妻子说,要去参加一个订货会。

这理由当然无懈可击。女人说。

但这毕竟是欺骗。

接下来女人沉默不语。仿佛话不投机半句多。

不过这所有的欺骗都是为了你。

那你就让我太沉重了。女人想了想又说,我不想背负道德负担。

就算有罪，男人说，也是我的罪。

然后他开始慢慢接近女人。说其实是你改变了我。只是太晚了。一切只能随风而去。待我期待着成为一个好人，但就像玩笑一般，我竟然已经走到了黑暗的尽头。然后男人靠近女人，慢慢解开她绵密的衣扣。他发现女人没戴乳罩。仿佛充盈着奶水一般的乳房。他亲吻她鼓胀的乳房。一种异样的感觉。他不知奶水中正孕育着一个新的生命。他只是说有你在身边，一种怎样的静好。但我们错过了什么，为什么，你不能早点出现在我的生命中。

女人一任男人在她身上委婉流转，她说，我早就出现了，只是你视而不见。女人抚摸着男人的胸膛。她说你还那么年轻，强壮得就像是一个田野里耕作的农夫。男人不断地深入那些他想要去的地方。女人任凭，在激荡中翻卷出无限温情。

她问，你看过那部电影了吗？男人说，我觉得你就是我的电影。

就是说你没看？于是你不可能知道，那个美丽的犹太女人，曾怎样热烈地爱过那个英俊的德国军官。

你曾经那么美丽的诗行，甚至让死亡变得欢愉。于是镌刻于心，你娓娓地流淌。你说，不再有风，而是雷声。窗外的雷声，是春雷。你又说，雨，下走了云。乌云。于是明亮。水的代价。你还说，太阳藏进云层，泄不下光芒。于是厌倦，而，树在风中。

女人沉默。那不经意间的疼痛。于是再度回首，那部《午夜守门人》。就像某种宿命，永远逃不出的结。当犹太女人再度遇到逃亡的军官，那个，午夜守门人。她便不能不回到从前，那个纳粹的集中营。是的，她爱他。从来没有忘记过。然后，他们做爱，还是做爱。宁可，在那个壮丽的清晨，被身后的子弹射穿。

男人的亲吻一寸寸地蚕食着女人的躯体。没有歇斯底里，亦没有似水的柔情。只是平缓地，从脸颊到乳房。缓慢停留着，那温文尔雅的激情。他说她的乳房，是他永远的向往。那是他生命的摇篮，亦是他爱的终点。他希望永远吸吮她的乳房，在爱抚中成为她想要的男人。但往事终究迷茫，他已经走错了路。但那路就是他的一个必然的结局。

如此舒缓地，仿佛并不是永诀。一切都已经安排好了，男人说，只是，你为什么要爱上一个你并不爱的男人。是因为难以拒绝？还是命运在左右？

你诟病那个犹太女人？爱从来无需分辨。甚至没有是非，邪恶抑或良善。你是在指责我？怎么能容忍那个纳粹？多少犹太人死于他的残酷，但那个犹太女人就是爱他。以至于很多年后重逢，她还是深深地爱他。他们显然已超越了种族，甚至超越了无情的战争。爱才是凌驾于一切之上的，哪怕爱那个凶狠而残忍的刽子手。

男人抚摸着女人的头发，让她沉醉于他的爱抚中。那么冷的一双手，那瑟缩着的，苍白的震颤。仿佛没有了生命，男人说，他真的很怕，无论即将到来的，是什么。他本来可以拥有真正属于他的那一切，但他错过了。可能从一开始的时候就错了，他想要索求的东西并不是他的。他高估了自己，以为，读书真的能改变命运。不，那只是虚妄，天方夜谭一般的茫然。不过他确曾拥有了，只是，他并不知道他所攫取的，是需要以更大的代价来偿还的。

他们相互温存，让身心流遍痛苦的快意。那苦是深埋心底的，所以感觉上并没有那么疼痛，只是种末日将尽的悲凉罢了。

那么，还剩下来什么，女人问着自己。她当然早已谙知了结局。尽管不曾真的讨论过，却早已化作彼此的血肉。她知道他将从此"垂泪对宫娥"，但那又何尝不是亡国之君的悲歌？

还剩下了什么，当然，还有爱。那爱是绵长的，永续的，深藏于心的，不会因一个人的亡失而消散的。是的，她早就坚信了这一点，所以她从未彷徨过。无论他曾经怎样声色犬马，还是，他正在无可挽回地从巅峰跌落。

她让他躺在她温暖的怀中。或者，连做爱都已经失去了意义。他只是蜷缩在她柔软的乳房间，在那里聆听她和那个未知生命的心跳声。他觉得那跳动就像是完美的音乐，让他仿佛回到遥远的儿时。那时候他还不曾萌生远大理想，但后来，他说，曾经期冀的所有梦想，竟然都轻而易举地实现了。读书，并且读到最高的学位，就仿佛他能将整个世界踩在脚下。但是他就是不能戛然而止，或者这就是小人得志的报应。他如果能够负责任地对待自己，也许就不会膨胀出那些欲望。他渴望权杖在握的那种感觉，为此不惜一步一步地沉潜下去，让环境改变人生的轨道。或许他所做的一切，当初，仅只是为了向妻子证明他是个怎样的男人。然后便开始恣意妄为,以为这个世界上他无所不能。

他后悔是因为他没能把一个更好的男人交付给她。他为此而对她充满歉疚和愧悔。他没有能让她拥有一个曾经单纯的男人。他只是把一个破败不堪的浑蛋交给了她。从此他寄望于她能重塑他的未来。他给了她怎样沉重的负担,但她还是接过了这神圣的使命,只是,他们都明白已然悔之晚矣。

他们就是在这样的人生低谷中彼此相爱了。他们并不知早就有人预言了他们迟早的灵肉相依。于是他们决心将这虚妄之爱进行到底。在所余不多的日子里,他们确乎做到了,并不再有任何所求。只要能让最后的爱情变得纯粹而镂骨铭心。于是他们的生命随之丰盈起来,甚至某种宗教般的单纯崇高。

在很短的时间里,她竟然完成了对他的塑造。让他成为了一个新人,一个近乎于回到本真的人。这一点不单单他们自己感觉到了,甚至身边的人也觉出他正在由衷地脱胎换骨。于是各种猜测纷纷攘攘,一说他的改过自新不过是为了脱罪,一说这是他狡猾的金蝉脱壳之计,另有人以为这是爱情的力量,让他在忏悔和蜕变中获得自赎。尽管这一切姗姗来迟,但无论如何到底来了。只是无论人们怎样妄加评判,已经和他们毫无关系了。

他们对坐着,偶尔发出叹息,但他们什么都不再说。能感受到那隐隐的已知的不幸正匆匆赶来。像绕梁的余音,环绕着,阵阵疼痛。仿佛尾声已经逼近,但没有摧枯拉朽的海啸,而是，钝刀子一般的，慢慢地割着，那丝丝缕缕的生命，直到最后的时刻。

然后，男人说，我们来吧。像一声号令。女人毫不迟疑地脱光衣服，躺在床上。她躺在那里就像躺在案板上等待宰杀的羔羊。已经无所谓快感了。但他们还是一如既往地抵达了那个高潮。他们甚至在高潮的位置上停留了很久。就仿佛歌唱家唱出的高音，始终在高音区往复回环。直到舞台上的帷幕慢慢落下。

然后，他们收束了美丽的羽毛。很快回到各自的座位上。他们还来不及形成那种缠绵的习惯。他们总是在很短的时间内完成他们无限的欲望。于是在他们的相处中很难从容淡定，不过他们会用更多的时间来娓娓朗读女人喜欢的那些诗篇。

那一刻，他们的身体虽然分开，却依旧满心依恋。当一切要做的都已经做完，于是，恐惧袭来，那种不安的感觉，就像被鬼魅攫走了灵魂。

但男人还是坚定地站起来，仿佛身负使命，说，他必须走了。女人看着他起身，看着他穿上外衣，走到门口，又看着他，抓住门的把手。她知道他只要旋动把手就意味着，她可能再也见不到他了。但她依旧坐在那里。坐着。这是男人最后的请求了。于是，她没有动，也没有流泪。她就那样坐着，看他的背影，看他，如何旋动了那个把手……

她看着男人的背影和他正在旋动的把手。她突然在他的身后低声朗读起来。是的，那个午夜守门人，他所以活着，就是为了等待他的犹太女人。他将她囚禁于暗室，让做爱成为生命中最后的辉煌。他或许并不想让他深爱的女人和他同归于尽。他给了她那条通向生命的渠道，但犹太女人却放弃了。那时候之于他们，生命的意义已无足轻重，而所谓的罪恶也无足挂齿。那一刻她只想跟随他，无论天涯海角。然后就来到这个明媚的清晨。逃亡中，他们当然知道身后已布满追兵。士兵们要杀的只是那个纳粹。但他们还是在晨光中拼命向前跑。他们向着黎明，向着太阳，向着共同赴死的那一刻，所以，他们永远不会停住脚步。是因为爱。然后，在桥上，被身后的子弹射穿。他们躺下的姿态很美，也很悲壮。

他们睡在了太阳里。在桥上。身下是滔滔河水。

她以为他会成为她永恒的恋人。

从此，他们永远地收束了美丽的羽毛。